btb

Buch

Der Pariser Psychoanalytiker Michel Durand hat die dumme Angewohnheit, während seiner Sitzungen in tiefen Schlaf zu verfallen – was nicht weiter schlimm ist. Doch als seine Klientin Olga Montignac, eine notorische Kleptomanin, deren ganze Liebe wertvollem Schmuck gehört, bei seinem Erwachen tot auf dem Sofa liegt, wird die Lage delikat. Zumal Durand in diesem Moment einen mehr als heftigen Traum hatte, der befürchten läßt, er selbst sei der Mörder! Doch wohin mit der Leiche? Da ihm nichts Besseres einfällt, wird die leblose Hülle der jungen Frau erst einmal unter der Couch verstaut. Durand beschließt, sich still zu verhalten und abzuwarten. Doch da hat er die Rechnung ohne Max gemacht, Olgas Mann und stadtbekannter Gauner, der seine Finger in allerhand dunklen Geschäften hat. Unversehens befindet sich der arme Durand in einem Wirrwarr undurchdringlicher Ereignisse, in dem es um sieben Millionen Francs nicht weniger geht als um die für ihn nach wie vor offene Frage: Ist er tatsächlich Olgas Mörder?

Autor

Jean-Pierre Gattégno, geboren 1944, ist Professor für Literatur. Sein großes Interesse gilt der Psychoanalyse. Bereits sein erster Roman »Eiskalter Blick«, der in Frankreich ein großer Erfolg war, wurde für das Kino verfilmt.

Jean-Pierre Gattégno

Schnee auf den Gräbern

Roman

Aus dem Französischen von Gabrielle und Georges Hausemer

btb

Die französische Originalausgabe erschien 1997
unter dem Titel »Mortel Transfert« bei Calmann-Lévy, Paris

Umwelthinweis:
Alle bedruckten Materialien dieses Taschenbuches
sind chlorfrei und umweltschonend.

btb Taschenbücher erscheinen im Goldmann Verlag,
einem Unternehmen der Verlagsgruppe Bertelsmann GmbH.

Deutsche Erstveröffentlichung März 1998

Umschlaggestaltung: Design Team München
Umschlagfoto: Bilderberg/nonstock
Satz: IBV Satz- und Datentechnik GmbH, Berlin
CN · Herstellung: Augustin Wiesbeck
Made in Germany
ISBN 3-442-72394-9

FÜR MONIQUE HERBERT
UND ÉLIE GATTÉGNO.

FÜR DEN WOLFSMENSCHEN
UND JIM MORRISON.

»Nun geht es darum,
einen Moment Bedenkzeit einzulegen.«

SIGMUND FREUD:
Hemmung, Symptom und Angst

1

»Ich kann Gewalt einfach nicht widerstehen, es liegt in meiner Natur, das ist nun mal so. Ich bin imstande, mit Männern sehr weit zu gehen, doch die höchste Befriedigung verweigere ich ihnen, immer wieder. Das ist meine Art von Brutalität. Mit dem Begehren lasse ich Gewalt entstehen. Man sieht es mir nicht an, ich weiß. Ich sehe aus wie ein anständiger, solider Mensch. Auch Sie sind auf mich hereingefallen. Sie hielten mich für eine folgsame Patientin, eine ganz gewöhnliche Neurotikerin, die sich Heilung erhofft wie alle andern, die sich auf Ihrer Couch niederlassen. Auf Ihrer verfluchten Couch! Als Sie herausfanden, daß ich nicht wie alle andern bin, wiesen Sie mich trotzdem nicht ab, sondern verwehrten mir die Gewalt. Die meisten Männer sind wie Sie: sie wagen es nicht, bis zum Äußersten zu gehen. Anfangs hält man sie für Wölfe, doch bald merkt man, daß sie Schäfchen sind. Das wundert Sie? Dabei ist es die Wahrheit. Männer, die eine Frau wirklich zu quälen verstehen, sind an den Fingern einer Hand abzuzählen. Zwar träumen sie davon, doch fähig sind sie nicht dazu. Max hingegen war anders, als ich ihn kennenlernte. Und aus dem Grund habe ich ihn geheiratet. Alles an ihm war Ausdruck von Gewalt. Von unbarmherziger, kontrollierter Gewalt. Als ich ihn zum ersten Mal sah, spürte ich ganz genau, daß er ein außergewöhnliches Talent dafür hat, anderen Menschen Schmerzen zuzufügen. Das war es, was ich brauchte. Und ich versichere Ihnen, ich habe es nicht bereut. Keinem anderen Mann ist es bislang gelungen, mich so zu quälen und dennoch stets den äußeren Schein zu wahren. Der Schein ist das Wichtigste, Max hat seine ganze Existenz darauf aufgebaut. Die Spuren seiner Grausamkeit sind lediglich an meinem Körper zu sehen. Wenn ich mich jetzt vor Ihnen ausziehen würde, dann würden Sie verstehen, wovon ich rede.«

Ich strengte mich an, aufrecht in meinem Sessel zu sitzen.

Wenn Olga Montignac von Schlägen und Körperverletzung zu sprechen begann, konnte nichts mehr sie aufhalten. Es war bereits später Nachmittag, draußen wurde es dunkel, und es schneite ununterbrochen. Eine bedrückende Stille lastete auf meiner Praxis, und die Worte der masochistischen Jungfrau, die vor mir auf der Couch lag, ermüdeten mich, ohne daß ich mich dagegen wehren konnte. Das passierte mir gelegentlich mit Zwangsneurotikern und Detailfanatikern, die immer wieder die gleichen Geschichten auftischten. Doch meistens handelte es sich bloß um einen vorübergehenden Dämmerzustand. Sobald Olga mir jedoch Max' liebevolle Grausamkeiten aufzuzählen begann, wurde ich von einer hartnäckigeren, weitaus tieferen Benommenheit erfaßt als bei meinen anderen Patienten.

Langsam drehte sie sich zur Wand. Von meinem Sessel aus betrachtet, bildeten ihre à la Jean Seberg geschnittenen Haare einen goldenen Lichtkranz auf ihrem grünen Seidenkostüm; ihre auf den Mund gelegten Hände erweckten den Eindruck, als würde sie an ihrem Daumen lutschen.

Ihr Blick ruhte auf dem Bild *Der 24. Tag*, das über meinem Schreibtisch hing. Es war mit Sicherheit eines der besten Werke von Daurat und stellte einen nach rechts abziehenden Tunnel dar. Trotz der gewaltigen Betonmassen ging von dem Bild eine Energie und gleichzeitig eine ungeheure Leichtigkeit aus, hervorgerufen durch das Licht, das durch die bogenförmigen Öffnungen auf der linken Bildseite strömte. Es sah aus, als würde der Tunnel das Licht umkreisen und dann zu beunruhigenden Tiefen vordringen, zu jener beunruhigenden Fremdartigkeit, deren Echo Olgas Worte zu sein schienen.

»Allerdings«, fuhr sie fort, »hat auch Max sich in die Enge treiben lassen. Er will unbedingt mit mir schlafen. Ich nehme an, das mußte so kommen. Doch ich habe mich nicht den anderen Männern verweigert, um bei ihm nachzugeben. Das war nicht der Grund, warum ich ihn geheiratet habe. Aus lauter Wut schlägt er mich immer heftiger. Seine Prügel sind äußerst gefährlich geworden, jeder Vorwand ist ihm recht, um mich zu verdreschen. Er wirft mir vor, ich würde wieder zu Bernstein gehen, ihn bestehlen. Ich weiß nicht, wie er darauf kommt, doch Leugnen nützt nichts, er will nichts davon wissen. Seit er Probleme mit der Justiz hat, rast er vor Wut. Heute morgen hatte ich zum ersten Mal in meinem Leben Angst. Ich lief weg, er folgte mir bis auf die Haustreppe, völlig entsetzt starrte das Personal uns an, doch das war ihm egal, er brüllte mich an, ich sei eine Schlampe und würde versuchen, ihm Scherereien zu machen und ihn loszuwerden...«

»Aber genau das wollen Sie doch, oder?«

Ihre Antwort ließ nicht lange auf sich warten.

»Nur zu, behandeln auch Sie mich wie eine Schlampe!« schrie sie triumphierend. »Schlagen Sie ruhig zu, da Sie nun schon mal dabei sind! Worauf warten Sie noch? Sie platzen ja förmlich vor Lust, doch Sie haben nicht den Mut dazu. Sie sind zu nichts anderem fähig, als still in Ihrem Sessel zu sitzen. Seit dem Abend auf dem Polizeikommissariat hassen Sie mich und sind davon überzeugt, daß ich auch Ihnen Ärger bereiten möchte. Behaupten Sie jetzt nicht das Gegenteil, Sie wissen ganz genau, daß ich recht habe.«

Sie hatte recht.

Und sie hatte ein ausgesprochenes Talent dafür, einem Ärger zu bereiten. Einen Monat vorher hatte ich es am eigenen Leib erfahren. Ich kam gerade von einer Sitzung bei meinem

Kontrollanalytiker Raoul Zlibovic zurück. Weil ich dasselbe Schweigen des Analytikers ertragen mußte, das ich auch ihnen zumutete, und weil ich eine Art Schwindelgefühl verspürte, sobald ich vom Sessel auf die Couch wechselte, waren diese Sitzungen stets sehr anstrengend für mich. Daher konnte ich es an jenem Abend kaum erwarten, mich so schnell wie möglich in die Behaglichkeit meiner Wohnung zurückzuziehen. Doch kaum hatte ich das Appartement betreten, klingelte das Telefon.

Es war Chapireau. Da wir erst am Tag zuvor miteinander gesprochen hatten, überraschte mich sein Anruf.

»Kannst du aufs Kommissariat kommen?«

»Sofort? Was ist los?«

»Ich habe jetzt keine Zeit, dir das zu erklären«, erwiderte er und legte auf.

Seit wir uns kannten – unsere Freundschaft entstand im Gymnasium –, hatte er noch nie in diesem Ton mit mir gesprochen. Außerdem mochte ich es nicht, auf solche Weise herumkommandiert zu werden. Weil meine Neugierde jedoch größer war als meine Wut, machte ich mich auf den Weg.

Das Kommissariat befand sich nur wenige Schritte von meiner Praxis entfernt. Chapireau und ich nutzten diese Nähe, um gelegentlich in einem guten Restaurant zusammen zu Mittag zu essen. Dort tauschten wir dann Jugenderinnerungen aus, unterhielten uns über die Probleme mit unseren Ex-Frauen – auch er war geschieden und hatte ein Kind –, sprachen über die neuesten Filme oder die politische Lage. Außer ihm kannte ich niemanden bei der Polizei. Chapireau wurde nicht müde, mir immer neue Fragen über die Psychoanalyse zu stellen, und dieses manchmal sehr naive Interesse war für mich äußerst anregend. Zweifellos war das einer der Gründe, warum ich Chapireaus Gesellschaft so sehr schätzte, doch diesmal schien unser Treffen nicht unbedingt freundschaftlicher Natur zu sein.

Als ich eintraf, bat er mich sofort in sein Büro.

»Ich habe dich in einer etwas heiklen Angelegenheit kommen lassen«, sagte er verlegen.

Er hob den Telefonhörer ab und verlangte nach einem seiner Beamten. Kurze Zeit später tauchte im Türrahmen ein Polizist in Begleitung einer jungen Frau mit kurzgeschnittenen blonden Haaren und in einem Ozelotmantel auf.

Vor Überraschung zuckte ich kurz zusammen, als ich Olga Montignac erkannte.

»Sie ist eine deiner Patientinnen, nicht wahr?« sagte Chapireau, nachdem der Polizist die Frau erneut abgeführt hatte.

Dann fügte er hinzu:

»Sie ist eine Diebin.«

Völlig verblüfft sah ich ihn an.

»Was heißt das, eine Diebin?«

»Nun, eine Diebin ist eine Diebin, klarer kann man das nicht ausdrücken, oder? Ihre Spezialität ist Ladendiebstahl. Sie geht vornehmlich zu Bernstein. Du weißt, das Juweliergeschäft, diese Art Diamanten-Supermarkt. Sie kennt den Laden wie ihre Westentasche, sie muß verdammt viel Zeit damit zugebracht haben, jede Ecke, jeden Winkel auszuspionieren. Außerdem, aber das läßt sich schwer nachweisen, muß sie Komplizinnen unter den Verkäuferinnen haben. Dies ermöglicht es ihr, alles zu stehlen, was ihr in die Finger kommt. Unmöglich, sie auf frischer Tat zu ertappen. Wäre sie nicht völlig übergeschnappt, so würde ich behaupten, sie sei ein Profi. Kein Dieb kehrt jemals in ein Geschäft zurück, in dem er bereits einmal als solcher entlarvt wurde. Sie aber tut das. Man könnte meinen, es würde sie geradezu anspornen, wenn ihr ein Heer von Hausdetektiven auf den Fersen ist. Sie führt sie zwischen den Regalen spazieren, und die Tölpel merken rein gar nichts. Einmal hat sie eine Perlenkette im Wert von zwanzigtausend Francs geklaut, indem sie sie ganz einfach um den Hals legte. So frech muß man sein! Als man den Diebstahl bemerkte, war es bereits zu spät. Ihre Spezialität sind Uhren. Am liebsten aus Gold oder aus Platin.«

Er hielt kurz inne, um sich eine Zigarette anzuzünden. Dann fuhr er fort:

»Eine mit allen Wassern gewaschene Kleptomanin. Aber ich nehme an, ich sage dir nichts Neues, weil sie dir längst von ihren Heldentaten berichtet hat.«

Da irrte sich Chapireau. Olga Montignac hatte mir nie etwas darüber erzählt. Ich war völlig sprachlos. In unseren Sitzungen war die Rede von den Brutalitäten ihres Mannes, doch nie von Ladendiebstahl. Nichts, kein einziger Versprecher, keinerlei Anspielung, kein Zögern, das mich hätte aufhorchen lassen. Falls es stimmt, daß die Couch des Psychoanalytikers ein Ort der Wahrheitsfindung ist, der man sich nur schwerlich entziehen kann, dann hatte sie tatsächlich eine beachtliche Leistung vollbracht. Wenn Chapireau die Wahrheit sagte, dann gelang es Olga Montignac nicht nur, den Wachdienst des Juwelierladens an der Nase herumzuführen, sondern auch mich.

»Was sie mir in meiner Praxis erzählt, fällt unter das Berufsgeheimnis«, antwortete ich. »Tut mir leid, aber ich darf darüber nicht mit dir sprechen.«

Chapireau reichte mir die Zeitung, die auf seinem Schreibtisch lag. Auf der ersten Seite war das Photo eines etwa fünfzigjährigen Mannes mit gebräuntem freundlichem Gesicht zu sehen. Die fettgedruckte Überschrift lautete: *Steuerhinterziehung und Veruntreuung öffentlicher Gelder – Max Montignac steht vor Gericht.*

»Der Betrüger und die Kleptomanin, ein perfektes Paar«, sagte Chapireau ironisch. »Ich nehme an, dein Berufsgeheimnis verbietet dir ebenfalls zu sagen, was sie dir über ihren Mann erzählt hat.«

Chapireaus Verhalten begann mich zu ärgern.

»Warum hast du mich eigentlich herbestellt? Statt um den heißen Brei herumzureden, solltest du mir besser endlich verraten, worum es geht.«

»Reg dich nicht gleich auf, du wirst es schon noch erfahren... Wie es momentan aussieht, wird der Herr Gemahl demnächst hinter schwedischen Gardinen nächtigen. Was seine Frau betrifft, ist die Sache so gut wie gelaufen. Vor vier Tagen hat sie einen Ring gestohlen. Ein Schmuckstück im Wert von ungefähr dreißigtausend Francs, achtzehn Karat, mit Smaragden besetzt. Ein Ladendetektiv beobachtete sie und wollte sie dingfest machen. Doch statt mit dem Ring abzuhauen, versteckte sie ihn in einer anderen Abteilung unter Halstüchern. Vorgestern ging sie erneut ins Geschäft, um ihre Beute abzuholen. Der Wachmann, der ihre Absichten ahnte, hatte angeordnet, daß nichts angerührt werden sollte. Alles lief wie geplant. Olga Montignac holte den Ring ab und begab sich mit einem Halstuch an die Kasse, um es ausnahmsweise zu bezahlen. Unglücklicherweise bemerkte sie, daß man ihr folgte, und konnte ein weiteres Mal fliehen. Das wär's gewesen, wenn sie heute nachmittag nicht erneut zu Bernstein gegangen wäre. Eine regelrechte Provokation. Diesmal allerdings wartete man nicht, bis sie aktiv wurde, sondern schnappte sie auf der Stelle. Ein Polizeiauto holte sie ab, und die Geschäftsleitung erstattete Strafanzeige. Das Unglaubliche an der ganzen Geschichte ist, daß man meinen könnte, sie hätte sich absichtlich festnehmen lassen.«

Chapireau hielt inne, als erwarte er eine Reaktion von mir. Als er merkte, daß ich mich nicht äußerte, fuhr er fort:

»Wir haben sie also verhaftet... Doch anstatt den Diebstahl zu leugnen, was logisch wäre – schließlich haben wir sie nicht auf frischer Tat ertappt –, schwört sie, an dem Tag, an dem man sie dabei beobachtete, wie sie den Ring unter den Halstüchern versteckte, gar nicht bei Bernstein gewesen zu sein.«

»Und wo liegt das Problem? Der Wachmann wird das Gegenteil behaupten.«

»Er ist Angestellter des Geschäfts und kann folglich nicht vereidigt werden. Demnach wird Aussage gegen Aussage stehen. Natürlich sind wir eher geneigt, dem Mann zu glauben. Doch Olga Montignac behauptet, sie hätte ein Alibi.«

Chapireau drückte seine Zigarette in einem bis an den Rand mit Kippen gefüllten Aschenbecher aus und zündete sich eine neue an. Diese Geschichte machte ihm sichtlich zu schaffen, denn er rauchte selten so viel. Nachdem er einige Rauchwolken an die Decke geblasen hatte, sagte er:

»Sie behauptet, sie sei an jenem Tag bei dir gewesen.«

»Was?«

»Ja, in einer Sitzung bei Doktor Durand. Das hat sie ausdrücklich betont. Keine Ahnung, warum sie dich in die Sache hineinziehen will, aber es liegt klar auf der Hand, daß sie lügt. Deswegen brauche ich deine Aussage. Es geht nicht darum, daß du mir verrätst, was sie dir alles erzählt, das ist mir scheißegal, sondern du sollst mir sagen, ob sie an jenem Tag bei dir war. Das Berufsgeheimnis verbietet dir nicht, mir darauf eine Antwort zu geben. Und reg dich bitte nicht wieder auf«, fügte er angesichts meines zweifelnden Blickes hinzu, »einen anderen würde ich zwingen, mir seinen Terminkalender zu zeigen. In deinem Fall genügt mir dein Wort.«

Hatte er mir nicht zugehört? Ich hatte ihm schon hundertmal erklärt, daß in meinem Notizbuch lediglich Termine vermerkt sind, und daß jeder Termin, auch wenn er nicht eingehalten wird, berechnet wird, so daß ich keinerlei Interesse daran habe, mir zudem zu notieren, ob ein Patient zu seiner Sitzung erschienen ist oder nicht. Ich hatte Lust, ihn darauf hinzuweisen, doch ich begnügte mich damit, ihn zu fragen:

»Was wird geschehen, wenn ich sage, sie sei nicht bei mir gewesen?«

»Dann wird deine Aussage sie ebenso belasten wie die des Wachmannes.«

»Und du wirst sie einlochen können, nicht wahr?«

Er antwortete nicht. Ich nahm ein Päckchen Lucky Strike hervor, betrachtete es, ohne zu wissen, was ich damit anfangen sollte, und steckte es in meine Tasche zurück. Chapireau hatte recht: Olga log. Sie war an jenem Tag nicht gekommen. Ich wußte es noch sehr genau. Sie sollte meine letzte Patientin sein, ich wartete eine Weile auf sie, dann schloß ich die Praxis. Chapireau wollte sie mit meiner Unterstützung ins Gefängnis bringen. Deshalb schien er so verlegen zu sein. In diesem Moment erinnerte ich mich an einen Vorfall aus unserer gemeinsamen Schulzeit. Chapireau hatte lehrerfeindliche Sprüche an die Wände geschrieben, und es drohte ihm eine Verweisung von der Schule. Zu seiner Verteidigung behauptete er, er habe an jenem Tag mit mir zusammen fürs Abitur gelernt. Ich wurde zum Direktor bestellt und bestätigte sein Alibi, so daß er nicht bestraft wurde. Der gegenwärtige Fall lag ähnlich. Außer daß Chapireau diesmal in der Rolle des Direktors war.

»Was ist, war sie bei dir?«

»Ja.«

Meine Antwort überraschte ihn. Und mich ebenfalls. Dieses »Ja« war mir gegen meinen Willen herausgerutscht, wie ein Versprecher.

»Bist du ganz sicher? Denk noch einmal nach, eine falsche Aussage…«

»Es ist nicht nötig, einen solchen Ton anzuschlagen! Du bestellst mich her wie einen gewöhnlichen Verdächtigen, damit du eine meiner Patientinnen ins Gefängnis schicken kannst, und dann zweifelst du auch noch an der Richtigkeit meiner Aussage.«

»Warum beschützt du diese Frau?« sagte er wütend. »Ist etwas Spezielles zwischen euch vorgefallen?«

Ich zog es vor, nicht auf diese Anspielung einzugehen.

»An dem Tag, an dem Olga Montignac, nach Aussage deines Wachmannes, einen Ring zwischen Halstüchern versteckte«, wiederholte ich, »war sie bei mir. Dem habe ich nichts hinzuzufügen.«

»Gut, wie du willst. Aber du begehst einen schweren Fehler, diese Frau wird dir nur Ärger machen.«

Wahrscheinlich hatte Chapireau recht, doch ich mochte mir das nicht eingestehen. Er bat mich, ihm in ein anderes Zimmer zu folgen, und deutete auf einen Polizisten, der an einem Tisch saß.

»Du diktierst ihm deine Aussage, und anschließend wird deine… Patientin wieder auf freien Fuß gesetzt.«

Dann wandte er sich von mir ab, und zum ersten Mal, seit wir uns kannten, gab er mir zum Abschied nicht die Hand.

Am nächsten Tag empfing ich Olga in meiner Praxis.

Wie gewohnt legte sie ihren Mantel auf einen Stuhl, ehe sie sich auf der Couch ausstreckte. Angesichts ihres Chanel-Kostüms und der Schmuckstücke, die mehr wert waren, als ich in mehreren Monaten verdiente, konnte man sich nur schwerlich vorstellen, daß diese Frau eine Ladendiebin war.

»Ich danke Ihnen für das, was Sie für mich getan haben«, begann sie.

Ich sagte nichts, und sie fügte hinzu:

»Ich wollte schon seit längerem mit Ihnen darüber reden, doch sobald ich auf der Couch lag, kam es mir völlig sinnlos vor.«

»Warum?«

»Weil das, was man auf der Couch erzählt, zu nichts führt.«

»Tatsächlich?«

»Ja, tatsächlich. Ganz gleich, ob ich Ihnen von den Brutalitäten meines Mannes erzähle oder vom Wetter rede – Sie zeigen nie auch nur die geringste Reaktion. Hätte ich Ihnen gesagt, ich sei eine Diebin, so hätten Sie sich auch das völlig reglos angehört. Von Zeit zu Zeit stellen Sie, sofern Sie nicht eingeschlafen sind, eine Frage oder geben eine Erklärung ab. Dann sagen Sie: ›Gut, Madame‹, und schon ist die Sitzung beendet. Außerdem wollte ich, daß Sie meinetwegen kein Risiko auf sich nehmen. In Ihrem Sessel können Sie sich alles gefallen lassen, aber wie würden Sie sich auf einem Polizeikommissariat verhalten? Würden Sie der Polizei die Wahrheit sagen oder mir helfen, ihr zu entkommen? Nun, Sie haben sich in die Sache hineinziehen lassen.«

Völlig verdutzt hörte ich ihr zu. Hinter ihrem Verhalten steckte also Absicht! Sie hatte mich dazu verleitet, eine Falschaussage zu machen, damit ich mich, wie sie es ausdrückte, hineinziehen lasse.

»Deswegen also haben Sie sich erwischen lassen!«

»Nicht böse werden. Sie haben lediglich ein paar Bullen an der Nase herumgeführt. Die Kerle halten sich für besonders schlau, doch in Wirklichkeit sind es lauter Nieten. Ich habe ihnen meine Festnahme ein wenig erleichtert, das stimmt. Andernfalls wäre es ihnen doch nie gelungen, mich zu schnappen. Gut, ich habe Sie dazu gebracht, meinetwegen gewisse Risiken einzugehen, doch vergessen Sie nicht, daß auch ich in einer heiklen Situation war. Ich stand bereits mit einem Fuß im Gefängnis – dank Ihrer Hilfe bin ich noch einmal mit einem blauen Auge davongekommen. Jetzt habe ich begriffen, daß Sie an mir hängen. Bisher war ich mir dessen nicht ganz sicher, doch nun weiß ich es.«

Sie wartete auf eine Reaktion, die nicht kam, und fuhr fort:

»Ich bin also eine Diebin. Mit Geld hat das allerdings überhaupt nichts zu tun. Max ist reich und gibt mir so viel Geld, wie ich haben möchte. Aber ich klaue lieber... Das wurde mir eines Nachmittags in einem Geschäft auf den Champs-Élysées bewußt. Ich war nicht im geringsten darauf vorbereitet, was geschehen würde. Zufällig betrat ich die Boutique Chantal Thomass und blieb vor einer Strumpfhose stehen. Diese Strumpfhose, ja, schmunzeln Sie ruhig, diese Strumpfhose war wie eine Offenbarung für mich. Es kam mir vor, als sei sie ganz allein für mich da. Sie war sehr schön, dunkel, mit einer Naht am Bein und einer diamantenen Einlegearbeit an den Knöcheln. Sie hatte genau den Hauch von Verruchtheit, der Männer erregt und ihnen Lust macht, mich zu schlagen. Das Modell hieß Circe. Einen passenderen Namen konnte es nicht geben. Die Hülle, in der die Strumpfhose verpackt war, war unvergleichlich. Ich glaubte, Frauenbeine zu berühren. Plötzlich hatte ich die absolute Gewißheit, daß diese Strumpfhose für mich bestimmt war. Man stiehlt nur, was einem ohnehin bereits gehört. Folglich überlegte ich nicht lange, ignorierte das Aufsichtspersonal und die Überwachungskameras und steckte die Strumpfhose in meine Tasche. Nichts schien mir natürlicher als diese Geste. Ich hätte sie an Ort und Stelle anziehen können, sie gehörte schließlich mir. Ich verließ den Laden, ohne daß sich mir jemand in den Weg stellte. Erst draußen wurde ich mir der Tragweite meines Vergehens bewußt. Ich konnte es kaum fassen: ich hatte etwas gestohlen! Diese Tat zeigte mir, wer ich wirklich bin. Sie tat mir so gut wie die Gewalttätigkeiten eines Mannes. Ich weinte vor Freude. Im Gegensatz zu allen anderen Dingen, die ich später klaute, habe ich diese Strumpfhose übrigens nicht weggeworfen. Ich trage sie immer noch, sie ist eine Art Trophäe, eine Erinnerung an meine Anfänge, wenn Sie so wollen ...«

Sie sah mich an und lächelte mir komplizenhaft zu. Ich fand ihr Lächeln widerlich, aber es war eine der wenigen Sitzungen, bei denen ich während ihrer Ausführungen nicht einschlief.

»Ich hatte Glück«, begann sie erneut, »doch mit solchem Glück durfte ich nicht ewig rechnen. Ich sagte mir, daß ich in Zukunft planmäßiger vorgehen müßte, professioneller. Zudem wollte ich meine Zeit nicht damit vergeuden, Wäsche zu klauen, ich hatte größere Ambitionen. Meine Wahl fiel auf das Juweliergeschäft Bernstein. Es wurde zu meinem bevorzugten Revier. Niemand kennt diesen Laden besser als ich. Ich weiß alles über das Überwachungssystem und die Anordnung der verschiedenen Räume, ich weiß, um welche Zeit man am besten aktiv wird und wie man sich am schnellsten aus dem Staub macht. Ich habe mich mit den Verkäuferinnen angefreundet. Eine von ihnen hat mir sogar einen Schlüssel verschafft, mit dem man die Diebstahlsicherung an bestimmten Waren öffnen kann. Als Gegenleistung überlasse ich ihr einen Teil meiner Beute. Es gibt natürlich auch gemeine Luder unter den Verkäuferinnen, aber die erkenne ich auf den ersten Blick. Sie tragen eine harmlose Miene zur Schau, genau wie die Wachmänner, die vor den Regalen stehen und es nie fertigbringen, wie gewöhnliche Kunden auszusehen. Gelegentlich werden sie von Polizisten in Zivil unterstützt. Doch auch die sind leicht zu erkennen. Seit Monaten führe ich sie an der Nase herum. Einmal habe ich direkt vor ihren Augen ein Halsband von einer Schaufensterpuppe geklaut. Sie haben nichts gemerkt. Selbstverständlich wurde ich hin und wieder festgenommen und durchsucht, doch ihre Mühe war vergeblich, und so mußten sie mich wieder laufenlassen.«

Mit triumphierender Miene deutete sie auf ihr Handgelenk, an dem sie eine sehr teure Uhr trug.

»Eine goldene Jaeger-LeCoultre mit einem großen C in der Mitte des Namens. Diese Uhr ist ein Vermögen wert. Ich könnte mir zehn davon leisten, doch es war viel aufregender, sie zu stehlen. Bei Bernstein weiß man ganz genau, daß ich diejenige bin, die diese Uhr geklaut hat, doch man kann mir nichts beweisen. Um sich zu rächen, informieren sie Max, jedesmal, wenn sie Verdacht gegen mich schöpfen. Eine erbärmliche Vorgehensweise.«

»Und wenn Max davon erfährt, schlägt er Sie, nicht wahr?«

»Er kriegt fürchterliche Wutanfälle. Natürlich nicht aus moralischen Gründen. Nein, mit Moral hat Max nichts am Hut, er kennt keine Skrupel, für Geld würde er alles tun. Ich weiß so viel über ihn, daß ich ihn bis an sein Lebensende hinter Gitter bringen könnte. Im Vergleich zu Max bin ich der reinste Unschuldsengel. Doch eine Gattin, die Ladendiebstahl begeht, weckt anderer Leute Aufmerksamkeit. Und darauf legt Max keinen Wert. Ich weiß, daß er plant, sich ins Ausland abzusetzen. Er hat Angst, ich könnte seine Flucht gefährden. Also schlägt er mich, um mir die Lust auf Dummheiten auszutreiben. Das behauptet er zumindest, doch in Wahrheit erregen die Schläge ihn in einer Weise, die Sie sich nicht vorstellen können. Mein Verhalten dient ihm lediglich als Vorwand.«

»Und wann wird endlich Schluß damit sein?«

Sie dachte eine Weile nach, bevor sie antwortete:

»Wenn einer von uns beiden stirbt, nehme ich an.«

Das war in der Tat eine Möglichkeit, der Sache ein Ende zu bereiten. Hierauf war die Sitzung beendet.

Später war von Ladendiebstahl praktisch nie wieder die Rede. Sobald ich dieses Thema anschnitt, stieß ich auf strikte Ablehnung. Auch auf den Zwischenfall auf dem Polizeikommissariat kam Olga nie wieder zu sprechen, es sei denn, sie wollte mich mit einer gewissen Niederträchtigkeit an die Rolle erinnern, die ich dort gespielt hatte. Ansonsten bekam ich erneut die alten Geschichten von Max' Grausamkeiten zu hören. Zweifellos wollte sie in mir ein Verlangen wecken, das ebenso mörderisch war wie das ihres Mannes. Trotz dieser Provokationen empfing ich sie weiterhin. Es war wie bei einer Bank: schuldet man ihr ein wenig Geld, so löst sie das Konto auf; schuldet man ihr jedoch viel Geld, behält sie einen als Kunden, in der Hoffnung, daß man es ihr eines Tages zurückzahlt. Mit Olga war es ähnlich. Ich fühlte mich so sehr in ihrem Bann, daß ich begreifen wollte, was mit mir passiert war, obwohl ich einschlief, sobald sie auf das Thema Mißhandlungen zu sprechen kam. Das schützte mich übrigens kaum vor den von ihr geschilderten Grausamkeiten. Ihre Erzählungen durchbrachen regelmäßig den robusten Schlafwall, hinter dem ich mich verschanzte. Sie rissen sämtliche Grenzen zwischen Realität und Traum ein, verwandelten sich in Bilder von erstaunlicher Klarheit und nahmen eine Gestalt an, die Wörter allein ihnen niemals hätten geben können. Ich durchlebte buchstäblich das, was sie mir erzählte. Max legte sich auf sie, es regnete Prügel, seine Hände glitten an ihrem Hals nach oben, mit aller Kraft drückte er zu. Aus der Tiefe meines Schlafs gab ich ihm recht und teilte sein Bemühen, seine Frau zu bestrafen. Anschließend wachte ich völlig erschöpft auf, als hätte tatsächlich ich selbst Olga mißhandelt.

Diese Erfahrung verwirrte mich stärker, als ich es wahrhaben wollte. Ich vertraute mich Zlibovic an. Der alte Analytiker ließ sich nicht erschüttern. Seiner Ansicht nach waren meine Probleme mit Olga nichts weiter als eine Begleiterscheinung der Behandlung. Sein Schweigen versuchte jedoch zu erforschen, was sich tief in meinem Inneren abspielte. Nur einmal reagierte er heftig. Als ich ihm von einem Traum erzählte, in dem Olga sich über Max' Verlangen lustig machte, fragte er plötzlich:

»Und wann wird endlich Schluß damit sein?«

Diese Frage überraschte mich. Es war genau die gleiche Frage, die ich Olga gestellt hatte. Sollte ich ihm antworten: »Wenn einer von uns beiden stirbt«? Dazu ließ er mir übrigens gar keine Zeit, sondern erhob sich aus seinem Sessel und rückte seine Fliege zurecht, was bedeutete, daß die Sitzung beendet war.

Ich sprach mit meiner Ex-Frau Florence darüber, die ebenfalls Psychoanalytikerin war und mit der ich mich regelmäßig traf. Wir hatten uns zum Abendessen unweit der Oper verabredet, im *Grand Café Capucines,* einem Restaurant, das ich sowohl seiner Küche als auch seines schönen Jugendstil-Ambientes wegen sehr schätzte. Ich erzählte ihr von meinen Schwierigkeiten mit Olga, verschwieg jedoch deren Kleptomanie sowie vor allem meinen zweifelhaften Auftritt im Kommissariat.

»Die Frau bezahlt dich dafür, daß du dir ihre geilen Geschichten anhörst, das macht sie an«, erklärte Florence besserwisserisch, »und du fällst auf ihren Trick herein. Meiner Meinung nach leistet sie sich über ihren Psychoanalytiker einen Gigolo. Einen Gigolo, der nicht versuchen wird, sie zu bumsen, weil er ja bereits beim Zuhören einschläft.«

Um scharfzüngige Erklärungen war Florence nie verlegen gewesen. Folglich zog ich es vor, das Thema zu wechseln, zumal sie zum nächsten Psychoanalytiker-Kongreß nach Chicago eingeladen worden war und andere Dinge im Kopf hatte, als sich um meine Probleme zu kümmern.

Als wir uns voneinander verabschiedeten, hatte ich eine eigenartige Vorahnung. Morgen abend würde Florence nach Chicago fliegen, und ich würde zur selben Zeit Olga empfangen. Doch ich ahnte bei weitem nicht, welcher Ärger mich erwartete.

Ich starrte zum Fenster hinaus, in der Hoffnung, meine Müdigkeit auf diese Weise zu vertreiben. Innerhalb weniger Tage hatte die Avenue Trudaine ihr Aussehen verändert. Eine dicke Schneeschicht lag auf den Bürgersteigen und den geparkten Autos, und die Straßenlaternen kämpften vergeblich gegen die Dunkelheit an. Mit Ausnahme einiger sich im Schrittempo vorantastender Wagen und eines Mannes, der an der Mauer des Jacques-Decour-Gymnasiums lehnte, war niemand auf der Straße zu sehen. Meine Aufmerksamkeit richtete sich auf diesen Mann. Ich war ihm bereits begegnet. Er behauptete, Herostrat zu heißen und war vor wenigen Wochen in diesem Viertel aufgetaucht. Seither verging kaum ein Tag, an dem man ihn nicht irgendwo herumlungern sah, eingemummt in eine alte Windjacke und mit einer Fischermütze auf dem Kopf, die von irgendeinem Trödler zu stammen schien. Wenn er mich sah, eilte er auf mich zu, um sich nach meinem Befinden zu erkundigen oder sich in völlig belanglosen Betrachtungen über diverse Themen auszulassen. Obwohl er zu einem vertrauten – mancher würde sagen: pittoresken – Bestandteil unseres Viertels geworden war, hielt ich ihn für aufdringlich. Nicht selten jagte ich ihn zum Teufel, doch das nahm er mir nicht übel, sondern nutzte die erstbeste Gelegenheit, um erneut mit mir ins Gespräch zu kommen.

Jetzt allerdings schienen ihm Kälte und Schnee so sehr zuzusetzen, daß er sich, nachdem er einen letzten Blick auf meine Praxis geworfen hatte, in Richtung Place d'Anvers entfernte. Dabei zog er eine ziemlich schäbige Reisetasche auf Rollen hinter sich her, in der wahrscheinlich seine ganze Habe verstaut war.

Dann war ich erneut mit Olga allein. Sie wollte, daß ich sie wie eine Schlampe behandelte und sie verprügelte.

Ich ließ das Gewitter vorüberziehen, ohne zu reagieren.

Jammernd kam sie auf ihren Streit mit Max zurück.

»Ich rannte, so schnell ich konnte, durch die Diele im Erdgeschoß, doch als ich den Hof erreichte, war das Tor geschlossen. Normalerweise steht es offen, aber in dem Moment ahnte ich, daß Max es absichtlich geschlossen hatte, um mich am Fortlaufen zu hindern. Es gelang mir nicht, es zu öffnen, und Max war immer noch hinter mir her, kam näher und würde mich im nächsten Augenblick einholen. Mit aller Kraft zerrte ich an den Torflügeln, doch sie bewegten sich nicht. Es war wie in einem Alptraum: ich wollte fliehen, doch ich war wie festgenagelt. Sosehr ich mich auch anstrengte. Max kam immer näher.«

Ebenso die Tracht Prügel, vermutlich.

»Was ihn noch mehr ärgerte als die Geschichte mit Bernstein war seine Überzeugung, ich hätte ihn bestohlen ...«

Was hatte sie ihm gestohlen? Die unwiderstehliche Macht des Schlafes hinderte mich daran, es zu erfahren. Draußen rieselte der Schnee mit unendlicher Langsamkeit. Ich begleitete den Fall der Flocken, der mich in eine stille, friedliche Ewigkeit entschweben ließ. Kurze Zeit später umgab mich ein weißer Nebel, der mit dem Schnee verschmolz. Olgas Worte lösten sich darin auf. Plötzlich beschleunigte sich der Fall, und ich begriff, daß ich nicht das Fallen des Schnees begleitete, sondern Olgas Flucht. Mit einem letzten Aufbäumen versuchte ich, mich hochzureißen. Vergeblich, denn ich schlief bereits.

Dabei schien sich nichts um mich herum verändert zu haben.

Ich hatte in meinem Sessel Stellung bezogen, und abgesehen von Olgas Gemurmel herrschte völlige Stille. Ich kannte diese Stille sehr gut. Manchmal erfuhr sie durch die Geräusche der im Nebenzimmer wartenden Patienten eine zusätzliche Betonung. Leise Töne, die den von der Couch kommenden Singsang nicht zu stören vermochten. Meine Patienten waren von vorbildlicher Zurückhaltung. Nachdem sie das Wartezimmer betreten und einen kaum wahrnehmbaren Blick auf diejenigen geworfen hatten, die bereits dort saßen, äußerten sie einen knappen Gruß und nahmen schließlich auf einem Stuhl Platz, von dem sie sich nicht mehr erhoben, bis sie an der Reihe waren. Ihre Anwesenheit war nur noch am Rascheln einer Zeitung, am knarrenden Parkett oder an einem unterdrückten Husten zu erahnen. An diesem Abend jedoch saß niemand im Wartezimmer. Lediglich Mai-Li war zu hören, die im Wohnzimmer staubsaugte, während eine Etage höher eine Frau mit feierlicher Stimme *C'est l'heure solennelle* sang. Diese Geräusche waren so diskret wie die Patienten und beeinträchtigten die in der Praxis herrschende Stille in keiner Weise. An diesem von der übrigen Welt vergessenen Ort gab es einzig und allein den Schlaf des Analytikers und das Flüstern seiner Patientin.

»Anschließend zwang Max mich, wieder in mein Zimmer zu gehen«, fuhr Olga fort. »Er war erschreckend ruhig. Er starrte durch mich hindurch und schien mich gar nicht zu sehen. Ich spürte, daß etwas Furchtbares passieren würde. Er warf mich auf das Sofa und legte sich auf mich. Ich dachte, er wollte mit mir schlafen. Ich versuchte, mich zu befreien, doch es gelang mir nicht. Um meine Angst zu bezwingen, warf ich ihm sämtliche Schimpfwörter an den Kopf, die mir einfielen. Doch der Dreckskerl reagierte nicht. Seine Hände umklammerten meinen Hals und drückten immer fester zu ...«

In diesem Moment sah ich Max Montignac neben seiner Frau sitzen.

Jedesmal, wenn ich ihn so dasitzen sah, fragte ich mich, wie er in meine Praxis gelangt war. Er hatte nicht im Wartezimmer gesessen, als ich Olga ins Sprechzimmer gerufen hatte. Woher kam er? Welche Tür hatte er aufgebrochen? Das Geheimnis blieb ungelöst. Plötzlich saß er vor mir, während er einen Augenblick zuvor noch nirgendwo zu sehen gewesen war. Von ihm selbst bekam ich nicht die geringste Erklärung, höchstens ein Schulterzucken, das zu sagen schien: »Das müßten Sie doch selbst wissen, schließlich ist es Ihr Traum.« Auch über die Gründe seines Eindringens schwieg er. Was hatte er hier verloren? War er gekommen, um Olga zu widersprechen? Verschiedene ihrer Behauptungen richtigzustellen?

Ich wollte ihn auffordern, das Zimmer unverzüglich zu verlassen, doch kein Ton kam über meine Lippen. Genausowenig gelang es mir, den Arm zu heben, um ihm die Tür zu weisen. Und so begriff ich, daß mir einmal mehr nichts anderes übrigblieb, als mich mit seiner Anwesenheit abzufinden und den Mißhandlungen, die er seiner Frau zufügen würde, von meinem Sessel aus tatenlos zuzusehen.

Wie gewohnt drehte er sich zu mir um und grüßte mich. Seitdem er kam, hatten wir einander immer besser kennengelernt. Mal entsprach er Olgas Beschreibung oder dem Bild, das die Medien von ihm vermittelten: ein großer, braungebrannter Mann mit lauter Stimme, dem es gefiel, seinen Reichtum zur Schau zu stellen, und für den der Schein das Wichtigste war: eine Rolex am Handgelenk, Weston-Schuhe an den Füßen, ein Anzug von Cerruti oder Yves Saint-Laurent – lauter Dinge, die den Leuten imponierten. Ein anderes Mal sah er mir so ähnlich, daß ich mich in ihm wiedererkannte, als würde ich mich in einem Spiegel betrachten. Das war heute der Fall. Der Mann, der neben Olga auf der Couch saß, glich mir in allem, angefangen bei der durchschnittlichen Körpergröße über die ein wenig gebeugte Haltung, die blauen Augen, die blonden Haare – die er sich mit der gleichen beiläufigen Geste nach hinten strich, die Florence regelmäßig zur Verzweiflung gebracht hatte –, bis hin zum anthrazitfarbenen Anzug, der genau wie mein Anzug zugeschnitten war und den er mit einer gewissen Nachlässigkeit trug. Wir waren einander das getreue Ebenbild. Als er seinen Blick auf mich richtete, hatte ich, wie schon bei seinen vorangegangenen Besuchen, das Gefühl, mich mit seinen Augen zu sehen. Ich sah mich bequem in meinem Sessel sitzen, mit halb geschlossenen Augen und leicht geöffnetem Mund, aus dem ein leises Pfeifen kam, während meine Hände, die die Armlehnen umkrampften, Ausdruck meines lächerlichen Kampfes gegen die Müdigkeit waren.

Nach seiner Begrüßung nahm die Sitzung ihren gewohnten Lauf. Olga beschrieb die Brutalitäten, die ihr Mann ihr zufügte, und Max setzte sie in die Tat um. Statt sich zu wehren oder zu fliehen, gab sie sich dem Spiel mit überraschender Ernsthaftigkeit hin. Lautlos prasselten die Ohrfeigen auf sie nieder. Olga versuchte nicht, den Schlägen auszuweichen, sondern wölbte die Brust und streckte Max das Gesicht entgegen, um keinen der Schläge zu verpassen.

Irgendwann wandte sich Max an mich und bat mich mit einer Handbewegung, seinen Platz einzunehmen.

Zu meiner großen Überraschung hörte ich, wie ich ihm antwortete:

»Als Analytiker habe ich nicht das Recht, meine Patienten anzurühren. Aber ich bitte Sie, fahren Sie fort.«

Während er weitermachte, erzählte Olga:

»Jetzt versucht er, meine Schenkel zu öffnen. Er hat nichts anderes mehr im Sinn, dieser Idiot. Aber ich werde ihn nicht gewähren lassen. Das weiß er, und deshalb gleiten seine Hände langsam an meinem Hals hoch. Sie halten meinen Nacken, während die beiden Daumen vorne an meinem Hals immer näher zusammenkommen. Mein Hals steckt in einem Schraubstock, er wird ihn zermalmen.«

In der Nachbarwohnung sang die Stimme: *Pour effacer la tache originelle et de Son père arrêter le courroux.* Diese von Inbrunst geprägten Worte schienen mit Olgas Erklärungen zu verschmelzen. Ich ließ mich von ihnen führen und umklammerte mit ganzer Kraft die Armlehnen des Sessels. Bald verspürte ich heftige Schmerzen in den Vorderarmen. Vergeblich versuchte ich, die Lehnen loszulassen, doch meine Hände waren wie festgeschweißt, drückten heftig zu, und diese Bewegung nahm kein Ende.

Allmählich wurde ich ungeduldig. Es mußte nun Schluß sein. Olga war meine letzte Patientin. Nach ihrem Weggang würde mir die unentbehrliche Mai-Li eine Tasse Kaffee bringen, und anschließend würde ich mich besser fühlen.

Als hätte Max meine Ungeduld erkannt, drückte er mit aller Kraft auf den Hals seiner Frau. Olgas Verhalten war noch immer Ausdruck ihrer uneingeschränkten Zustimmung. Max ließ nicht locker, während meine Hände, trotz ihrer Müdigkeit, ihre Arbeit an den Armlehnen ebenfalls fortsetzten.

Olgas Gesicht wurde feuerrot, das Atmen fiel ihr immer schwerer, Speichel rann aus ihren Mundwinkeln. Der Druck von Max' Händen war so stark, daß sie nicht mehr sprechen konnte. Einen Moment lang wandten die beiden sich mir zu, ihre Blicke kamen mir außergewöhnlich starr vor. Dann wölbte sich Olgas Leib, um sich ihrem Mann besser darzubieten.

Doch plötzlich stieß er sie von sich.

»Man muß wissen, wann eine Umklammerung aufzuhören hat«, sagte er. »Was würden wir sonst mit der Leiche tun? Das wäre ziemlich unangenehm, nicht wahr, Herr Doktor?«

Ohne meine Antwort abzuwarten, ließ er von Olga ab und entfernte sich in Richtung Wartezimmer. Unglaublich, wie sehr er mir ähnelte. Ich wollte ihn zurückrufen, doch das Geräusch einer in der Ferne zuschlagenden Tür ließ mich aus dem Schlaf hochschrecken.

Es dauerte eine Weile, bis ich wieder zu mir kam.

Ich schaute mich um. Die Praxis lag im Halbdunkel, still und beruhigend. Eine ganz gewöhnliche Sitzung. Jeder an seinem Platz. Ich in meinem Sessel, Olga auf der Couch.

Ein Blick auf meine Uhr sagte mir, daß es neunzehn Uhr war. Das Ganze hatte eine knappe halbe Stunde gedauert. Dabei kam es mir vor, als hätte ich eine Ewigkeit geschlafen. Jedenfalls war es jetzt genug. Olga schien auf irgendeine Erklärung zu warten. Sie müßte sich bis zum nächsten Mal gedulden. Gleich würde Mai-Li mir meinen Kaffee bringen, alles andere war unwichtig.

»Gut, Madame«, sagte ich und erhob mich.

Olga rührte sich nicht.

»Madame«, wiederholte ich und näherte mich ihr.

Doch sie rührte sich immer noch nicht.

Ich beugte mich über sie.

Max hatte gelogen, er hatte nicht mit seiner Umklammerung aufgehört. Ganz gleich, wie oft ich Olga erklärte, daß die Sitzung zu Ende sei, sie würde nicht gehen. Ihre Augen waren starr und die Spitze ihrer Zunge ragte aus ihrem Mund. Weiter unten, an ihrer Kehle, war ein bläulichrotes Mal zu erkennen.

Es sah aus wie ein Halsband, das der Tod ihr angelegt hatte.

2

Häufig stellt man sich vor, die Psychoanalyse sei eine Garantie für seelisches Gleichgewicht. Doch mag sie auch helfen, die Frustrationen und Schmerzen zu ertragen, zu denen jeder Mensch verdammt ist – im Falle einer Katastrophe ist sie kein Patentrezept. In meiner Situation jedenfalls erwies sie sich als nicht besonders nützlich. Meine erste Reaktion bestand darin, ans Fenster zu eilen und es aufzureißen. Eisige Luft wehte ins Sprechzimmer. Möglicherweise dachte ich, diese Luft würde genügen, um Olga wiederzubeleben.

Dann ging ich, von einer unkontrollierten Panik überwältigt, zwei- oder dreimal in meiner Praxis auf und ab. Als ich das Lucky-Strike-Päckchen auf dem Schreibtisch liegen sah, stürzte ich mich auf die Zigaretten, zündete mir eine an, nahm rasch einige Züge und drückte sie gleich wieder aus. Als ich mich ein wenig beruhigt hatte, schloß ich das Fenster wieder und ging zur Couch zurück.

Olga lag leblos vor mir. Mit ausdruckslosem Blick starrte sie ins Leere. Die Würgemale an ihrem Hals, ihre aus dem Mund hängende Zunge, ihr geschwollenes Gesicht – alles wies auf eine Strangulation hin. Ihr Körper wirkte plump. Kurz zuvor hatte Olga noch mit mir gesprochen, und nun machte sie auf mich den Eindruck eines irrtümlich auf die Couch gelegten Gegenstandes. Die zwischen den Lippen hervortretende Zungenspitze gab ihrem Gesicht den Ausdruck einer schadenfrohen Grimasse.

Ich packte Olga an den Schultern und schüttelte sie aus Leibeskräften, doch sie reagierte nicht. Als ich sie wieder losließ, fiel sie schwerfällig auf die Couch zurück. Ich fühlte ihren Puls. Er schlug nicht mehr. Kein Atemhauch entwich ihrem Mund. Diese Anzeichen ließen noch nicht unbedingt auf einen, wie es heißt, »tatsächlichen und definitiven« Tod schließen und riefen in mir einen alten medizinischen Reflex hervor. Der Tod ist kein abruptes Ende des Lebens, sondern ein allmählicher Prozeß, der nach und nach auf sämtliche Gewebe und Funktionen des Körpers übergreift, einer der wenigen gerichtsmedizinischen Fakten, die mir in Erinnerung geblieben waren. Vielleicht war es noch nicht zu spät? Abwechselnd Mund-zu-Mund-Beatmung und Herzmassage. Auch daran konnte ich mich vage erinnern. Doch diese Dinge lagen weit zurück, und in meinem Alltag hatte ich nur wenig mit solchen Übungen zu tun.

Ich hockte mich über Olga, knöpfte die Jacke ihres Kostüms auf und legte ihren schwarzen, mit Spitzen besetzten Büstenhalter frei. Mit den Handballen drückte ich mehrmals auf ihr Brustbein. Anschließend preßte ich meine Lippen auf ihren Mund, blies hinein und hielt gleichzeitig ihre Nase zu, damit die Luft nicht wieder entweichen konnte. Trotz der Müdigkeit und der Schmerzen, unter denen meine Vorderarme zu erlahmen begannen, fuhr ich mit Massage und künstlicher Beatmung fort. In der Wohnung über meiner Praxis sang die Frauenstimme: *Le monde entier tressaille d'espérance.* Dieses Lied hatte etwas Beruhigendes, es begleitete meine Bewegungen und verlieh ihnen die nötige Regelmäßigkeit.

Dennoch gab Olga nicht das geringste Lebenszeichen von sich. Mehrere Minuten vergingen, in denen nichts weiter geschah, als daß sich ihre Brüste aus den Spitzenhäubchen befreiten und die Federung der Couch bei jedem Druck auf das Brustbein fürchterlich quietschte.

Auch die Mund-zu-Mund-Beatmung brachte keinerlei Erfolg. Hatte ich ihren Kopf etwa nicht weit genug nach hinten gelehnt? Ihre Zunge war jedenfalls im Weg und ließ die Luft nicht durch. Sosehr ich mich auch anstrengte, ihre Zunge in ihren Mund zurückzupressen, sie trat immer wieder heraus und schlug gegen meine Zähne, so daß sich die Rettungsaktion unweigerlich in einen schwerfälligen Kuß verwandelte.

Dennoch hörte ich mit meinen Bemühungen nicht auf. Ganz gleich, wie vergeblich sie auch waren, zumindest bewahrten sie mich vor der Endgültigkeit von Olgas Tod.

Ich hätte noch lange mit diesen Bewegungen fortfahren können, doch plötzlich hörte ich, wie jemand an die Tür meines Behandlungszimmers klopfte. Bevor ich reagieren konnte, öffnete sie sich und Mai-Li kam mit einer Tasse Kaffee herein.

Gewöhnlich ließ sich Mai-Li keinerlei Gefühle anmerken, doch diesmal war es anders. Als sie sah, wie ich mich im Lärm quietschender Sprungfedern an einer halbnackten Patientin zu schaffen machte, stand sie wie vom Blitz getroffen da. Ich dachte, sie würde laut zu schreien beginnen. Aber das war nicht der Fall. Statt dessen stellte sie die Tasse auf den Schreibtisch, rannte zum Zimmer hinaus und knallte die Tür hinter sich zu.

Einen Augenblick überlegte ich, ob ich ihr hinterhereilen sollte. Doch was hätte ich sagen sollen? Daß sie die Situation nicht mißverstehen dürfe, daß in Wirklichkeit soeben eine Frau in meiner Praxis erwürgt worden war?

Ich ließ von Olga ab. Meine Bemühungen waren umsonst gewesen. Erneut erfaßte mich panische Angst. Mitten in einer Sprechstunde ermordet. Auf meiner Couch lag eine Leiche, die ich mir nicht erklären konnte. Wer war der Mörder? Ich oder der Mann, von dem ich geträumt hatte? Hatte dieser Mann – war es Max Montignac? – sich in meiner Wohnung versteckt und einen günstigen Augenblick abgewartet, um zur Tat zu schreiten? Hatte er zugeschlagen, als ich schlief, und das getan, wovon ich träumte, ohne daß ich etwas davon bemerkt hatte? Und falls ich der Täter war? Ich wagte kaum daran zu denken, doch ... Ich hörte wie Florence zu mir gesagt hatte: »Sie bezahlt dich dafür, daß du dir ihre geilen Geschichten anhörst, und du fällst auf ihren Trick herein.« War ich wirklich so plump auf sie hereingefallen? Hatte ich Olga Montignac nur deswegen als Patientin akzeptiert, um sie am Ende steif und reglos vor mir liegen zu haben? Ein Gedanke, der mir das Blut in den Adern erstarren ließ. Konnte ich das tatsächlich getan haben, ich und nicht der Mann, der mir so ähnlich sah? Ich dachte, ich hätte mich nicht von der Stelle bewegt, doch da war diese Müdigkeit in meinen Vorderarmen. Kann man eine Frau erwürgen, indem man die Armlehnen eines Sessels umklammert?

Selbstverständlich gab es auch noch die Möglichkeit eines Anfalls von Wahnsinn.

Ein Anflug heftiger Verwirrung, eine Affekthandlung, ein kurzzeitiger Blackout. Die Psychiatrie kennt reichlich Ausdrücke für diese Art von Situation. Trafen sie auch auf mich zu? Ich hatte nicht die leiseste Ahnung. Olga hatte sich von ihrem Mann bedroht gefühlt: Das würde sich erst ändern, so hatte sie mir gesagt, wenn einer von ihnen beiden tot wäre. Seltsamerweise verwies mich dieser Satz auf die Frage, die Zlibovic mir gestellt hatte. Was verband mich mit dieser Frau? Im Moment zog ich es vor, nicht länger darüber nachzudenken, sondern mich auf Max zu konzentrieren. Hatte er das alles inszeniert, um mich zu beschuldigen? Doch wie hatte er sich Zugang zu meiner Praxis verschafft? Ich blickte in Richtung Wartezimmer und hoffte, er würde auftauchen und mir erklären, daß es sich bloß um einen Alptraum handelte, daß ich wieder aufwachen und das Leben seinen gewohnten Gang gehen würde, daß ich mich am nächsten Tag wieder zu Zlibovic begeben und wer weiß welche Schlüsse aus diesem Zwischenfall ziehen könnte. Doch das Wunder geschah nicht, die Tür des Wartezimmers blieb zu.

Dennoch sah ich für alle Fälle nach, ob er nicht da war. Es war idiotisch, aber ich wollte ganz sicher sein. Natürlich saß da niemand. Olga war tot, und das Gefühl, während der ganzen Sitzung kein einziges Mal aus meinem Sessel aufgestanden zu sein, sprach mich nicht von diesem Tod frei.

Ich griff nach dem Telefon und rief Chapireau an.

Es klingelte mehrere Male, bis sich schließlich der Anrufbeantworter einschaltete. Ich erkannte Zlibovics Stimme, die mich bat, eine Nachricht zu hinterlassen. Überrascht legte ich den Hörer wieder auf. Ich wußte nicht, wie ich diesen Irrtum deuten sollte. Wollte ich Zlibovic um Hilfe bitten, oder hatte ich ganz einfach die Nummer des Polizeikommissariats mit der des Psychoanalytikers verwechselt? Statt mich weiterhin mit dieser Frage zu beschäftigen, rief ich noch einmal bei Chapireau an und achtete diesmal genau darauf, die richtige Nummer zu wählen.

»Der Kommissar spricht gerade«, teilte mir die gelangweilte Stimme eines Beamten mit. »Sie müssen warten.«

Bevor ich antworten konnte, erklang eine Samba-Melodie.

Am liebsten hätte ich das Telefon aus dem Fenster geworfen. In regelmäßigen Abständen wurden die exotischen Rhythmen von einer Flughafenstimme unterbrochen, die mich wissen ließ, daß man nach meinem gewünschten Gesprächspartner suchte. Olga lag vor mir auf der Couch, und diese Musik raubte ihrem Tod jegliche Tragik. Sie reduzierte ihn auf einen banalen Zwischenfall, der sich einer Samba-Melodie unterzuordnen hatte. Auf einen bloßen Tatbestand, der darauf wartete, polizeilich behandelt zu werden.

Ein bloßer Tatbestand ... Doch was sollte ich, ehrlich gesagt, auch anderes von Chapireau erwarten? Seit unserer letzten Begegnung wußte ich, woran ich mit ihm war. Für ihn hatte nur Olgas Verhaftung gezählt. Im Dienst kennt man keine Freunde. Ein Mordfall in der Avenue Trudaine! Allein dieser Satz genügte, um Blaulicht und Sirenengeheul auszulösen. Kaum hätte ich – ganz gleich, ob ich nun mit Chapireau befreundet war oder nicht – ihn ausgesprochen, würde die Polizei meine Wohnung besetzen, darin Quartier beziehen und alles genauestens unter die Lupe nehmen. Auch wenn es Chapireau nicht in erster Linie darum ginge, mich zu belasten, so würde er sich am Ende doch zwangsläufig die einzig logische Hypothese zu eigen machen: Nur ich konnte der Mörder sein. Warum sollte man anderswo nach einem Verdächtigen suchen, den es nur in meiner Vorstellung gab, der nach Belieben in meiner Wohnung ein- und ausging, wenn man bereits jemanden dingfest gemacht hatte, den sämtliche Indizien eindeutig als Täter entlarvten? Wenn Montignac seine Frau tatsächlich umbringen wollte, wie sie behauptete, so hätte er sich dafür bestimmt günstigere Bedingungen ausgesucht. Außerdem genügte es, daß er ein einwandfreies Alibi für die Tatzeit vorlegte, damit der Verdacht unweigerlich auf mich fiel.

Plötzlich klingelte es.

Verwundert legte ich den Hörer auf, den ich noch immer in der Hand hielt, und fragte mich, was ich tun sollte.

Olga starrte an die Decke, dumpfe Stille lastete auf dem Sprechzimmer, während mich schrille Klingeltöne jäh an die Existenz der Außenwelt erinnerten.

Zögernden Schrittes durchquerte ich das Wartezimmer und hielt vor der Eingangstür inne. Ich spürte, daß auf der anderen Seite jemand stand. Wer konnte es sein? Mai-Li? Doch warum sollte sie zurückgekommen sein? Außerdem besaß sie einen Schlüssel zum Appartement. Max vielleicht? Das ergab keinen Sinn. Höchstwahrscheinlich war es einer meiner Patienten, dessen Termin ich vergessen hatte. Ich bräuchte bloß in meinem Terminkalender nachzusehen oder durch den Spion schauen. Doch ich befürchtete, die geringste Bewegung würde mich verraten. Was völlig absurd war, da mein Besucher ganz genau wußte, daß ich da war.

Erneutes Klingeln.

Diesmal schien es mir schwierig, nicht zu reagieren.

Ich schob den Vorhang zur Seite und öffnete.

Zu meiner großen Überraschung stand die Mathematiklehrerin aus dem Jacques-Decour-Gymnasium, die depressive

Hysterikerin, vor mir. Eine kleine, pummelige und scheue Frau, die ihre Mappe an sich drückte, als würde sie ein Kind im Arm halten.

»Was wollen Sie?«

Sie wirkte verunsichert. Es war, als hätte ich sie mit einer schwierigen Frage in die Enge getrieben.

»Ich muß unbedingt mit Ihnen sprechen«, antwortete sie. »Ich weiß, ich habe heute keinen Termin bei Ihnen, aber wenn Sie mich trotzdem empfangen könnten... Ich kann nicht mehr... meine Schüler, es ist schrecklich... Ich kann warten, wenn Sie noch mit einem anderen Patienten beschäftigt sind.«

Mit einem anderen Patienten beschäftigt – so könnte man es auch nennen.

Ich wollte ihr zu verstehen geben, daß Warten zwecklos sei, daß sie besser nach Hause gehen und Prüfungsarbeiten korrigieren solle, doch sie war eine masochistische Klette. Man brauchte sie sich nur anzusehen, wie sie dastand, mit flehendem Blick, bereit, sich sämtlicher Tricks des Mitleids zu bedienen, und schon war klar, daß ich sie mir nicht so ohne weiteres vom Hals schaffen könnte. Wenn sie beschloß, sich irgendwo einzunisten, konnte sie einem sehr gefährlich werden. Ich wußte, woran ich mit ihr war, und das wußten zweifellos auch ihre Schüler, die sie quälten, aber trotzdem nichts an ihrer Sturheit ändern konnten. Wie ein Phönix stieg sie immer wieder aus der Asche, um von neuem mit Spott und Gemeinheiten konfrontiert zu werden. Anschließend kam sie zu mir, um mir von ihren Heldentaten zu erzählen, und ich schaffte es nicht, sie wieder loszuwerden. Auch an diesem Abend hatte sie mein Zögern ausgenutzt, um flink einen Fuß in die Tür das Wartezimmers zu setzen. Im selben Moment bemerkte ich, daß die Tür des Sprechzimmers offenstand und man hineinschauen konnte.

»Warten Sie!« rief ich und eilte zur Tür, um sie rasch zu schließen.

Die Gelegenheit war einfach zu verlockend. Die Frau schlüpfte ins Wartezimmer, nahm auf einem der Stühle Platz und schien fest entschlossen, dort zu warten, bis die Reihe an ihr wäre.

»Ich bin gleich wieder da«, sagte ich schließlich um des lieben Friedens willen.

Sie verbarg ihre Zufriedenheit hinter einem Gesichtsausdruck, der mich an den eines verprügelten Hundes erinnerte – bestimmt war es genau diese Miene, die ihre Schüler immer wieder zu neuen Gemeinheiten anstachelte –, und machte es sich auf ihrem Stuhl bequem. Ich ging in mein Behandlungszimmer zurück und fragte mich, wie ich mich aus dieser Situation befreien könnte.

Die Frau vor die Tür setzen, auf die Gefahr hin, daß wir uns in die Haare geraten, oder aber …

Ich dachte diesen Gedanken nicht sofort zu Ende.

Schnelles Handeln war nicht meine Stärke – Handeln überhaupt fiel mir schwer. Als wir noch miteinander verheiratet waren, ärgerte sich Florence immer wieder über diese Schwäche. Für sie war das Zuhören von einem Sessel aus die höchste Form des Handelns. »Wichtig ist es«, so behauptete sie, »die Analyse zu leiten und nicht, sie über sich ergehen zu lassen. Fürs Pennen wirst du nicht bezahlt.«

Fürs Pennen! Dieser Ausdruck hatte auf mich die Wirkung einer schallenden Ohrfeige gehabt. Doch diesmal hätte meine Ex-Frau nicht ganz recht. Vielleicht gab es doch eine Möglichkeit, mich der Mathematiklehrerin zu entledigen. Gewiß, es war verrückt, doch mir blieb keine Zeit, nach einer anderen Lösung zu suchen.

Ich packte Olga an den Schultern und ließ sie auf den Teppichboden gleiten. Geräuschlos sank sie darauf nieder. Anschließend schob ich sie unter die Couch und versuchte, sie so weit wie möglich nach hinten an die Wand zu drücken. Mit einiger Mühe gelang es mir schließlich, sie vollständig unter dem Sofa verschwinden zu lassen. Um sie zu entdecken, hätte man sich schon auf alle viere niederlassen müssen, doch ich bezweifelte, daß die Mathematiklehrerin in ihrem Verlangen nach Demütigung so weit gehen würde, sich kriechend durch mein Sprechzimmer zu bewegen.

Nachdem ich den Mantel und die Tasche hinter meinem Sessel versteckt hatte, wandte ich mich erneut der Couch zu. Die leichte Mulde, die Olgas Körper in der Mitte hinterlassen hatte, war noch warm. Sie duftete nach einem unaufdringlichen, zweifellos ziemlich teuren Parfüm. Mit dem Handrücken glättete ich den Abdruck und legte die Kissen, die ebenfalls nach Parfüm rochen, zurück an ihren gewohnten Platz.

Ich vergewisserte mich ein letztes Mal, daß alles tadellos in Ordnung war, und bat meine Patientin herein.

Es war keine der üblichen Sitzungen.

Sicherlich trug die Atmosphäre, die im Sprechzimmer herrschte, nicht wenig dazu bei. Kaum hatte die Lehrerin das Zimmer betreten, hielt sie wie erstarrt inne; einen solchen Ausdruck des Entsetzens hatte ich bisher an ihr noch nie gesehen. Selbst das Betreten eines Klassenzimmers dürfte sie nicht in solchen Schrecken versetzt haben. Ich dachte, sie würde auf der Stelle umkehren, doch nach kurzem Zögern ging sie schließlich auf die Couch zu – es sah aus, als würde sie auf ein Schafott steigen.

Widerwillig streckte sie sich darauf aus und blickte sich unentwegt um, als müßte sie sich stets von neuem davon überzeugen, daß sie tatsächlich bei ihrem Psychoanalytiker war. Dieser Raum machte ihr entsetzliche angst. Es schien, als hätte sie sich in ein Schlachthaus verirrt und würde sich nun ganz klein machen, um der unmittelbar bevorstehenden Katastrophe zu entgehen. Wie gewohnt hatte sie ihren Mantel anbehalten und hielt ihre Mappe fest an sich gedrückt. Sie sah aus wie eine Mumie, die unter dem Schutz des Stoffes verschwinden will. Bloß keine Aufmerksamkeit erregen, das war ihre Strategie. Eine Strategie des Nichtvorhandenseins, die jahrelanges Unglück immer vollkommener gemacht hatte. Doch ganz gleich, wie sehr sie sich auch anstrengte, unsichtbar zu werden, es gelang ihr nicht, dem Henker zu entkommen. Er war in ihr. Ihr im Wartezimmer sorgfältig vorbereitetes Lamentieren stürzte beim ersten Versprecher in sich zusammen. Dieser Versprecher traf sie mitten ins Gesicht, wie ein Papierkügelchen oder ein Stück Kreide, mit dem die außer Rand und Band geratenen Schüler sie bewarfen. Die restliche Zeit verbrachte sie dann mit Geschluchze, das so lange anhielt, bis ich ihres Gejammers müde war und die Sitzung für beendet erklärte.

Diesmal jedoch erkannte sie nicht sofort, welche Art von Gefahr auf sie lauerte. Eine ganze Weile gab sie nicht den leisesten Ton von sich. Mal drehte sie sich auf die eine, mal auf die andere Seite, ohne zu wissen, womit sie anfangen sollte. Sie warf einen fragenden Blick auf den Schreibtisch, die Lampe, den *24. Tag* und klammerte sich verzweifelt an diese Gegenstände, als ob sie ihr bestätigen könnten, daß alles in Ordnung war und sie getrost weinen konnte.

Ich fühlte mich keineswegs wohler in meiner Haut. Es war das erste Mal, daß ich es gleichzeitig mit zwei Patientinnen zu tun hatte. Die eine lag auf und die andere unter der Couch. Die eine brachte kein Wort hervor, die andere war endgültig verstummt. Obwohl eine Matratze die beiden Frauen voneinander trennte, waren sie sich im Grunde sehr ähnlich. Beide wurden von der gleichen Todessehnsucht beherrscht. Der Traum der einen war die panische Angst der anderen. Doch macht es einen Unterschied, ob man von einem Mann erwürgt oder von Schülern gelyncht wird? In beiden Fällen läßt man sich demütigen, um zur höchsten Lust zu gelangen. Möglicherweise hatte ich dem Drängen der Mathematiklehrerin aus diesem Grund nachgegeben. Auf ihre Weise führte sie die Sitzung mit Olga fort.

Ich hörte, wie die Frau in der Nachbarwohnung sang: *Peu-*

ple à genoux, attends ta délivrance. Diese Worte schienen die Mathematiklehrerin zu inspirieren, denn wie mit einer Stimme aus dem Jenseits murmelte sie:

»Ich habe Angst ... ich möchte sterben, unter dieser Couch verschwinden.«

Ich spürte, wie es mir kalt über den Rücken lief. Unter dieser Couch verschwinden!

Mit einem Satz sprang ich aus meinem Sessel hoch.

»Gut, Madame«, sagte ich und ging zur Tür.

Sie reagierte nicht.

»Gut, Madame«, wiederholte ich, doch auch diesmal zeigte sie keine Reaktion.

Die Angst schnürte mir den Hals zu. Sie wollte mir doch nicht etwa den gleichen Streich spielen wie Olga? Mit großen Schritten ging ich zu ihr. Würde sie sich aus ihrem Sarg erheben oder nicht? Sie schien sich nicht entscheiden zu können. Wie eine Leiche auf einer anderen Leiche lag die Mathematiklehrerin da, und sie machte keinerlei Anstalten, sich zu erheben. Lediglich ihre Augen bewegten sich. Sie waren auf mich gerichtet und drückten unsagbares Grauen aus.

»Gut, Madame!« schrie ich.

Diesmal reagierte sie. Im Nu richtete sie sich auf und starrte mich verblüfft an.

»Was ist los? ... Ich muß eingeschlafen sein.«

»Die Sitzung ist zu Ende«, erwiderte ich schroff, »Sie müssen jetzt gehen.«

Mühsam erhob sie sich von der Couch, legte dreihundert Francs auf meinen Schreibtisch und verschwand.

Von meinem Fenster aus konnte ich sehen, wie sie im Laufschritt die Avenue Trudaine überquerte. In ihrem Übereifer rutschte sie auf dem Glatteis aus, fiel hin, rappelte sich mühsam wieder auf, schnappte sich ihre Mappe und eilte am Square d'Anvers entlang Richtung Boulevard.

Wenn Olga meine Praxis verließ, überquerte sie üblicherweise die Avenue ungefähr an derselben Stelle. Sie war fest in ihren teuren Ozelotmantel gehüllt und ging zu ihrem gegenüber dem Gymnasium geparkten Lancia, stieg ein, drehte den Zündschlüssel und fuhr sofort los. Der freigewordene Parkplatz brach eine Lücke in die Reihe der abgestellten Wagen, bis ein anderes Auto hineinmanövrierte und von Olga nichts mehr übrigblieb. Ich ließ den nächsten Patienten eintreten oder ging, falls niemand mehr im Wartezimmer saß, über die Innentreppe in meine ein Stockwerk tiefer liegende Wohnung.

An diesem Abend jedoch hatte der Lancia sich nicht von seinem Platz bewegt, und was von seiner Fahrerin übrig war, lag zusammengekauert unter meiner Couch.

Ich trat weg vom Fenster. Nach einer solchen Sitzung würde die Mathematiklehrerin höchstwahrscheinlich nicht wiederkommen. Doch ich verlor keine Zeit damit, mir über sie den Kopf zu zerbrechen. Ich legte mich auf den Teppich, zog Olga aus ihrem Versteck hervor und legte sie erneut auf die Couch.

Dann nahm ich in meinem Sessel Platz und fragte mich, was ich nun tun sollte.

Um ehrlich zu sein, ich hatte nicht die leiseste Ahnung.

Mehrere Stunden lang saß ich bei einer für immer verstummten Patientin, rauchte eine Zigarette nach der anderen und fand nicht den Schimmer einer Lösung für mein Problem.

Fest stand lediglich, daß Olga erstens tot und zweitens während ihrer Sitzung erwürgt worden war. Darüber hinaus tappte ich völlig im dunkeln. Die Polizei hingegen würde rasch klarsehen, und die Justiz ebenfalls. Ich war eine Zeitlang als Psychiatrie-Experte am Gericht tätig gewesen und wußte, daß auf beinahe instinktive Weise das als Wahrheit angesehen wird, was am eindeutigsten scheint. Ganz gleich, ob ich nun der Mörder oder das Opfer einer Verschwörung war, das Resultat wäre dasselbe. Im günstigsten Fall würde man von einem im Wahnzustand begangenen Mord ausgehen und mich in eine psychiatrische Anstalt einweisen. Ob verrückt oder nicht, ich war der einzige Täter, der in Frage kam. Doch war ich deshalb auch schuldig? Hatte die Tatsache, daß ich davon geträumt hatte, Olga dieselbe Gewalt anzutun wie ihr Mann, mich dazu verleitet, die Distanz zwischen dem Sessel und der Couch, zwischen dem Wunsch und seiner Verwirklichung zu überschreiten? Ich hatte gesehen, wie ich diese Distanz überwand, im Traum. Das verhinderte allerdings nicht, daß ein mir ganz und gar ähnlicher Mann Olga erwürgt hatte. Ich konnte nicht sagen, ob ich oder Max Montignac oder irgendein anderer es gewesen war. Diese Ungewißheit erstickte in mir jede Überlegung und jedes Gefühl, ich empfand angesichts der Tat weder Wut noch Bedauern, sondern hatte nur Angst, weil ich sie nicht begreifen konnte.

Es war kurz vor dreiundzwanzig Uhr. Die Sängerin in der Nachbarwohnung war verstummt. Der Tod hatte auf seine Weise Spuren in meinem Zimmer hinterlassen. Die Gegenstände, die gewöhnlich meine Arbeit begleiteten, kamen mir mit einem Mal gänzlich fremd vor und schienen auf merkwürdige Weise zum Zubehör eines Totenkults geworden zu sein. Das Licht hatte sich verändert, die Nacht glich nun einer schwarzen Marmorplatte, die sich vor mein Fenster geschoben hatte. Sogar die Stille hatte sich gewandelt. Sie hatte nichts mehr mit jener beruhigenden Stille gemein, die den Worten meiner Patientin Tiefe und meinen Zwischenbemerkungen Resonanz verlieh. Jetzt war es eine Grabesstille.

Olga lag vor mir auf der Couch und löste sich weiter auf. Je mehr Leben sich aus ihr zurückzog, desto größer wurde die Entfernung, die uns voneinander trennte. Die Wangenknochen und der Nasenrücken traten stärker hervor, während ihr Blick, das einzige starre Element dieser Verwandlung, tief in ihren Augenhöhlen versunken war. Im Krankenhaus hatte ich gelernt, wie man den Toten Augen und Mund mit in Äther getränktem Mull verschließt, damit sie sich nicht wieder öffnen. Doch dieses Gesicht, das an seiner eigenen Zerstörung arbeitete und allmählich unkenntlich wurde, widerte mich an. Auch die Brüste hätte ich in den Büstenhalter zurückschieben müssen. Ich stellte fest, daß sie voller blauer Flecken waren. »Die Spuren der Gewalt sind an meinem Körper zu sehen«, hatte Olga gesagt, »wenn Sie mich nackt sehen könnten, würden Sie verstehen, wovon ich rede.« Beim Anblick dieser mißhandelten Brust wurde mein Ekel noch größer. Ich konnte nicht einmal ihr Kostüm zuknöpfen. Um sie nicht mehr anschauen zu müssen, drehte ich sie auf den Bauch und breitete die Tagesdecke über ihr aus. Dann setzte ich mich erneut in meinen Sessel und ließ die Zeit verstreichen.

Mehrmals schlief ich kurz ein. Ich träumte, Olga wäre wieder lebendig, sie würde sich zu mir umdrehen und mich mit obszönen Worten auffordern, mich zu ihr auf die Couch zu legen. Ich konnte der Versuchung nicht widerstehen. Und dann beging ein Mann auf der Couch immer wieder denselben Mord. Plötzlich trommelte jemand an die Tür, sie öffnete sich, Chapireau trat mit einer Tasse Kaffee herein. »Polizei!« schrie er wie in einem amerikanischen Film, »du bist verhaftet, alles, was du sagst, kann vor Gericht gegen dich verwendet werden.« Tief in meinem Inneren stimmte ich ihm zu: eine vor den Augen ihres Psychiaters erwürgte Frau – das konnte man nicht durchgehen lassen. In diesem Augenblick klingelte das Telefon, doch ich traute mich nicht, in Chapireaus Gegenwart abzuheben. So klingelte es weiter.

Dieses Klingeln riß mich aus dem Schlaf.

»Bist du's?« fragte eine Frauenstimme.

Es dauerte eine Weile, bis ich Rebeccas Stimme wiedererkannte.

»Was ist los?« fragte ich mühsam.

»Was los ist?« Sie konnte ihre Verärgerung kaum verbergen. »Nichts, außer daß es ein Uhr früh ist und ich keine Lust mehr habe, noch länger auf dich zu warten.«

Wieso wartete sie auf mich? Das wollte ich sie gerade fragen, als es mir dämmerte: an diesem Abend fand im Hotel Hilton das Seminar des Freud-Kreises statt. Anschließend hatte ich mich mit Rebecca verabredet.

Ich fühlte mich überrumpelt.

»Tut mir leid«, stammelte ich, »der Vortrag hat länger gedauert als vorgesehen. Es war zu spät, ich bin eben erst nach Hause gekommen ... Ich wollte dich anrufen, aber du bist mir zuvorgekommen.«

»Ach, länger gedauert als vorgesehen! Sie wollen sich wohl über mich lustig machen, Michel Durand. Du warst gar nicht bei diesem Vortrag. Ich habe im Hilton angerufen, niemand hat dich dort gesehen. Gib doch zu, daß du mit einer anderen zusammen bist.«

»Nein, es ist nicht so, wie du glaubst«, beteuerte ich mit unsicherer Stimme, »ich schwöre dir ...«

»Gib dir keine Mühe, ich bin weder die erste noch die letzte, mit der du es auf deiner Couch treibst. Ich möchte nur nicht, daß du dich zur selben Zeit verabredest. Das stiftet nämlich Verwirrung.«

Dann war ein Klicken zu hören, dem das Besetztzeichen folgte. Rebecca hatte aufgelegt.

Ich warf einen Blick auf Olga.

Mit einer anderen ... Sie hatte genau den richtigen Zeitpunkt gewählt, um mir eine Szene zu machen. Nicht daß Rebecca besonders eifersüchtig gewesen wäre, aber von sämtlichen Frauen, die ich kannte, war sie zweifellos die unberechenbarste, die jähzornigste. Sagte oder tat ich etwas, das ihr nicht paßte, so zögerte sie keine Sekunde, mich an einem vielversprechenden Abend sitzenzulassen, mir wochenlang die kalte Schulter zu zeigen oder, im Gegenteil, bereits am nächsten Tag wieder bei mir aufzukreuzen und so zu tun, als sei am Abend zuvor nichts gewesen.

Tatsächlich durchlebte ich mit ihr eine Art amourösen Wirbelsturm, der einige Monate zuvor in einer Kunstgalerie eingesetzt hatte. Ich hatte die Galerie damals rein zufällig betreten, weil mich die ausgestellten Bilder faszinierten. Bilder ohne Sinn für Komposition, ohne den geringsten Stil, ein triebhaftes Chaos – das war der Ausdruck, der mir beim Betrachten einfiel –, Formen und Farben, deren Zusammenspiel um keinerlei Kohärenz bemüht war, helle neben dunklen Tönen, starke Kontraste, Flächen und Schattierungen, die nebeneinander bestanden und sich keinen Deut um Fragen der Harmonie oder des Gleichgewichts scherten. Eine instinktive Malerei, von der jedoch, fast ungewollt, eine Kraft ausging, die den Betrachter nicht gleichgültig ließ. Auch Rebecca hatte mich nicht gleichgültig gelassen. Sie schlenderte in der Galerie herum und schien sich schrecklich zu langweilen, so als würden ihre eigenen Bilder sie genausowenig betreffen wie die Kommentare, die über sie, die Künstlerin, gemacht wurden. Das reizte mich, sie anzusprechen.

»In Ihrer Arbeit«, sagte ich, »liegt etwas wohltuend Provokatives.«

»Das hat man mir schon hundertmal gesagt«, erwiderte sie hochnäsig.

Ich dachte, sie würde mich daraufhin einfach stehenlassen, doch zu meiner großen Überraschung fügte sie hinzu:

»Anstatt solche Banalitäten von sich zu geben, sollten Sie mich lieber zum Abendessen einladen.«

Sie deutete auf einen piekfein gekleideten Mann, der sich angeregt mit einem Kunstliebhaber unterhielt.

»Dann wäre ich Boris nämlich los. Er wird mir doch wieder nur erzählen, was für Schundbilder er verkauft hat und wieviel ich dank seiner Unterstützung verdient habe, und nachher will er mit mir ins Bett. Es ist jedesmal dasselbe und wird allmählich langweilig.«

Ich hätte gern gewußt, ob Boris sein Ziel schon einmal erreicht hatte, doch ich traute mich nicht, sie zu fragen. Kurze Zeit später betraten wir ein Restaurant in der Nähe der Galerie.

Während des Abendessens sprachen wir über Malerei und Psychoanalyse.

»Es gibt also immer noch Leute, die sich auf eine Couch legen, um ihr Leben zu erzählen?« fragte sie erstaunt.

»Es geht eher darum herauszufinden, warum dieses Leben so unerträglich ist.«

»Und das funktioniert?«

»Gelegentlich.«

Sie lachte laut auf.

»Wenn ich mich hinlege, hört das Leben sofort auf, unerträglich zu sein.«

Ich lachte ebenfalls auf. Offensichtlich hatte sie in ihrem Leben schon viel Schlimmes erfahren, doch wie mir schien, war sie dem nicht aus dem Weg gegangen, sondern hatte daraus die Kraft zum Malen geschöpft. Ihre braunen Locken fielen ihr in das schöne Gesicht, sie warf sie mit einer kurzen Kopfbewegung wieder nach hinten. Ihre Augen waren von einem sehr klaren Grün. Zweifellos merkte sie, wie sehr ich sie bewunderte, denn nun lächelte sie mich an. In Wahrheit jedoch war es jedem von uns beiden völlig gleichgültig, was der andere erzählte. Wichtig war, was nach dem Essen passieren würde. Als ich um die Rechnung bat, sah sie mir fest in die Augen und sagte:

»Sie müssen mich unbedingt Ihre Couch ausprobieren lassen... Ich glaube, das würde mir sehr gefallen.«

So begann unser Liebesverhältnis, das genauso stürmisch war wie ihre Malerei. Eine Beziehung voller Widersprüche und Auseinandersetzungen, die alles andere als einfach waren, in der überschwengliche Begeisterung immer wieder in Verzweiflung umschlug, auf Trennung stets von neuem Versöhnung folgte. Ich hatte das seltsame Gefühl, daß wir einander nur liebten, um uns anschließend wieder trennen zu können. Nahm sie mir übel, daß ich so wenig an ihrer Malerei interessiert war? Sie hatte sich weder von meinem Gerede in der Galerie noch von der Tatsache täuschen lassen, daß ich eines ihrer Gemälde gekauft hatte, das nun in meinem Wohnzimmer hing. Es trug den pompösen Titel *Der Weltuntergang.* Auf blauem, von Streifen und grellen Farbtupfern durchzogenem Hintergrund tauchten pastellfarbene Formen mit verschwommenen Umrissen auf, die sich in dem Sturm, der sie umgab, gegenseitig zu zerstören – oder erst aus ihm heraus geboren zu werden – schienen. Ein für Rebecca typisches Durcheinander, das in mir nur mäßiges Interesse weckte. »Wenn Sie es gekauft haben, um mir eine Freude zu bereiten«, hatte sie zu mir gesagt, »dann haben Sie Ihr Ziel verfehlt. Mir ist es lieber, wenn Sie mit mir ins Bett gehen.« Sie hatte recht, mir war das ebenfalls lieber. Wahrscheinlich war das der einzige Grund, weshalb wir uns regelmäßig trafen. In manchen Momenten siezte sie mich noch, als wollte sie eine gewisse Distanz zwischen uns wahren. Mir kam sie deswegen nur um so begehrenswerter vor. Wenn sie den Kopf in den Nacken legte, schien es, als würde sie einer inneren Musik lauschen. Diese Musik vermittelte sie mir. Ich ließ mich von ihrer Leidenschaft mitreißen, unsere Körper bewegten sich in einem Einklang, den ich mit keiner anderen Frau jemals erlebt hatte.

Trotzdem hatte ich Rebecca an jenem Abend vergessen.

Und ausgerechnet wegen einer anderen Frau. Einer Frau, die mich möglicherweise zu einem makabren Ehebruch verleitet hatte und die nun, da sie tot war, mein Leben zu zerstören drohte.

Ein Anflug von Haß kam in mir auf, löste sich jedoch gleich wieder auf. Haß kann man nur Lebenden entgegenbringen. Es wäre besser, Rebecca anzurufen und ihr zu erklären, was passiert war. Nicht mit dieser Toten alleinzubleiben. Ich nahm den Hörer und wählte Rebeccas Nummer. Das Besetztzeichen erklang. Bestimmt hatte sie den Hörer ausgehängt, um nicht mit mir sprechen zu müssen.

Müde legte ich wieder auf.

Als ich mich erhob, um mir eine Zigarette vom Schreibtisch zu holen, fiel mein Blick auf den Mantel und die Handtasche von Olga, die hinter meinem Sessel lagen.

Ich griff nach der Tasche. Außer zwanzigtausend Francs in

bar enthielt sie die Wagenpapiere, einen Führerschein mit der Adresse der Toten, Avenue de Montespan, 16. Arrondissement, Schlüssel, zwei Puderdosen von Van Cleef & Arpels, eine weitere von Cartier, zwei Rolex-Uhren und eine mit Diamanten besetzte Uhr der Marke Baume et Mercier. »Ihre Spezialität sind Uhren«, hatte Chapireau gesagt. In der Tat. Zählte man die goldene Jaeger-LeCoultre hinzu, die sie am Handgelenk trug, so schleppte sie allein an Uhren ein kleines Vermögen mit sich herum. Hinzu kamen das Kollier und die unverkennbar teuren Ringe, die ihre Finger schmückten. Falls es sich dabei um ihre Beute aus dem Juwelierladen Bernstein handelte, konnte man Chapireaus Verärgerung gut verstehen. Unten in der Tasche stieß ich ferner auf meinen Mont-Blanc-Füller, den ich seit Wochen vermißte. Doch nichts von alldem lieferte eine Erklärung für Olgas Tod. Ich dachte darüber nach, daß es vernünftiger wäre, Chapireau zu benachrichtigen.

Im selben Moment erinnerte ich mich an meinen Irrtum von vorhin: statt den Kommissar anzurufen, hatte ich Zlibovics Nummer gewählt. Vielleicht war dieser Irrtum kein Zufall gewesen, sondern ein Hinweis auf die Chronologie, der ich folgen müßte. Zuerst die Analyse, dann die Polizei.

Ich fühlte mich ein wenig besser. Dieser Entschluß gab mir das Gefühl, die Geschehnisse wieder unter Kontrolle zu haben. Plötzlich hatte ich große Lust, meine Praxis zu verlassen. Ich legte die zwanzigtausend Francs in die Schublade meines Schreibtischs, öffnete das Fenster, nahm meinen Mantel aus dem Kleiderschrank, und kurze Zeit später trat ich hinaus auf die Avenue Trudaine.

Es war noch viel kälter, als ich gedacht hatte. Die Bürgersteige waren mit schimmerndem Glatteis bedeckt. Die Straßenlampen verbreiteten nur ein schwaches Licht. Dennoch konnte ich Olgas Lancia erkennen, der auf der anderen Straßenseite geparkt war. Um nicht auf der Fahrbahn auszurutschen, ging ich ganz vorsichtig auf den Wagen zu.

Die Türen waren verschlossen. Ich ärgerte mich über mich selbst, daß ich den Wagenschlüssel nicht eingesteckt hatte. Ich zerrte an den Türgriffen, doch sie bewegten sich nicht. Als ich es bereits aufgeben wollte, hörte ich jemanden sagen:

»Verflixt rasante Maschine, dieser Kappa LX.«

Ich drehte mich um und stand Herostrat gegenüber.

»Was haben Sie um diese Zeit hier verloren?« fragte ich erstaunt.

»Dasselbe könnte ich Sie fragen, Chef. Was haben Sie um diese Zeit neben dem Wagen einer Ihrer Patientinnen verloren?«

Mein Herz machte einen Sprung in meiner Brust.

»Woher wissen Sie, daß dies der Wagen einer meiner Patientinnen ist?« stammelte ich.

»Wenn man sich lange genug in einem Viertel herumtreibt, findet man eine Menge Dinge heraus. Wenn es Sie wirklich interessiert, erkläre ich es Ihnen ein andermal, im Moment bin ich etwas müde. Ich habe einen Job als Weihnachtsmann in einem Geschäft gefunden. Ich habe den ganzen Abend gearbeitet. Ich muß jetzt nach Hause, ich wohne gleich nebenan, wie ich Ihnen bereits einmal sagte.«

Ich konnte mich nicht erinnern, daß er mir das bereits einmal gesagt hatte, aber das spielte keine Rolle. Wichtig war nur, was er über Olga und den Lancia wußte. Doch schon entfernte er sich wieder und zog dabei seine Tasche auf Rollen hinter sich her.

Als er die Place d'Anvers erreicht hatte, rief er mir zu:

»Seien Sie unbesorgt, wir werden uns bald wiedersehen.«

Dann verschwand er in der Nacht, mitsamt seiner Tasche.

3

»Gestern ist mein Leben zu Ende gegangen. Keine Ahnung, wie das passierte. Ich steckte tief in einem dunklen Loch, und als ich daraus auftauchte, war sie tot. Ich verspürte heftige Schmerzen in den Vorderarmen. Haben Sie schon einmal eine erwürgte Frau gesehen? Ein widerlicher Anblick. Sie hatte Würgemale am Hals, die Zunge hing ihr aus dem Mund. Es war unmöglich, sie wiederzubeleben. Ich hätte die Polizei benachrichtigen müssen, zumindest Chapireau, doch wegen dieser Samba-Musik war ich nicht dazu in der Lage. Später kam dann diese Lehrerin. Ich hätte sie rauswerfen müssen; stattdessen versteckte ich die Leiche unter der Couch, wie ein Mörder. Aber vielleicht bin ich ja einer? Im Traum war ich beides, Zuschauer und Täter. Kann man gleichzeitig in seinem Sessel sitzen und auf der Couch liegen? Ich sah den Ehemann, doch ich war derjenige, der zudrückte. Warum hätte ich das tun sollen? Nach dem Vortrag im Hilton sollte ich zu Rebecca gehen. Ich bin nicht bei besagtem Vortrag gewesen und habe Rebecca völlig vergessen, und das alles wegen dieser erwürgten Frau. Sie wird dir bloß Ärger einbringen, hatte Chapireau gesagt. Wie wird er reagieren, wenn er erfährt, was passiert ist? Als ich meine Praxis verließ und herkam, lag Olga immer noch auf der Couch. Können Sie sich das vorstellen? Auf meiner Couch! Das Fenster ist weit geöffnet, damit sie sich nicht so schnell zersetzt, und sie liegt da, tot, leer, alles vorbei. Einfach nichts mehr, kein Unterbewußtsein, kein Verlangen, keine Neurose, keine unglückliche Kindheit, nichts. Und ich? Für mich gibt es keine Zukunft mehr. Wenn ich zur Polizei gehe und erzähle, was passiert ist, wird man mich für diesen Tod verantwortlich machen und die Sachverständigen darüber entscheiden lassen, ob ich ein Mörder oder ein Verrückter bin. Sie wissen doch, wie das gehandhabt wird: ein Verbrechen oder die Tat eines Wahnsinnigen? Zurechnungsfähig oder unzurechnungsfähig? Ein Schwächeanfall, ein Gewitterblitz aus heiterem Himmel, vorsätzlicher Mord oder eine Verzweiflungstat infolge heftiger Verwirrung? Alle diese Fachausdrücke, die überhaupt nichts erklären.«

Zlibovic saß im Schutz der Dunkelheit seines Sprechzimmers – die Lampe auf der riesigen Empire-Kommode konnte den Raum kaum erhellen – und hörte mir schweigend zu. Was hielt er von dieser Geschichte? Glaubte er ebenfalls an einen Gewitterblitz aus heiterem Himmel? Dieser erfahrene Analytiker, der auf eine glanzvolle berufliche Vergangenheit zurückblicken konnte und dessen einziger Lebensinhalt die Psychoanalyse war, ließ sich nicht so leicht etwas vormachen. Er hatte Freud noch persönlich gekannt, war so bedeutenden Leuten wie Marie Bonaparte, Sacha Nacht und Daniel Lagache begegnet, hatte an der Gründung der Freud-Schule mitgewirkt und nach deren Auflösung den Freud-Kreis ins Leben gerufen, dessen Arbeiten trotz finanzieller Schwierigkeiten allgemeine Anerkennung genossen. Ihm allein war es zu verdanken, daß es diesen Kreis immer noch gab. Ich bewunderte ihn dafür, daß er in seinem Alter nach wie vor die Energie aufbrachte, als Vorsitzender des Kreises tätig zu sein, auch wenn Florence keine besonders gute Meinung über ihn hatte. Sie nannte ihn »einen folkloristischen alten Knacker, der unfähig ist, seinen Saftladen in Schuß zu halten, und sich wegen seines ungarischen Akzents für Ferenczi hält«. Diese Einschätzung schien mir so grausam wie unbegründet. Jahrelang hatte Zlibovic meine Analysen überwacht. Hier und da waren unsere Ansichten über einzelne Patienten auseinandergegangen, doch ansonsten verstanden wir uns bestens, und ich war ihm dankbar dafür, daß er mich als Patient akzeptiert hatte.

An diesem Morgen jedoch hatte ich den Eindruck, daß er mich mit meinem Problem alleinließ. Nie zuvor war mir sein Schweigen so bedrückend vorgekommen. Vergeblich versuchte ich, meinen Worten etwas hinzuzufügen, doch es fiel mir nichts ein. Die Couch stand gegenüber dem Fenster, von dem aus man das Centre Beaubourg sehen konnte – oder zumindest das, was der Nebel erahnen ließ: blasse, in bleicher Luft verschwimmende Farben.

»Erwarten Sie eine Erklärung von der Psychoanalyse?« fragte Zlibovic.

»Das ist nicht der Grund, weshalb ich zu Ihnen gekommen bin, sondern...«

Ich verstummte. Warum war ich hergekommen? Um herauszufinden, wo ich stand, bevor ich Chapireau verständigen würde? Das sagte ich mir jedenfalls, bevor ich mich hinlegte, doch die Psychoanalyse gibt keine Erklärungen. Es gab einen anderen Grund, weshalb ich Zlibovic aufgesucht hatte.

»Um herauszufinden«, sagte ich, »ob ich imstande bin, Rebecca zu verlassen und anschließend im Gefängnis oder im Irrenhaus zu landen – ein komischer Abgang, nicht wahr? Und ohne sie zwischen vier Wänden weiterzuleben. Ich werde sie nicht mehr sagen hören: ›Ich will, daß Sie jetzt sofort mit mir schlafen.‹ Jetzt sofort – und das zu einem Psychiater! Ich habe keine Lust, sie zu verlassen, auch wenn es unmöglich ist, mit ihr zusammenzuleben, auch wenn das Leben mit ihr so chaotisch ist wie ihre Bilder. Es ist ihr völlig gleichgültig, daß ihre Malerei mir nicht gefällt. Als ich ihr das Bild *Der Weltuntergang* abkaufte, machte sie sich über mich lustig. Wir sind ein eigenartiges Paar, weil nur das Sexuelle uns miteinander verbindet. Es ist das erste Mal, daß ich so etwas mit einer Frau erlebe. Es ist in keiner Weise mit dem zu vergleichen, was ich mit Florence erlebt habe. Als Ehepaar waren wir unglaublich prüde. Gewiß, gelegentlich kam es vor, daß wir aus uns herausgingen, uns beispielsweise vor den Spiegeln im Wohnzimmer liebten, doch damit waren unsere sexuellen Phantasien auch schon erschöpft. Gewöhnlich machten wir es im Schlafzimmer, und unsere Liebesspiele waren von gegenseitigem Respekt gekennzeichnet, den wir nur selten ablegten. Nach unserer Scheidung hatte ich einige Geliebte, doch auch mit denen war es nicht viel anders als mit Florence. Rebecca und ich hingegen kennen nicht die geringste Scham, das Verlangen ist unser einziges Gebot, und unser einziges Ziel besteht darin, dieses Verlangen zu befriedigen. Deshalb war sie so wütend auf mich: ich hatte sie mit ihrem Verlangen warten lassen. Sie beschuldigte mich, ich sei mit einer anderen Frau zusammengewesen, so als hätte sie Olgas Anwesenheit spüren können. Eine eigenartige Rivalin. In der Liebe verweigerte Olga genau das, wonach Rebecca suchte. Entgegengesetzte Pole. Es schien, als könnte ich die eine nur ertragen, wenn ich mit der anderen zusammenblieb. Die Distanz zwischen Couch und Bett ist vielleicht doch nicht so groß... Doch für mich ist nun alles verloren. Ich bin sowohl meine Patienten als auch meine Geliebte los. Rebecca behauptet ständig, daß sie mich verlassen will, weil unser Verhältnis ihrer Meinung nach keine Zukunft hat. Falls es das ist, was sie wirklich will, so wird ihr Wunsch in Erfüllung gehen. Sobald ich wieder zu Hause bin, werde ich Chapireau anrufen, und dann kann kommen, was will.«

»Gut, Michel.«

Ohne mich noch etwas hinzufügen zu lassen, stand Zlibovic aus seinem Sessel auf.

Ich erhob mich ebenfalls, bezahlte meine sechshundert Francs, reichte Zlibovic die Hand und ging. Eine Sitzung wie jede andere, deren Bedeutung ich jedoch nicht begriff.

Draußen herrschte eisige Kälte. Das Centre Beaubourg und die benachbarten Gebäude verschwanden im Nebel. Man sah kaum die Hand vor den Augen. Ich stieg in meinen Volvo, drehte den Zündschlüssel und fuhr vorsichtig los. Ich war in eine milchige Decke gehüllt, aus der hin und wieder ein im Schrittempo fahrendes Auto auftauchte. Die ganze Stadt schien stillzustehen, in endgültigem Schweigen erstarrt wie Olga Montignac auf meiner Couch. Würde mein Leben das gleiche Schicksal ereilen? In dieser Hinsicht hatte Zlibovic mir kaum weitergeholfen. Es stimmt, die Psychoanalyse führt nur langfristig zu Resultaten, eine einzige Sitzung kann keine Wunder bewirken. Erst nach mehreren Jahren entdeckt man, ohne sich dessen so richtig bewußt zu sein, daß man sich verändert hat und das Abenteuer allmählich zu Ende geht. Möglicherweise war das bei mir der Fall. Allerdings kam die Trennung von Zlibovic eher einem Abbruch als einem Ende der Therapie gleich. Ein Abbruch, den die Umstände, oder besser gesagt, das Gesetz herbeiführte. Drei Jahre zuvor hatte ich mit meiner Analyse begonnen. Die Gründe dafür waren eigentlich sehr banal gewesen – die Scheidung, die ich nie richtig verkraftet hatte und die ich mit Rebeccas Hilfe überwinden wollte, mein Sohn Mathieu, der mich leider nur jedes zweite Wochenende besuchen durfte. Vielleicht gab es noch andere, undeutlichere, schwerer zu fassende Gründe, die hin und wieder in meinem Alltag auftauchten und die alle zusammen dazu führten, daß ich eine beinahe permanente Verzweiflung in mir spürte.

Und jetzt, nachdem ich mich von Zlibovic verabschiedet hatte, kam es mir vor, als sei nichts davon jemals zur Sprache gekommen. Ich wollte auf der Stelle zu ihm zurückgehen. Doch keine Sitzung läßt sich rückgängig machen, auch wenn sie einen bitteren Nachgeschmack hinterlassen hat. Die Wahrheit war die, daß ich nicht begriff, was mit mir geschah. Ich wußte nur, daß ein Alptraum begonnen hatte, der so undurchdringlich war wie der mich umgebende Nebel.

Wegen des schlechten Wetters brauchte ich fast eine Stunde bis zur Avenue Trudaine. Hinter Olgas Wagen war eine

Parklücke frei. Als ich die Wagentür schloß, sah ich, wie Herostrat aus dem Nebel auftauchte.

»Sauwetter, Chef«, sagte er und grüßte mich, indem er mit dem Finger an den Schirm seiner Mütze tippte. »Man sieht nicht einmal die Spitze seiner Schuhe.«

»Was aber nicht verhindern konnte, daß Sie mich erblickt haben.«

Er blies mir seinen nach Alkohol stinkenden Atem ins Gesicht.

»Wenn man sich lange in einem Viertel herumtreibt, wird man, wie ich Ihnen bereits sagte, auf etliche Dinge aufmerksam. Dienstags beispielsweise kommen Sie stets gegen halb eins nach Hause und stellen Ihren Wagen an der Straße ab. Es gab ja auch einen Parkplatz hier, und der war natürlich für Sie bestimmt.«

»Mit anderen Worten: Sie haben auf mich gewartet.«

Er zuckte mit den Schultern.

»Wenn Sie so wollen. Ich arbeite nur abends. In der Zwischenzeit muß ich mich ja irgendwie beschäftigen. Meinen Bedarf an Sprit habe ich bereits intus, und wenn ich zuviel davon erwische, kann ich anschließend den Weihnachtsmann nicht mehr spielen. Dann wollen die im Geschäft mich nicht mehr. Sie sind sehr streng: wegen der Kinder brauchen sie einen Weihnachtsmann, der nicht umkippt, andernfalls wird man gefeuert.«

Dann deutete er auf Olgas Lancia.

»Sie hat ihren Wagen noch immer nicht abgeholt? Das ist ein Fehler, denn bei dieser Kälte geht die Batterie schnell kaputt. Sagen Sie ihr das, wenn Sie sie sehen. Ich glaube, sie kommt morgen.«

Da ich nichts erwiderte, fuhr er fort:

»Natürlich braucht ein Psychiater sich nicht um die Autos seiner Patienten zu kümmern. Er...«

Ein kurzes Zögern, so als suchte er nach den richtigen Worten.

»Aber er kümmert sich darum«, sagte er und deutete auf seinen Hals.

Bei dieser Geste lief es mir eiskalt über den Rücken.

»Was wollen Sie damit sagen?« fragte ich mit tonloser Stimme.

»Nicht gleich aufregen, es war bloß ein Scherz«, sagte er und schloß gleichzeitig Daumen und Zeigefinger um seine Kehle, »ich wollte damit bloß sagen, daß die Wörter aus dem Hals kommen, und die Wörter, das ist doch Ihr Fach, nicht wahr?«

Im selben Moment waren hinter uns laute Geräusche zu hören. Ich drehte mich um und sah, daß sich im Nebel vor dem Jacques-Decour-Gymnasium etwas bewegte. Es war Schulschluß. Auf dem Bürgersteig stand eine Gruppe von Schülern. Sie glichen verschwommenen Schatten, deren Geräusche vom Nebel gedämpft wurden.

»Wissen Sie, auch in der Psychologie kenne ich mich ein wenig aus«, fuhr Herostrat fort. »Deshalb unterhalte ich mich so gerne mit Ihnen. Schließlich läuft man nicht jeden Tag einem Mann vom Fach über den Weg.«

Besorgt schaute er zu den Schülern hinüber.

»Ich glaube, es ist besser, ich verschwinde jetzt. Mit diesen Jugendlichen... Gestern hatte ich ein bißchen zu viel gebechert, und das haben sie ausgenutzt, um sich mit meinem Trolley zu amüsieren. Ich hatte ziemliche Mühe, ihn ihnen wieder wegzunehmen. Und ich möchte nicht, daß mir das heute noch einmal passiert.«

Er tippte an die Krempe und griff nach seiner Tasche. Bevor er ging, zeigte er noch einmal auf den Lancia.

»Ihre Patientin ist blond und scheint ziemlich reich zu sein, nicht wahr? Vergessen Sie trotzdem nicht, ihr wegen der Batterie Bescheid zu sagen. Denn eine platte Batterie ist ein für allemal hin, wenn Sie verstehen, was ich meine...«

Tat er das absichtlich? Seit dem Beginn unseres Gesprächs wurde ich das Gefühl nicht los, daß er immer wieder auf Olgas Tod anspielte. Doch wie konnte er davon wissen? Gewiß, ihr Lancia stand immer noch unten an der Straße, doch daraus die Schlußfolgerung zu ziehen, daß... Möglicherweise steckte gar keine böse Absicht dahinter? Möglicherweise sprach er tatsächlich von der Batterie? Schwer zu sagen...

Jedenfalls machte er sich nach diesen Worten davon.

Als ich ihn im Nebel verschwinden sah, kam es mir vor, als seien er und seine Tasche miteinander verschmolzen.

Mai-Li putzte gerade die Küche, als ich nach Hause kam. Meinen Gruß erwiderte sie mit der üblichen Gleichgültigkeit, als sei tags zuvor gar nichts passiert.

Auf dem Anrufbeantworter waren mehrere Anrufe eingegangen. Ich hoffte, Rebecca hätte sich gemeldet. Der erste Anrufer war ein Patient, der seinen Termin verlegen wollte. Dann bat jemand mich um ein erstes Gespräch, ohne jedoch eine Nummer hinterlassen zu haben, unter der ich ihn erreichen könnte. Ferner hatte Jean-Claude Charvet angerufen, um seine sowie David Grossmanns und Christiane Lévêques Teilnahme an unserer nächsten Versammlung zu bestätigen. Wir trafen uns jeden dritten Freitag im Monat, einer von uns stellte einen theoretischen Text vor, über den wir anschließend diskutierten und dabei auf unsere beruflichen Erfahrungen zurückgriffen. Ich sagte mir, daß das Treffen wegen Inhaftierung eines der Beteiligten abgesagt werden würde, und hörte die restlichen Nachrichten ab. Ein Kollege schlug mir vor, anläßlich eines Seminars einen Vortrag zu halten. Eine freundliche Frauenstimme teilte mir mit, daß ich eine Einbauküche gewinnen würde, wenn ich auf die Taste mit dem Sternzeichen meines Telefonapparates drückte. Rebecca aber hatte sich nicht gemeldet.

Ich ging in mein Sprechzimmer – es war abgeschlossen, damit Mai-Li es nicht betreten konnte. Da das Fenster die ganze Nacht offengestanden hatte, war es im Raum so kalt wie in einem Kühlschrank. Zuerst schlug ich die Tagesdecke der Couch zurück. Olga lag flach auf dem Bauch, mit dem Gesicht in den Kissen, und ähnelte einer grünen, leicht zerknitterten Kugel aus Seide. Ihr rechter, auf dem Rücken liegender Arm bildete einen ungewöhnlich spitzen Winkel zu ihrer Schulter, der andere Arm verschwand unter ihrem Bauch, während die Beine, die ebenfalls eine eigenartige Krümmung aufwiesen, vom Rest ihres Körpers losgelöst schienen. Dieser Anblick erinnerte mich an die Stoffgiraffe, mit der ich als Kind gespielt hatte. Ich hatte sie so übel zugerichtet, daß ihre Beine nach allen Seiten vom Körper abstanden und der Hals nur noch mit einem dünnen Stück Stoff am Rumpf befestigt war. Dasselbe galt für Olga. Nichts hielt mehr zusammen, ihr Körper hatte seine Einheit verloren, und der Tod hatte, in gewisser Hinsicht, jedem einzelnen Teil die Freiheit geschenkt. Einer ihrer Schuhe – der Marke Fratelli Rossetti, mit Pfennigabsätzen – war unter meinen Schreibtisch gerutscht. Da es mir widerstrebte, ihn der Leiche wieder anzuziehen, stellte ich ihn einfach neben sie. In diesem Augenblick sah ich, daß Olgas Beine mit dunklen, herrlich glänzenden Nylonstrümpfen mit diamantenen Einlegearbeiten an den Knöcheln bekleidet waren. Das Modell Circe, ihr erster Ladendiebstahl. »Eine Art Trophäe«, hatte sie gesagt, »eine Erinnerung an meine Anfänge.« Vielleicht hatte eine Vorahnung sie dazu geführt, genau diese Strümpfe am letzten Tag ihres Lebens anzuziehen?

Ich schloß das Fenster und rief Chapireau an.

»Der Kommissar wird erst am frühen Nachmittag wieder da sein«, verkündete der gelangweilte Beamte vom Vortag. »Wollen Sie später noch einmal anrufen oder eine Nachricht hinterlassen?«

Ein Glück, daß er mich nicht wieder mit der Samba-Musik verband. Ich sagte, ich würde später nochmals rückrufen, und legte auf.

Am frühen Nachmittag – das bedeutete gar nichts. Denn wenn Chapireau mit einem Fall beschäftigt war, konnte niemand genau sagen, wann er wieder in seinem Büro auftauchen würde. Vielleicht wäre es gescheiter, mich an einen seiner Kollegen zu wenden? Nein, es war mir lieber, mit ihm selbst zu sprechen. Nicht weil ich glaubte, daß er mich bevorzugt behandeln würde, sondern weil die Tatsache, daß ich ihn kannte, mir helfen würde, besser mit dieser Situation fertigzuwerden. Ich warf einen Blick in meinen Terminkalender. Außer dem Schnellschießer, der am späten Nachmittag kommen sollte, war niemand vorgemerkt. Ich rief in dessen Büro an, um den Termin abzusagen. Seine Sekretärin sagte mir, er hätte eine Verabredung außer Haus, doch ich könnte ihn auf seinem Handy erreichen, und gab mir die Nummer. Als ich diese Nummer wählte, wurde ich gebeten, eine Nachricht in der Empfangszentrale zu hinterlassen. Das tat ich dann auch, in der Hoffnung, mein Patient würde diese Nachricht noch rechtzeitig erhalten.

Nun brauchte ich nur noch auf Chapireau zu warten. Dieses Warten könnte stundenlang dauern und kam mir ebenso furchtbar vor wie die Tatsache, daß ich ihm Olgas Tod mitteilen müßte. Ich zündete mir eine Zigarette an, setzte mich in meinen Sessel und versuchte, an nichts zu denken und vor allem nicht zur Couch zu schauen.

So vergingen zwei Stunden, in denen ich, wie schon am Tag zuvor, fast ein ganzes Lucky-Strike-Päckchen leerte. Auf meinem Schreibtisch stapelten sich die Unterlagen zu den Vorlesungen, die ich gerade für die Universität in Saint-Denis vorbereitete. So wie die Dinge derzeit standen, müßten meine Studenten in Zukunft ohne meine psychoanalytischen Theorien auskommen – und zwar für längere Zeit. Neben den Papieren stand ein Photo von Mathieu: ein typischer Zwölfjähriger mit einer unmöglichen Frisur, blonden Haarsträhnen, die ihm wirr ins Gesicht fielen, und obwohl er brav ins Objektiv lächelte, wußte ich ganz genau, daß er an etwas anderes dachte, an den letzten Comic, den er gelesen hatte. Seine Augen verrieten, daß er sich gerade Cowboy- oder Piratenspiele ausdachte, wie er sie aus seinen heißgeliebten Filmen kannte.

Angesichts seines verträumten Blicks wurde ich ganz wehmütig und das Schicksal, das mich erwartete, kam mir noch schmerzlicher vor.

Um vierzehn Uhr war Chapireau immer noch nicht in sein Büro zurückgekehrt. Ich ließ eine weitere halbc Stunde verstreichen – vergeblich. Auch eine Stunde später war Chapireau nach wie vor nicht zu sprechen. Ich legte auf, bevor der Beamte mich bitten konnte, mich später noch einmal zu melden oder eine Nachricht zu hinterlassen. Dann versuchte ich mehrmals, Rebecca zu erreichen, doch entweder war ihr Anrufbeantworter eingeschaltet oder die Leitung war besetzt oder es klingelte, ohne daß jemand abhob. Vielleicht war die Leitung genauso verrückt wie Rebecca selbst, was mir durchaus möglich schien, oder aber sie nahm nicht bei jedem Anruf den Hörer ab. Erneut versuchte ich es auf dem Kommissariat. Diesmal bekam ich tatsächlich die Samba-Musik zu hören. Gewiß, ich hatte mir schon gedacht, daß die Warterei unangenehm sein würde. Aber doch nicht in diesem Maße! Ich fühlte mich elendiglich im Stich gelassen. Jeder ging seinen Beschäftigungen nach, ohne sich um die Erwürgte auf meiner Couch zu kümmern.

Und je mehr Zeit verging, desto weniger wußte ich, ob ich mit Chapireau sprechen wollte, um ihm einen Mordfall zu melden oder ihn zu bitten, mich von dieser lästigen Leiche zu befreien – fast so, wie man die städtische Müllabfuhr bittet, einen Gegenstand zu entsorgen, den man nicht mehr braucht.

Allmählich wurde es dunkel in meinem Sprechzimmer. Olga schien mit dieser Dunkelheit zu verschmelzen. Zeitweise war sie beinahe unsichtbar. Ich hätte das Licht einschalten müssen, doch die Dunkelheit schützte mich vor der Toten und vor dem Photo von Mathieu. Sie gab mir das Gefühl, in einer Einsamkeit zu versinken, in der nichts mehr existierte. Eine sonderbare Einsamkeit, die mich von einer unerträglichen Welt erlöste und sich gleichzeitig wie eine Gefängnistür hinter mir schloß.

Mai-Li fuhr mit dem Staubsauger durch das Wohnzimmer. Sollte ich sie nicht wiedersehen, so würde ich Florence bitten, ihr in meinem Auftrag eine Entschädigung zukommen zu lassen und sie eventuell bei sich als Dienstmädchen einzustellen.

Als ich ein weiteres Mal auf dem Kommissariat anrufen wollte, klingelte es an der Eingangstür.

Völlig überrascht schaute ich auf meine Armbanduhr: achtzehn Uhr. Der Schnellschießer schien meine Nachricht nicht erhalten zu haben. Es war ein Irrtum gewesen zu glauben, die Dunkelheit könnte die Welt außer Kraft setzen. Die Welt drehte sich nicht nur weiter, sondern verwies mich auf genau das, wovon ich nichts mehr wissen wollte.

Ich schaltete die Lampe an und öffnete die Tür.

Es war tatsächlich der Schnellschießer.

Er sah mich erstaunt an:

»Bin ich zu früh? Sie scheinen nicht mit mir gerechnet zu haben.«

Mit leiser, ein wenig trauriger Stimme fügte er hinzu:

»Zu früh kommen ist meine Spezialität.«

Manchmal zeigte er durchaus Sinn für Humor. »Ich bin Schnellschießer«, hatte er mir bei unserem ersten Gespräch erklärt, als handele es sich dabei um einen Beruf oder einen Ehrentitel. Vielleicht war ich aufgrund dieser Charaktereigenschaft sofort bereit gewesen, ihn als Patienten anzunehmen. Er brauchte die Hilfe eines Therapeuten. Trotz seines beruflichen Erfolgs – er leitete eine bedeutende Firma, die sich mit der Wartung von Informatikmaterial beschäftigte –, des einzigen Erfolgs, den er sich gestattete, war sein Leben das reinste Fiasko. Seine Angst vor Frauen und vor allem seine Unbeholfenheit im Umgang mit ihnen hatten ihn zu einem sehr einsamen Menschen gemacht. Daher setzte er große Hoffnungen auf seine psychiatrische Behandlung. Er verpaßte nur höchst selten eine Sitzung. Ich brachte es nicht übers Herz, ihn wegzuschicken.

Ich wich zur Seite, um ihn eintreten zu lassen, und bat ihn, wie zuvor die Mathematiklehrerin, sich einen Augenblick im Wartezimmer zu gedulden.

Doch diesmal war es nicht so einfach wie beim ersten Mal. Ich ekelte mich davor, Olga zu berühren. Sie war eiskalt, und zwar auf eine Art und Weise, die weniger mit ihrer Körpertemperatur als vielmehr mit dem davon ausgehenden Tabu zu tun hatte, so als hätte eine Leiche keine andere Möglichkeit, sich vor den Lebenden zu schützen, als von einer solch eisigen Aura umgeben zu sein, jeglichen Wunsch nach Berührung sofort verbietet. Da der Schnellschießer jedoch wartete, war ich gezwungen, mich auf einen Nahkampf mit der Toten einzulassen. Ich überwand meinen Ekel, packte sie an den Schultern und drehte sie um. Nun lag sie auf dem Rücken, steif und starr, in der gleichen Position wie vorhin auf dem Bauch: mit angezogenen Beinen und verrenkten Armen – der eine Arm lag auf ihrer Brust, der andere hinter ihrem Rücken. Sie kam mir vor wie ein Zementblock, der sich soeben um hundertachtzig Grad gewendet hat. Normalerweise ist die Leichenstarre erst nach zweiundsiebzig Stunden abgeschlossen, doch die eisige Kälte, in der ich Olga zurückgelassen hatte, schien den Prozeß beschleunigt zu haben. Ich zerrte an ihrer Jacke, ließ sie auf den Teppichboden gleiten, hob die Couch leicht in die Höhe und drückte die Tote mit dem Fuß gegen die Wand. Anschließend setzte ich die Couch erneut nieder und stemmte mich mit aller Kraft darauf, so als gelte es, einen widerspenstigen Koffer zu schließen. Mit einiger Mühe gelang es mir, die Couch an ihren ursprünglichen Platz zu schieben. Unter der Couch lag Olga, ordentlich zusammengepreßt. Hatte ihre Starre etwas nachgelassen? Nein, ich hatte jetzt keine Zeit, das zu überprüfen. Hauptsache, sie war nicht mehr zu sehen. Das Resultat, so schien es mir, stand demjenigen, das ich anläßlich des Besuchs der Mathematiklehrerin erzielt hatte, in nichts nach.

Im Gegensatz zur Lehrerin betrat der Schnellschießer das

Sprechzimmer, ohne eine besondere Reaktion zu zeigen. Er zog seinen Mantel aus, hängte ihn an den Kleiderhaken neben der Tür und legte sich hin. Ein vertrautes Ritual, dem er sich ohne das geringste Zögern unterwarf. Hätte ich, als ich auf meinem Sessel Platz nahm, nicht plötzlich bemerkt, daß die Couch nicht hundertprozentig im Gleichgewicht war, so hätte ich dies fast für den Beginn einer ganz normalen Sitzung halten können. So aber mußte ich feststellen, daß es mir in der Eile an der nötigen Gewissenhaftigkeit gefehlt hatte. Da ich Olgas Körper nicht richtig plattgedrückt hatte, lag einer der Füße nicht flach auf dem Boden. Ferner stellte ich zu meinem Entsetzen fest, daß ein Teil des Kopfes der Leiche unter der Couch hervorschaute. Die Haut war wie aus Wachs, die Augen starrten mich an, als wollten sie nichts von der bevorstehenden Sitzung versäumen, während die Zunge den Teppichboden abzulecken schien. Um ihrem Blick auszuweichen, betrachtete ich den *24. Tag.* Doch diese Augen und diese Zunge quälten mich so sehr, daß ich befürchtete, sie im nächsten Augenblick auf dem Bild auftauchen zu sehen.

Den Schnellschießer hingegen schien die wackelige Stellung der Couch keineswegs zu stören.

»Wenn Sie wüßten, wie sehr ich Sex mißtraue!« seufzte er. »Noch nie ist es mir gelungen, die Verzückungen, die er verspricht, am eigenen Leib zu erfahren. Dennoch werde ich ständig davon bedrängt. Und das alles nur der Frauen wegen. Nicht daß ich ihnen das übelnehme, denn schließlich sind sie, wie man zugeben muß, der Ursprung der Menschheit. Lange Zeit glaubte man, Sex sei reine Männersache. Was für ein Irrtum! In Wirklichkeit ist Sex Sache der Frauen, sie denken unentwegt an nichts anderes. Allein wie sie sich kleiden! Unter ihren Mänteln tragen sie leichte Stoffe, tief ausgeschnittene Blusen, nackte Rückenteile, eng anliegende Hosen, geschlitzte Kleider, kurze Röcke, Netzstrümpfe, lauter Dinge, mit denen sie den Männern in angenehmster Erinnerung bleiben wollen. Ich versuche, nicht daran zu denken, doch sie sind überall und tragen ihre verheißungsvollen Versprechungen vor sich her. Wie soll man ihnen jemals entkommen? Sobald man eine Frau kennenlernt, ganz gleich, wie fern sie solchen Vulgaritäten zu sein scheint, wie erhaben der Ort ist, an den man sie zum Abendessen eingeladen hat – man ist ihr hoffnungslos ausgeliefert. Gleich zu Beginn versucht sie, einem ihre Geschlechtlichkeit anzudrehen. Es gibt keinen anderen Ausdruck dafür. Sobald Intimität aufkommt, ist sie zufrieden. Doch diese Intimität ist mir unangenehm, es ist eine feuchte Vertraulichkeit, bei der man mit leiser Stimme miteinander spricht und verständnisinnige Blicke austauscht, während die Hände und Körper sich flüchtig berühren, um sich so auf die späteren Gefechte vorzubereiten. Sofort riecht es nach Bett. Ich hingegen nehme diesen Bettgeruch für bare Münze, und bevor es überhaupt angefangen hat, ist es auch schon vorbei. In der Bibel steht geschrieben: *Du wirst sehen, ohne zu sehen, du wirst hören, ohne zu hören.* Nun, ich komme zum Orgasmus, ohne zum Orgasmus zu kommen. Das ist der Grund, weshalb ich zu Ihnen komme. Zumindest erlebe ich hier eine würdevolle Intimität, eine Stätte des Geistes, wo Distanz und Zurückhaltung herrschen und wo man über alles sprechen kann, sogar über Sex, ohne seine Würde zu verlieren. Hier ist man in angenehmer Gesellschaft.«

Er hatte gut reden! Als ich zum Fenster hinausschaute, sah ich, wie Mai-Li die Straße überquerte. Sie war gegangen, ohne mir Bescheid zu sagen. Zweifellos befürchtete sie, der Zwischenfall vom Vortag könnte sich wiederholen. Neben dem Lancia blieb sie stehen, betrachtete den Wagen ausgiebig und blickte mehrmals zu meiner Praxis hoch. Im selben Moment tauchte Herostrat aus der Dunkelheit auf. Ich wunderte mich, denn eigentlich sollte er um diese Zeit doch in seinem Geschäft den Weihnachtsmann spielen. Dann sah ich, wie er auf Mai-Li zuging. Das war nichts Ungewöhnliches, da er auf der Straße jeden anquatschte; höchst seltsam fand ich jedoch, daß die ansonsten so schweigsame Mai-Li unverzüglich mit ihm zu sprechen begann. Ich hätte zu gerne gewußt, worüber die beiden sich unterhielten. Herostrat schien ihr etwas zu erklären, wobei er mehrmals auf das Fenster meiner Praxis deutete, während Mai-Li zustimmend mit dem Kopf nickte. Vermutlich war es die Kälte, die sie an einer Fortsetzung ihres Gesprächs hinderte: Mai-Li ging am Square d'Anvers entlang Richtung Metro, während Herostrat kurze Zeit wartete, bevor er mit seinem Trolley auf die Rue de Dunkerque zusteuerte.

Der Schnellschießer indes fuhr mit seiner Lobrede auf die Psychoanalyse fort.

»Wenn ich vorhin sagte, daß man hier in angenehmer Gesellschaft ist, dann meinte ich damit nicht nur Sie, sondern auch die Patienten, denen ich im Wartezimmer begegnet bin. Ich fühle mich wohl in ihrer Gesellschaft, sie sind meine Leidensgenossen, wir bilden so etwas wie eine richtige Familie. Eine Familie von Unglücklichen. Eine diskrete Familie, in der jeder an seinem Platz bleibt, ohne sich in das Leben des anderen einzumischen. Unsere Beziehungen beschränken sich auf die Blicke, die wir einander zum Gruß zuwerfen. Doch diese Blicke bringen uns einander unendlich näher, als wenn wir eine Nacht miteinander verbringen werden.«

Als ich mich bereits fragte, wie lange er sich noch mit diesem Thema aufhalten würde, ließen mich seine Worte plötzlich aufhorchen.

»Ähnlich ergeht es mir mit der Patientin, der ich ab und zu in Ihrem Wartezimmer begegne. Mit der vornehmen Dame im Ozelotmantel. Als sich unsere Blicke das erste Mal kreuzten, dachte ich sofort an das Gedicht, in dem es heißt: *Ach du, die ich liebte, ach du, die es wußte.* Dabei blieb es, und das ist auch besser so… Wenn ich ihr jetzt begegne, erkenne ich in ihren Augen jenes stumme Einverständnis, jenen Gleichklang, der zwischenmenschliche Beziehungen so wertvoll macht, ohne daß man sich auf körperliche Weise verständlich machen muß. Nach langem Bemühen fand ich schließlich heraus, welchen Wagen sie fährt: einen grau metallicfarbenen Lancia, der stets gegenüber vom Gymnasium geparkt ist, so als wäre das ein ihr rechtmäßig zustehender Platz. Wenn ich diesen Wagen sehe, weiß ich, daß sie bei Ihnen ist, und dann warte ich unten, damit sie sich nicht gestört fühlt. Sie dankt mir jedesmal mit einem Lächeln dafür. Mit einem Lächeln fern jeglicher Lüsternheit. Einmal, vielleicht erinnern Sie sich, versäumte ich ihretwegen eine Sitzung. Der Lancia stand vor Ihrem Haus, ich wartete über eine halbe Stunde im Regen. Als ich endlich beschloß, zu Ihnen raufzukommen, war es bereits zu spät. Ich glaube, das ist mir nur dieses eine Mal passiert. Nachdem ich wieder unten war, sah ich mir den Wagen genauer an: es war nicht ihr Lancia. Sie wird nie erfahren, daß ich ihretwegen eine Sitzung verpaßt habe. Es ist ein geheimes Geschenk, das für mich um so wertvoller ist, weil sie nichts davon weiß.«

Er dachte einen Augenblick nach, bevor er fortfuhr:

»Allerdings kann ich ihr nicht dauernd solche Geschenke machen. Auch heute abend glaubte ich ihren Wagen auf seinem gewohnten Platz stehen zu sehen. Zunächst wollte ich warten, um sie nicht in Verlegenheit zu bringen, aber da ich nicht sicher war, daß sie bei Ihnen ist – sie kommt sonst nie dienstags –, beeilte ich mich herzukommen. Und nun habe ich seltsamerweise das Gefühl, als befände sich etwas von ihr in diesem Zimmer …«

Mein Blick fiel auf die glasigen Augen der Toten, die nur wenige Zentimeter unter ihm lag, und ich hielt es für angebracht, die Sitzung schleunigst zu beenden.

»Gut, Monsieur«, sagte ich und erhob mich.

»Eigentlich glaube ich doch, daß es ihr Wagen ist«, erwiderte er ein wenig ratlos und rutschte an den Rand der Couch.

Dann erhob er sich, legte seine fünfhundert Francs auf meinen Schreibtisch und ging, nachdem er mir die Hand gegeben hatte.

Von meinem Fenster aus sah ich, wie er sich dem Lancia näherte. Wie Mai-Li schaute er sich den Wagen eine Zeitlang aufmerksam an. Es fehlte nur noch, daß erneut Herostrat auftauchte und ihm erzählte, was er von der Sache wußte. Doch er ließ sich nicht blicken. Er war wohl gerade als Weihnachtsmann unterwegs. Der Schnellschießer blickte zu meiner Praxis hoch, zögerte und ging dann entschlossenen Schrittes zu seinem Rover, der in zweiter Reihe vor meiner Haustür stand, ließ den Motor an und fuhr davon.

Ich beförderte Olga nicht wieder auf die Couch. Ob sie nun auf oder unter dem Sofa lag, was machte das schon für einen Unterschied? Statt dessen öffnete ich wegen der Gefahr einer möglichen Zersetzung das Fenster – der ständige Wechsel von Warm und Kalt beunruhigte mich, zumal ich mich nicht mehr erinnern konnte, was ich diesbezüglich in der Gerichtsmedizin gelernt hatte –, schloß das Sprechzimmer ab und ging ins Wohnzimmer, um ein weiteres Mal Chapireau anzurufen.

Erwartungsgemäß bat mich der Beamte, entweder noch einmal anzurufen oder eine Nachricht zu hinterlassen. Diesmal traf ich eine Entscheidung.

»Sagen Sie dem Kommissar, er soll Michel Durand anrufen, sobald er zurück ist«, sagte ich. »Es ist dringend.«

Dann versuchte ich erneut, Rebecca zu erreichen – ohne Erfolg. Wütend legte ich auf. Mein Abschied von ihr schien sich ziemlich kläglich zu gestalten, doch ich konnte mir nicht vorstellen, daß ich ihr ein Telegramm schicken oder eine Nachricht auf ihrem Anrufbeantworter hinterlassen würde, die besagte: »Während ich schlief, wurde eine Patientin erwürgt – kann sein, daß ich der Täter bin – liefere mich der Polizei aus – begehre dich nach wie vor – Michel.«

Ich legte mich auf das Sofa. Das Warten könnte noch lange dauern, doch zumindest brauchte ich nicht mehr im Kommissariat anzurufen. In gewisser Hinsicht war meine Nachricht die offizielle Bekanntmachung von Olgas Tod. Von nun an bräuchte ich die Dinge nur noch auf mich zukommen zu lassen. Vielleicht würde alles nur halb so schlimm werden? Möglich, daß Chapireau Verständnis zeigen und nicht sofort versuchen würde, mich für diesen Mord verantwortlich zu machen. Vielleicht...

In Wirklichkeit hatte ich Gewißheit über rein gar nichts. Um Chapireau von meiner Unschuld überzeugen zu können, hätte ich zunächst einmal selbst davon überzeugt sein müssen. Ich glaubte, ich hätte ununterbrochen auf meinem Sessel gesessen, doch sicher war ich nicht. Schließlich konnte sich Olga schlecht selbst erwürgt haben. Wer war also der Täter? Wie oft hatte ich mir diese Frage schon gestellt? Olga ging mir auf die Nerven, das stimmt. Aber um jemanden umzubringen, braucht man doch ernsthaftere Gründe. Welche Verrücktheit oder welche unerklärliche Verbindung zwischen dieser Frau und mir hatte mich dazu verleitet, sie Chapireau gegenüber in Schutz zu nehmen? Ein seltsames Verhalten für einen Analytiker. Olga hatte genau gemerkt, was los war, und sich für mein Verhalten sogar bei mir bedankt. Wer weiß, ob nicht diese Verbundenheit am Ursprung der Katastrophe stand? Immerhin hatte ich von einer mörderischen Auseinandersetzung mit ihr geträumt. Als ich in der psychiatrischen Anstalt arbeitete, hatte einer der Patienten mir eine Art Blackout in seinem Leben geschildert. Ein Bewußtseinsverlust, der nicht länger als eine halbe Stunde gedauert, aber genügt hatte, daß er in dieser Zeit seine Frau und seine beiden Kinder erwürgt hatte. Er konnte sich an nichts mehr erinnern, doch er litt unter schrecklichen Halluzinationen, die ihm seine Tat immer wieder vor Augen führten. Auch ich hatte Zlibovic von einem Blackout erzählt, allerdings hatte ich keine Wahnvorstellungen, sondern steckte lediglich auf halbem Wege zwischen dem Sessel und der Couch fest.

Mein Blick fiel auf Rebeccas Bild: *Der Weltuntergang.* Ein passender Titel. Die pastellfarbenen Formen, die sich im allgemeinen Farbchaos auflösten, erinnerten mich an

Artischockenböden. Artischockenböden, die mein Ende besiegelten. Eine seltsame Art und Weise, Abschied von der Freiheit zu nehmen.

Auf dem niedrigen Tischchen lag eine Ausgabe der *Libération,* deren fettgedruckte Schlagzeile lautete: »Max Montignacs Lage wird immer aussichtsloser.«

Meine ebenfalls, dachte ich. Dabei hatte Max gute Gründe, Olga zu beseitigen. Sie hatte es mir gegenüber oft genug wiederholt: »Er ist ein Hai«, hatte sie gesagt. »Ich könnte ihn bis an sein Lebensende hinter Gitter bringen.« Ein Hai, der im Geld schwimmt, der an nichts anderem als an seinem Profit interessiert ist, ein übler Geschäftemacher, Besitzer von Häusern, Grundstücken, Fabriken und so weiter, ein Spezialist in Finanztricks und falschen Rechnungen, der mit seinem Kapital jongliert, seine Gesellschaften entweder zu gigantischen Gewinnen führt oder sie in den Ruin treibt und in solch höllischem Rhythmus kauft und wieder verkauft, daß die Steuerbehörde schlichtweg den Überblick verliert. So wurde Max Montignac in der Öffentlichkeit dargestellt. Jenseits dieser Klischees war der Mann mir völlig fremd. Etliche Analytiker, die ich kannte – unter anderem auch Zlibovic –, verdienten eine Menge Geld, doch ihr Einkommen war in keiner Weise mit den märchenhaften Summen und dem phantastischen Lebensstil zu vergleichen, den man Max Montignac zuschrieb. So luxuriös die Räume des Freud-Kreises in der Avenue de la Bourdonnais mit ihren weitläufigen Zimmern, den antiken Möbeln und wertvollen Gemälden auch waren, gegen Montignacs Reichtum kamen sie nicht an. Was wir darstellten, hatte nichts mit dem zu tun, was Max Montignac darstellte. Wir beschäftigten uns mit dem Unterbewußtsein der Menschen, er kümmerte sich um Kapitalerträge, Geldverkehr, Geldfonds, Immobilienwerte, Aktienkurse, Bargeld – das waren seine Rohstoffe. Wie eine einsatzbereite Armee wartete sein Kapital nur darauf, auf neuen Märkten aktiv zu werden. Seine Bestimmung: die Börsenspekulation, die

Eroberung. Sein einziges Gesetz: das Wechselspiel von Angebot und Nachfrage. Für einen Therapeuten hingegen ist Geld lediglich eine Zugabe, ähnlich wie die Heilung für seinen Patienten: für Max war Geld der Motor des Systems. Eines allerdings derart schwächeanfälligen Systems, daß zur Zeit mindestens drei Richter damit beschäftigt waren, Max' Konten zu prüfen, und seine Vernehmung wie zweifellos auch seine Verhaftung unmittelbar bevorstanden.

War ein solcher Mann zu einem Mord fähig, wenn seine Interessen das verlangten? Daran zweifelte ich nicht im geringsten, doch auch damit war folgende einfache Frage nicht beantwortet: Warum sollte er diesen Mord in meiner Praxis begehen – und vor allem: Wie war er dort eingedrungen? –, wo er ihn anderswo doch ohne Zeugen hätte begehen können?

Es war kurz nach zehn, ich fand keine Antwort auf diese Fragen, und Chapireau hatte sich noch immer nicht gemeldet. Um mich herum war alles still. Diese Stille beruhigte mich. Möglicherweise waren dies die letzten Stunden, die ich in meiner Wohnung verbrachte. Ich liebte diese Wohnung, in die ich eine Menge Geld investiert hatte. Was mir etliche Unannehmlichkeiten mit meiner Bank eingebracht und in gewisser Weise auch zu meiner Scheidung geführt hatte. Ich konnte noch deutlich hören, wie Florence schrie: »Du hättest nicht mich, sondern deine verfluchte Acht-Zimmer-Wohnung heiraten sollen!«

Sie hatte nicht unrecht. Diese verfluchte Acht-Zimmer-Wohnung nahm einen wichtigen Platz in meinem Leben ein. Letztes Jahr, als ich glaubte, gut bei Kasse zu sein, ließ ich alles renovieren. Das englisch-chinesische Sofa, die venezianischen Spiegel, die Wandbehänge und die während unserer Ehe angeschafften Empire-Kommoden im Wohnzimmer wichen einem schwarzen Ledersofa und passenden Sesseln. Ein niedriges Glastischchen und diskreter, nicht allzu auffälliger Nippes vervollkommneten das Ganze. Auch die übrigen

Räume wurden entsprechend verändert: weißgestrichene Wände und ein weicher, grauer Wollteppich ließen die ein wenig überfüllte Wohnung größer erscheinen. Eine neue Innentreppe verband die Wohnung mit der ein Stockwerk höher gelegenen Praxis. Zuvor hatte ich stets die Haustreppe benutzen müssen. Nun gelangte ich vom Wohnzimmer direkt in mein Sprechzimmer. Das Appartement gewann an Volumen und Tiefe, doch vor allem fand es auf diese Weise zu einer Einheitlichkeit, die ihm bislang gefehlt hatte. Ganz gleich, in welchem Zimmer ist mich auch aufhielt, ich fühlte mich zu Hause.

Allerdings kosteten mich diese Arbeiten mehr Geld als geplant. Zu allem Unglück leitete das Finanzamt auch noch eine Kontrolle gegen mich ein. Angesichts des Umfangs der Renovierungsarbeiten ging man davon aus, daß meine Einkünfte höher waren, als ich angegeben hatte. Es folgte eine Steuerangleichung, die mich in die roten Zahlen stürzte. Folglich mußte ich an allen Ecken zu sparen beginnen, bei den täglichen Ausgaben und den Unterhaltszahlungen ebenso wie bei Mathieus Studien- und Feriengeldern, für die ich zur Hälfte aufkam – letzten Sommer war er in den USA gewesen, diesen Winter hatte er an einem Skikurs teilgenommen. Hinzu kamen das Gehalt für sein Kindermädchen, natürlich Zlibovics Honorare und die beinahe untragbaren Kreditkosten. Ständig verhandelte ich mit meiner Bank, damit sie mehr Flexibilität zeigte. Das ging mir gehörig an die Substanz und gab mir zudem das Gefühl, meine Schulden mit mir herumzuschleppen wie eine chronische Krankheit.

Meine Inhaftierung, so sagte ich mir, würde zumindest bewirken, daß meine Konten ins reine kämen. Um meine Schulden begleichen zu können, müßte man mein gesamtes Eigentum verkaufen. Und was dann noch übrigblieb – falls überhaupt etwas übrigbleiben würde –, bekäme ich bei meiner Entlassung ausgehändigt.

In diesem Moment klingelte es an der Tür.

Chapireau! dachte ich. Da er den Ernst der Lage erkannt hatte, war er, anstatt anzurufen, sofort hergekommen. Wie würde er reagieren, wenn er Olga unter der Couch entdeckte? Ich dachte lieber nicht an die Erklärungen, die ich ihm geben müßte, sondern öffnete die Tür.

Es war nicht Chapireau.

Vor der Tür stand ein etwa fünfzigjähriger, großgewachsener Mann mit einem sympathischen Gesicht. Sein eleganter nachtblauer Mantel war mit Schneeflocken bedeckt.

Obgleich ich diesem Mann noch nie begegnet war, erkannte ich ihn sofort wieder.

»Max Montignac«, sagte er, »ich glaube, wir haben uns einiges zu erzählen.«

4

Ich war völlig überrascht und starrte ihn reglos an.

Mit leiser Stimme und in leicht ironischem Ton fragte er:

»Ist es Ihnen lieber, wenn wir hier im Treppenhaus stehenbleiben?«

Ich trat zur Seite, um ihn vorbeizulassen. Als er an mir vorbeiging, bemerkte ich, daß er einen guten Kopf größer war als ich, und stellte erstaunt fest, wie genau er jener Beschreibung entsprach, die Olga mir von ihm gegeben hatte: ein ausgesprochener Angeber, der sich seiner selbst, seines Erfolges und seines Einflusses auf andere sehr sicher war. Alles an ihm drückte Wohlstand aus, mehr noch: das Gewöhntsein an Wohlstand. In gewisser Hinsicht war er seinem Geld ähnlich, schnellem Geld, das nur in der Bewegung existierte oder vielmehr Blendwerk war und die Fähigkeit besaß, Einfluß auszuüben.

In der Mitte des Wohnzimmers blieb er stehen, blickte sich nach allen Seiten um, betrachtete einen Moment lang den *Weltuntergang* und setzte seine Inspektion fort wie ein Stratege, der einen Ort mustert, den er sich aneignen möchte. Schließlich nahm er unaufgefordert in einem der Sessel Platz. Schnee fiel von seinem Mantel.

»Tut mir leid, aber draußen ist ein Sauwetter. Man braucht bloß einen Schritt vor die Tür zu tun, und schon ist man voller Schnee.«

Er schien sich äußerst wohl in seiner Haut zu fühlen. Nicht

viel fehlte, und er hätte mich aufgefordert, ebenfalls Platz zu nehmen.

»Es scheint Sie zu überraschen, daß ich zu Ihnen gekommen bin«, sagte er.

Ich setzte mich hin.

»Es ist nicht üblich, dem Therapeuten seiner Gattin einen Besuch abzustatten«, sagte ich vorsichtig.

»Sind Sie etwa ein Mann, der Wert auf die üblichen Umgangsformen legt, Monsieur Durand?«

»Im Interesse des Patienten befolgt die Psychoanalyse gewisse Regeln.«

»Und worin liegt, Ihrer Meinung nach, das Interesse meiner Frau?«

Ich ging nicht auf seine Frage ein. Er zog eine Schachtel Zigarillos der Marke Davidoff aus seiner Manteltasche und zündete sich eine davon mit einem schweren, goldenen Feuerzeug an.

»Ich bin zu Ihnen gekommen«, erklärte er, »weil ich mir Sorgen um Olga mache. Gestern abend war sie bei Ihnen – sie sagt mir stets Bescheid, wenn sie einen Termin bei Ihnen hat –, und bisher ist sie, was ganz und gar nicht ihren Gewohnheiten entspricht, noch nicht nach Hause zurückgekehrt. Ich habe die ganze Nacht und den ganzen Vormittag auf sie gewartet. Heute nachmittag mußte ich mich um meine Geschäfte kümmern.« – Er deutete auf die auf dem Glastisch liegende Ausgabe der *Libération*. – »Wie Sie zweifellos wissen, bin ich derzeit ein sehr beschäftigter Mann... Als ich heute abend nach Hause kam, war Olga noch immer nicht aufgetaucht. Folglich bin ich ein wenig beunruhigt und möchte herausfinden, was meiner Frau passiert ist.«

Er nahm einen langen Zug an seiner Davidoff und betrachtete den Rauch, der langsam an die Decke stieg.

»Sie scheinen mir nicht zu glauben. Dabei ist es die Wahrheit, denn ich hänge sehr an meiner Frau, auch wenn sie nicht ganz normal ist. Ich übrigens auch nicht. Aber wer kann schon von sich behaupten, normal zu sein? Sie als Psychiater werden das am allerbesten wissen. Nun, meine Frau und ich lieben uns auf eine etwas unkonventionelle Art und Weise. Ich nehme an, Olga hat mit Ihnen darüber gesprochen. Da sie jedem erzählt, was ich mit ihr mache, wird sie das bei Ihnen wohl kaum versäumt haben. Wenn Sie wüßten, bei wie vielen Psychiatern, Neurologen und anderen Spezialisten sie bereits war, bevor sie zu Ihnen kam. Aber jetzt kann ich sicher sein, daß sie in guten Händen ist.«

Erneuter Zug an der Davidoff. Dann wiederholte er in ausgesprochen ironischem Ton:

»In guten Händen, nicht wahr, Doktor?«

Ich hütete mich davor, irgendeine Reaktion zu zeigen, und er fuhr fort:

»In letzter Zeit hat mir Olga eine Menge Scherereien gemacht. Sie stiehlt nämlich in einem fort. Ich hoffte, Sie würden ihr diese schlechte Gewohnheit austreiben. Denn in meiner Situation ist eine Frau, die Ladendiebstahl begeht, äußerst unangenehm. Nicht, daß ich es mit der Ehrlichkeit besonders genau nehme, aber momentan habe ich reichlich andere Probleme.«

Erneut deutete er auf die Zeitung.

»Was man über mich schreibt, ist nicht völlig falsch, aber als Geschäftsmann darf man nur seine eigenen Regeln befolgen, andernfalls kann man den Laden gleich dichtmachen. Alle wissen, daß man die Eier kaputtschlagen muß, um ein Omelett zuzubereiten, doch man tut so, als stimme das nicht. Als hätte das Geld jemals anderen Gesetzen gehorcht. Kennen Sie folgendes Gedicht?

In alle Ewigkeit verdammt sei der nutzlose Träumer,
Der sich in seiner Torheit
In ein unlösbares Problem verliebt
Und Geld mit Ehrlichkeit verbinden will.

Ich habe nicht viel in der Schule gelernt, aber diese Lektion habe ich nicht vergessen. Geld und Ehrlichkeit, was für ein Quatsch! Man will reich sein, aber ohne sich das anmerken zu lassen, ohne sich die Hände mit Eigelb schmutzig zu machen. Komische Zeiten. Wegen Banalitäten werden einem die Richter auf den Hals gehetzt. Sogar die kleinen Aktionäre mucken auf. Sie verwechseln die Börse mit der Sparkasse. Sobald sie sich geschädigt fühlen, attackieren sie einen. Und zwar nicht vor dem Zivilgericht, nein, es muß, bitte schön, vor dem Strafgericht sein! Gefälschte Bilanzen, betrügerischer Bankrott, Vetternwirtschaft, Unterschlagung öffentlicher Gelder, Vertrauensmißbrauch, ungerechtfertigte Lohnzahlungen, Mittäterschaft – alles hat einen Namen. Und sobald Sie sich eines dieser Delikte schuldig machen, drohen Ihnen sofort Hausdurchsuchung, Verhör, Polizeigewahrsam und Inhaftierung. Waren Sie schon einmal im Gefängnis, Monsieur Durand? Ich schon. Ehrlich gesagt: es ist kein Vergnügen. Einmal saß ich wegen einer Schmiergeldaffäre mehrere Monate hinter Gittern. Doch wie wollen Sie ohne Bestechung zu Geld kommen? Das ist das Problem, das einzig wahre Problem unserer Zeit: das Geld! Es stellt gewisse Anforderungen. Man muß sich mit dem Wesen des Geldes beschäftigen, es sein eigenes Leben leben lassen, sonst steckt man schnell in der Scheiße. Sie verstehen, was ich meine? In der Scheiße. Sie sollten einmal von der Wall Street zum World Trade Center gehen, Monsieur Durand, dort, zwischen den Zwillingstürmen, würden Sie begreifen, worum es geht: *Die Welt beginnt am World Trade Center.* Genauso ist es, am Anfang der Welt steht die Geschäftemacherei, und das Geld läßt die Welt atmen. Sie atmet Dollars ein und Yen aus. Auf den großen Geldmärkten in London, Tokio, New York, Frankfurt findet das Leben statt. Dort wechseln im Handumdrehen Millionen von Dollars den Besitzer. Wie im Spielcasino. Wenn der Croupier ›Rien ne va plus‹ sagt, dann bedeutet das, daß für die Bank alles bestens läuft. Es geht nur darum, auf der richtigen Seite zu stehen. Wenn man das begriffen hat, hat man alles begriffen.

Sich Geld beschaffen, damit arbeiten, es gewinnbringend anlegen. Immer und immer wieder. So lautet das Grundprinzip. Aber damit Geld Gewinne erzielen kann, muß es in Umlauf gebracht werden. Geld ist eine zappelige Hure, aber eine, die sich fortpflanzen, Kinder kriegen will. Wissen Sie, wie sich im Neuen Testament das Brot vermehrt? Damals wußte man, was Busineß bedeutet. Man wußte, daß das Grundprinzip Multiplikation bedeutet. Heute sind nur noch Laien am Werk. In Wirklichkeit gibt es nur sehr wenige Leute, die Geld tatsächlich lieben, die es so sehr lieben, daß sie sich seinen Gesetzen unterwerfen. Es sind grausame Gesetze, das gebe ich gerne zu, Gesetze, die mit den Schwachen nicht das geringste Erbarmen haben. Die Schwachen betrachten das Geld lediglich aus der Ferne, wie eine Frau, der sie sich nicht zu nähern wagen, die zu schön für sie ist. Diese Leute werden immer arm bleiben. Für die Starken hingegen, ich meine für diejenigen, die unter das Kleid der Frau schlüpfen und mit ihr die Schweinereien anstellen, auf die sie so versessen ist, für die ist Geld eine großzügige Geliebte, die alles gibt... Deshalb ist man auf die Reichen so böse: weil sie etwas wagen. Sobald man einen von ihnen erwischt, ist jedes Mittel recht, um ihn an den Pranger zu stellen. Sie glauben mir nicht? Dann versuchen Sie mal, ein paar Einnahmen am Steueramt vorbeizuschmuggeln. Sofort fallen alle über Sie her, die Richter, die Polizei, die Journalisten, die Gewerkschaften, die Steuerprüfer. Und falls Sie dann noch...«

Er hielt inne, um sein Zigarillo wieder anzuzünden. Ich dachte, er würde in demselben Ton fortfahren, doch plötzlich begann er zu schreien, so als würde er einer lang zurückgehaltenen Wut Ausdruck verleihen:

»Und falls Sie zudem mit einem Luder verheiratet sind – verstehen Sie, Monsieur Durand, mit einem Luder, anders kann man es nicht ausdrücken –, das nichts anderes im Sinn hat, als Ihnen Steine in den Weg zu legen, in Geschäften Dinge zu klauen, die sie sich anstandslos leisten könnte, und wenn diese Frau Ihnen obendrein damit droht, den Bullen von Ihren miesen Geschäften zu erzählen, dann sind Sie auf verlorenem Posten. Ganz gleich, wie oft ich Olga anflehe, doch endlich damit aufzuhören, ganz gleich, wieviel Geld ich ihr gebe, sie stellt sich einfach taub. Wie soll man eine solche Frau zur Vernunft bringen? Sie ist nur darauf aus, mir Scherereien zu machen. Man könnte meinen, das sei das einzige Ziel in ihrem Leben. Im Bett verhält sie sich ähnlich: sosehr ich mich auch anstrenge, um mit ihr zu schlafen – sie will immer nur verprügelt werden. Und ihr fällt immer wieder etwas Neues ein, mich zu provozieren. Selbst ihre Therapie hat sie nicht beruhigt. Wie Sie sehen, ist das Leben mit ihr kein Honiglecken. Sie ist zu allem fähig, wenn es darum geht, einen zum Äußersten zu treiben, einem Ärger aufzuhalsen. Das haben Sie bestimmt gemerkt. Monsieur Durand, ich bin völlig verzweifelt und weiß nicht mehr, was ich tun soll. Falls Sie etwas über Olga wissen, so müssen Sie es mir sagen.«

Verdutzt sah ich ihn an. Was wollte er von mir wissen? Was mit seiner Frau passiert war? Ich war mir nicht sicher, ob er das von mir erwartete. Allerdings glaubte ich genauso wenig, daß er zu mir gekommen war, um mir seine Philosophie der internationalen Finanzmärkte darzulegen oder über seine Eheprobleme zu klagen. Seine Anwesenheit hatte einen anderen Grund, über den ich mir nicht klar wurde, doch den er mir nach und nach und auf Umwegen deutlich machte, indem er mich mit einem wahren Wortschwall überschüttete. Eines lag jedenfalls klar auf der Hand: dieser Mann war verrückt. Nicht im medizinischen Sinne selbstverständlich, aber dennoch verrückt. Sein Geschwätz war das eines Monomanen, eines zögernden Egozentrikers, der sich nicht zwischen dem Geld und Olga entscheiden konnte.

»Machen Sie sich deswegen Sorgen?« fragte ich, um seinem Gerede ein Ende zu setzen. »Weil Sie nicht wissen, was Ihre Frau …?«

Das Klingeln des Telefons unterbrach mich. Mit einer Schnelligkeit, die ich nicht erwartet hatte, legte Max Montignac die Hand auf den Apparat und hinderte mich daran, den Hörer abzunehmen. Ich war zu überrascht und ließ ihn gewähren. Jedenfalls würde ich nicht versuchen, mit Gewalt ans Telefon zu gelangen. Nach dreimaligem Klingeln schaltete sich der automatische Anrufbeantworter ein, und Chapireaus Stimme schallte durch das Wohnzimmer.

»Anscheinend hast du heute nachmittag versucht, mich zu erreichen. Mein Kollege sagte, es sei dringend. Du kannst mich bis Mitternacht hier im Kommissariat anrufen. Wenn nicht, probier's morgen früh, normalerweise müßte ich da sein. Bis bald, Michel.«

Montignac nahm die Hand vom Hörer und lächelte.

»Olga hat mir erzählt, daß Sie Freunde bei der Polizei haben. Das kann sehr nützlich sein, doch man sollte die Freundschaft mit Bullen nicht zu sehr in Anspruch nehmen, andernfalls sind sie es, die einen am Ende ausnützen. Ich versichere Ihnen, ich weiß, wovon ich rede.«

Dann fuhr er in bedrohlichem Tonfall fort:

»Falls Sie wegen Olga mit Ihrem Freund sprechen wollten, so gebe ich Ihnen folgenden Rat: Vergessen Sie's und verraten Sie mir lieber, wo mein Geld geblieben ist.«

Ich begriff nicht sofort, was er meinte.

»Von welchem Geld sprechen Sie?«

Er drückte seine Davidoff in dem Aschenbecher auf dem kleinen Tisch aus, während er mit der rechten Hand in die Außentasche seines Mantels griff. Ich wäre nicht überrascht gewesen, wenn er eine Waffe gezogen hätte. Statt dessen nahm er ein Papiertaschentuch heraus, in das er sich geräuschvoll schneuzte.

»Monsieur Durand«, erklärte er, indem er das Taschentuch in die Manteltasche zurücksteckte, »gestern um die Mittagszeit hat Olga das Haus verlassen. Bevor sie ging, hatte ich sie tüchtig verprügelt – so wie sie es mag. Denn am Tag zuvor war sie, trotz meines Verbots, erneut zu Bernstein gegangen. Aber ich war unvorsichtig gewesen, obwohl ich doch weiß, daß man Olga nicht trauen kann. Bevor ich sie gehen ließ, hätte ich mich in meinem Arbeitszimmer umsehen müssen. Als ich es tat, war es bereits zu spät, der Tresor stand offen. Sieben Millionen Francs hätten sich darin befinden müssen, die ich für alle Fälle beiseite geschafft hatte. Doch diese sieben Millionen«, wiederholte er, indem er jede Silbe feierlich betonte, um mir die Bedeutung dieser Summe bewußt zu machen, »waren nicht mehr da. Sie sind verschwunden. Haben sich in Luft aufgelöst. Irgend jemand muß sie an sich genommen haben, nicht wahr?«

Plötzlich erinnerte ich mich an das, was Olga auf der Couch gesagt hatte: »Er glaubt, ich hätte ihn bestohlen...« Der Schlaf hatte mich daran gehindert, auch den Rest des Satzes zu hören. Was sollte sie Max gestohlen haben? Vermutlich die sieben Millionen. Gut möglich, daß sie mir das gesagt hatte, doch ich konnte mich nicht daran erinnern.

»Sie wissen so gut wie ich, wer für diesen Raub verantwortlich ist«, fuhr Max fort. »Olga ist eben so, sie muß einfach stehlen. Nur eine gehörige Tracht Prügel vermag sie zu beruhigen. Aber leider immer nur für kurze Zeit, dann fängt sie von neuem an. Überall, egal, wo sie hinkommt, überall läßt sie etwas mitgehen. Sogar Sie, Monsieur Durand, hat sie beklaut. Als ich in ihren Sachen stöberte, stieß ich auf Sachen, die Ihnen gehören. Ich hoffe, sie hat sie Ihnen zurückgegeben. Man kann noch so vorsichtig sein, sicher ist man mit ihr nie. Ich nehme an, sie konnte sich die Tresorkombination ziemlich problemlos beschaffen. Und als sie dann das viele Geld sah, konnte sie der Versuchung einfach nicht widerstehen. Allerdings sind sieben Millionen etwas anderes als der Mont-Blanc-Füller, den man seinem Psychiater klaut. Sie muß das Geld also irgendwo versteckt haben...«

Er schien zu zögern, bevor er sagte:

»Falls Olga mit jemandem darüber gesprochen hat, dann

mit Ihnen. Und deshalb müssen Sie mir sagen, was Sie wissen.«

Der Ton seiner Stimme hatte sich kaum verändert, doch die mitklingende Bedrohung war eindeutig. Alles an ihm sei Ausdruck von Gewalt, hatte Olga gesagt. Davon überzeugte sein bloßer Anblick. Seine Brutalität schien mir um so gefährlicher, da sie sich zivilisiert gab. Ich spürte, daß es nur einer Kleinigkeit bedurfte, damit sie in ihrem ganzen Ausmaß hervorbrach.

»Ich weiß von nichts«, erwiderte ich mit unsicherer Stimme. »Olga hat mir nichts davon erzählt. Ich habe nicht die geringste Ahnung, wo sich dieses Geld befinden könnte.«

Mit einem Satz sprang er auf, packte mich am Handgelenk und verdrehte es so heftig, daß ich vor Schmerz laut aufschrie.

»Dasselbe tue ich mit Olga, wenn sie mich zu ärgern versucht. Mit dem Unterschied allerdings, daß sie das mag, was bei Ihnen nicht der Fall zu sein scheint.«

Der Druck auf mein Handgelenk nahm zu. Der Schmerz breitete sich mit solcher Heftigkeit in meinem Arm aus, daß ich dachte, Montignac würde ihn mir ausrenken.

»Wenn Sie mich zu überlisten versuchen, breche ich Ihnen ganz einfach den Arm«, drohte er. »Sagen Sie mir die Wahrheit. Wollen Sie dieses Geld für sich allein behalten?«

»Lassen Sie mich los!« schrie ich. »Ich will überhaupt nichts behalten. Was soll ich Ihnen denn sagen? Ich weiß von nichts.«

Abrupt lockerte er seinen Griff.

»Ich könnte Sie töten, doch das würde mir mein Geld nicht wiederbeschaffen.«

Er warf einen Blick in Richtung Sprechzimmer.

»Von da oben zieht es ja eisigkalt«, sagte er und fügte hinzu: »Sie stecken wegen meiner Frau in der Klemme, nicht wahr? Haben Sie deshalb die Polizei verständigt? Ich an Ihrer Stelle würde das nicht tun. Sie haben einen Sohn, eine Geliebte, einen guten Ruf – es wäre idiotisch, das alles zu verlieren.«

»Woher wissen Sie das?«

Er lächelte sanft.

»Für einen Geschäftsmann ist Information lebenswichtig. Bei Olga fehlte es mir an Wachsamkeit, doch das kann wieder zurechtgebogen werden. Sowohl was Sie als auch was mich betrifft. Wenn Sie auf meinen Vorschlag eingehen, helfe ich Ihnen, Ihren Kopf zu retten.«

»Auf welchen Vorschlag?«

»Morgen abend um zehn Uhr bei mir, in der Avenue de Montespan. Entweder Sie bringen mir das Geld, oder Sie sagen mir, wie ich es wiederbekommen kann. Denken Sie darüber nach, es kann durchaus sein, daß Sie etwas über das Geld wissen. Ich kann Ihnen helfen, sich Ihre Probleme vom Hals zu schaffen, doch wenn Sie mich reinlegen wollen, so versichere ich Ihnen, daß es Ihnen leid tun wird.«

Nach diesen Worten schlug er den Kragen seines Mantels hoch, ging zur Tür und erinnerte mich noch einmal daran, daß er morgend abend auf mich warten würde.

Statt den Aufzug zu nehmen, verschwand er im Treppenhaus. Seine Schritte verhallten zwei Stockwerke tiefer.

Vom Fenster aus sah ich, wie er in einen schwarzen, schneebedeckten Mercedes stieg, der nicht weit vom Lancia entfernt geparkt war. Ich war sicher, daß er den Wagen seiner Frau gesehen hatte, doch er schien ihn nicht zu interessieren. Ich hörte, wie er den Motor startete; dann fuhr der Wagen langsam an und bog nach rechts in die Cité Malesherbes ab.

Als der Wagen verschwunden war, nahm ich ein Analgetikum. Der Schmerz ließ nach. Ich konnte den Arm wieder ein wenig bewegen. Doch ich war zu erschöpft, um einen klaren Gedanken zu fassen. Es war noch nicht Mitternacht, ich hätte Chapireau anrufen können, was ich, möglicherweise wegen Max, jedoch nicht tat. Morgen, sagte ich mir, morgen werde ich weitersehen.

Mit einem unwiderstehlichen Verlangen nach Gewißheit ging ich in mein Sprechzimmer, wo eisige Kälte herrschte.

Die Leiche lag unter der Couch, ein schauriger Anblick; Olgas Blick hatte nichts von seiner Starrheit eingebüßt. Von nun an war die Kälte ihr Reich.

Max wußte das, daran bestand nicht der geringste Zweifel.

Am nächsten Tag war der Schmerz in meinem Arm erträglicher geworden. Ich duschte und trank eine Tasse Kaffee.

Es war zu spät, um Chapireau anzurufen. Ohnehin war ich viel zu sehr mit Montignac beschäftigt. Wieso wußte er, was mit Olga los war? Vielleicht hatte er ihr, aus Sorge um sein Geld, unten an der Straße aufgelauert, und da sie die Praxis nicht mehr verlassen hatte, begriff er, was passiert war. Was durchaus seiner Logik entsprach: Olga erzählt mir von den sieben Millionen und verrät mir, wo sie sich befinden; also bringe ich sie um, um das Geld für mich behalten zu können. Alles in allem war Montignacs Logik ziemlich einfach.

Doch es war nicht meine Logik.

Eine Patientin in einem Anfall von Wahnsinn töten oder sie wegen Geld umbringen – das war in meinen Augen ein großer Unterschied. Und ich konnte mir nicht vorstellen, daß ich zu letzterem fähig gewesen wäre. Ich war nicht Max Montignac. Zwischen seiner Welt und meiner Welt gab es keine Gemeinsamkeiten. Allem Anschein nach bereitete Olgas Tod ihm kaum Kummer – im Gegenteil: auf diese Weise war er seine lästige Gattin endgültig los –, doch mit ihr waren auch seine sieben Millionen verschwunden. Glaubte er tatsächlich, sich sein Geld mit meiner Hilfe wiederbeschaffen zu können? Oder wollte er mich lediglich in sein Haus locken, um mich dort in aller Ruhe zum Sprechen zu bringen? Anschließend würde er sich meiner selbstverständlich entledigen. Es wäre demnach höchst unvernünftig, Max' Einladung zu folgen.

Doch das Vernünftige ist nicht unbedingt auch das Richtige.

Seltsamerweise hatte ich das Gefühl, daß Max keineswegs bluffte, als er behauptete, er könnte mir aus meiner heiklen

Lage heraushelfen. Doch auf welche Weise? Ich hatte nicht die leiseste Ahnung, doch genausowenig war ich davon überzeugt, daß er mich lediglich zu ködern versuchte.

Allmählich setzte sich ein Gedanke in meinem Kopf fest; die Geschichte kam mir vor wie bei einer Pokerpartie, bei der jeder Spieler davon ausgeht, der andere hätte tatsächlich die besseren Karten in der Hand. Gewiß, ich war nicht im Besitz der sieben Millionen, doch was hatte Max mir zu bieten? Um das herauszufinden, müßte ich seine Einladung annehmen. Dafür zahlen, um sein Blatt sehen zu können. Daß ich dabei mein Leben aufs Spiel setzte, machte mir keine Angst. Jeder spielte auf seinem eigenen Terrain, und das reizte mich. Zum ersten Mal seit dem Beginn dieser Geschichte hatte ich das Gefühl, sie aktiv mitzubestimmen, anstatt sie nur passiv über mich ergehen zu lassen. Würde die Sache schiefgehen und ich dennoch heil davonkommen, so würde ich unverzüglich Chapireau verständigen. Wenn nicht, so hätte ich das Spiel eben verloren.

In diesem Moment hörte ich, wie die Wohnungstür geöffnet wurde. Mai-Li kam zum Saubermachen. Es war kurz nach vierzehn Uhr.

Auch die ersten Patienten würden bald eintreffen.

Fast war es ein ganz gewöhnlicher Arbeitstag.

Das Sprechzimmer schien sich nach und nach an Olga zu gewöhnen. Es hatte sein Geheimnis, oder besser gesagt jene beunruhigende Fremdartigkeit verloren, die die Mathematiklehrerin sosehr erschreckt hatte.

Es stimmt, diesmal hatte ich an alles gedacht. Nachdem ich Olga ordentlich unter der Couch verstaut und sichergestellt hatte, daß keine Leichenteile hervorschauten und sämtliche Sofastempel fest auf dem Boden standen, hatte ich die Tagesdecke durch eine andere ersetzt, deren Borte bis auf den Fußboden reichte. Anschließend hatte ich, um ganz sicher zu gehen, die Couch selbst ausprobiert, mich von ihrer Standfestigkeit überzeugt und dafür gesorgt, daß nirgends etwas verrutschen konnte.

Danach verlief alles mehr oder weniger normal. Zwar teilte eine Patientin mir mit, daß sie auf der Couch das unangenehme Gefühl hätte, mit einer – wie sie es ausdrückte – »anderen Frau zusammenzusein«, doch diese Äußerung ließ sich durchaus ihrer verdrängten Homosexualität zuschreiben. Ein anderer Patient erzählte mir, wie angenehm es für ihn sei, auf einer Frau zu liegen, doch auch in diesem Fall hatte ich den Eindruck, daß er eher auf seine amourösen Enttäuschungen als auf Olgas Präsenz anspielte.

Ansonsten war nichts Ungewöhnliches festzustellen. Viele meiner Patienten steckten noch mitten in der Phase des Gesprächs unter vier Augen und waren keineswegs mit denen zu vergleichen, deren vor Jahren begonnene Therapie inzwischen zu einem festen Rhythmus gefunden hatte. Diejenigen, die ich an diesem Nachmittag empfing, zählten zur sogenannten Laufkundschaft: Gelegenheitsneurotiker, die zu einem ersten Gespräch kamen, um anschließend, wie sie sagten, »weiterzusehen«, die nicht genau wußten, was sie sich eigentlich erwarteten, und sich die Sache noch einmal überlegen wollten. Oder solche, die schon nach wenigen Sitzungen das Handtuch warfen, weil sie ihre Arbeit verloren hatten oder in finanziellen Schwierigkeiten steckten. Es schien, als würden sie bei mir eine Art Praktikum absolvieren – etwas, das gerade groß in Mode war. Die ganze Menschheit schien derzeit irgendein Praktikum zu absolvieren: ein Betriebspraktikum, ein Kunstpraktikum, ein Diplompraktikum – für jeden Lebensbereich wurden Praktiken angeboten. Und die Unglücklichen absolvierten natürlich ein Freud-Praktikum, indem sie zwischen zwei von der Krankenkasse finanzierten Nervenzusammenbrüchen von einem Therapeuten zum nächsten eilten und fleißig Punkte in Form von Erfahrungen sammelten, die für nichts zu gebrauchen waren. Wenn sie das Krankenhaus verließen, schickte ein Kollege sie zu einem Überlebenspraktikum zu mir. Sie kamen zwei- oder dreimal und ließen sich dann nie wieder blicken.

Vor mir lag ein etwa dreißigjähriger Mann, der erst zum zweiten Mal bei mir war und mir von dem mannigfaltigen Unglück erzählte, von dem die weiße Rasse im allgemeinen und die Franzosen im besonderen betroffen seien. Bei den letzten Wahlen hatte er den Rechtsradikalen seine Stimme gegeben, und seither fühlte er sich, wie er behauptete, in psychologischer Hinsicht bedeutend besser. Lacans Meinung nach sollte man miesen Typen die Therapie schlichtweg verweigern. In diesem Zusammenhang erinnerte ich mich an eine Geschichte, die man sich in Analytikerkreisen über Zlibovic erzählte. Einer seiner Patienten hatte ihm anvertraut, daß er als ehemaliger Milizsoldat mit der Gestapo zusammengearbeitet hätte. »Sie jämmerlicher Geselle«, hatte Zlibovic daraufhin geantwortet, »Ihre Vergangenheit streicht Sie von der Liste der Lebenden. Ich kann nichts mehr für Sie tun, Ihnen höchstens helfen, in Würde zu sterben.« Erstaunlicherweise schloß sich der Mann diesem Standpunkt an und begann, auf dieser Grundlage an sich zu arbeiten. Würde der Mann, der nun vor mir lag, dasselbe tun? Nein, ich brauchte mir diesbezüglich keinerlei Gedanken zu machen, denn er verkündete mir, daß er seinen Weg nun endlich gefunden habe und es keinen Sinn hätte, die Therapie fortzusetzen, an der er, tief in seinem Inneren, sowieso von Anfang an gezweifelt habe. War er gekommen, um mir das mitzuteilen? Ich beendete die Sitzung, für die er mich anstandslos bezahlte, und wir vereinbarten keinen neuen Termin.

In dem Moment fiel mir Olga wieder ein. Im Verlauf der Sprechstunde hatte ich kein einziges Mal an sie gedacht, was meine Patienten in gewisser Weise vor dem Entsetzen bewahrt hatte, das ihr Tod mir einflößte. Doch jetzt kehrte sie zurück, weil dies ihre Stunde war: Mittwoch, achtzehn Uhr dreißig. Analysen sind schon eine eigenartige Sache. Die Patienten und die Therapeuten sitzen im selben Boot. Auch eine mißlungene Sitzung ist nie eine verlorene Sitzung. Außer für Olga. Ob sie nun auf oder unter der Couch lag – ihr Ort war von nun an das Nirgendwo. In diesem Augenblick kam ich mir wie der Verwahrer ihrer Sitzungen vor, der einzige, der sich an sie erinnerte. Sie kam selten zu spät, sofern sie überhaupt kam und nicht zu Bernstein ging. Sie zog ihren Mantel aus, legte ihn auf einen Stuhl, streckte sich auf der Couch aus und begann sogleich von den Brutalitäten ihres Mannes zu erzählen. Inhaltlich unterschieden sich ihre Geschichten kaum voneinander, doch bei genauer Betrachtung stellten ihre Erzählweise, der Ton ihrer Stimme, die Einschnitte – vor allem die Einschnitte –, die das Erzählte anschaulicher machten, eine Steigerung dar, oder vielmehr eine Aufforderung, ihr eben jene Gewalt anzutun, die sie mir in allen Einzelheiten schilderte. »Schlagen Sie mich! Beschimpfen Sie mich!« flehte sie mich an. Eine seltsame Bitte, der ich mich entzog, indem ich in den Schlaf flüchtete und mich von ihrem Mann vertreten ließ. Stellten die geklauten sieben Millionen den Höhepunkt ihres Wahnsinns dar, die definitive Abrechnung mit ihrem Mann? »Er war außer sich. Ich hatte ihn noch nie in einem solchen Zustand gesehen. Er beschuldigte mich, ihn bestohlen zu haben ...«, hatte sie gesagt, bevor ich eingeschlafen war. Wie ging dieser Satz weiter? Ich wußte nicht, ob ich ihn gehört hatte, doch ich ahnte, daß alles sich aufklären würde, wenn es mir gelingen würde, mich daran zu erinnern. Zum ersten Mal fragte ich mich, was Olga mit diesem Geld getan, wo sie es versteckt hatte. Ich wollte es nicht nur wissen, um besser mit Max verhandeln zu können, sondern weil es mich ganz einfach interessierte. Diese sieben Millionen stellten in gewisser Hinsicht ein Erbe von Olga dar, oder vielmehr eine Frage, deren Beantwortung mir ermöglichen würde, endlich mit ihr abzuschließen.

Neunzehn Uhr. Olgas Sitzung ging zu Ende. Mein letzter Patient sollte ein junger Mann sein, der unter heftigen Melancholieanfällen litt, doch ich bezweifelte, daß er kommen würde. Er hatte am Vortag angerufen, um seinen Termin zu verschieben.

Ich wartete eine Weile, und als er nicht auftauchte, warf ich einen letzten Blick auf die Couch und verließ das Sprechzimmer.

In der Dunkelheit glich die Couch einem Sarg, in dem Olga fern jener Gewalt ruhte, nach der sie sich so heftig gesehnt hatte.

Erwartungsgemäß war Mai-Li gegangen, ohne mir Bescheid zu sagen und ohne mir einen Kaffee zu bringen. Olgas Tod hatte diesem Brauch ein abruptes Ende gesetzt. Ich schaute zum Fenster hinaus, in der Hoffnung, sie würde die Straße überqueren, doch da war niemand. Nicht einmal Herostrat, der zweifellos immer noch den Weihnachtsmann spielte, war zu sehen. Ich fühlte mich von aller Welt verlassen. Das Telefon hatte kein einziges Mal geklingelt. Niemand machte sich Sorgen um mich. Weder Chapireau noch Rebecca. Chapireau war bestimmt mit irgendwelchen Ermittlungen beschäftigt, und was Rebecca gerade tat, darüber dachte ich lieber nicht nach.

Nur Max Montignac wartete auf mich.

Ich dachte ständig an unsere Verabredung. Könnte ich ihn davon überzeugen, daß ich nichts von dem Diebstahl wußte, dessen er Olga beschuldigte, und trotzdem erreichen, daß er mir helfen würde? Vorsichtshalber schrieb ich zwei Briefe, einen für Rebecca, den anderen für Florence, die ihn nach ihrer Rückkehr aus Chicago vorfinden würde; ich fügte ein paar Zeilen für Mathieu hinzu, legte die Briefe gut sichtbar auf den niedrigen Tisch und hinterließ einen Zettel für Mai-Li, damit sie die Briefe abschicken sollte, falls ich nicht mehr nach Hause zurückkehren würde.

Dann schaltete ich das Radio ein. Es lief gerade eine Mozart-Oper, doch die Musik vermochte mich nicht zu beruhigen.

Bald hielt ich es in der Wohnung nicht mehr aus, nahm meine Jacke und ging ins *Jean Bart,* um dort ein Sandwich zu kaufen – ich stellte fest, daß ich seit Olgas Tod so gut wie nichts mehr gegessen hatte. Anschließend ging ich zu meinem an der gegenüberliegenden Straßenseite geparkten Volvo. Eine dicke Schneeschicht bedeckte die Windschutzscheibe. Ich benötigte gut zehn Minuten, um sie zu entfernen. Dann stieg ich in den Wagen und drehte den Zündschlüssel.

Erst nach dem fünften oder sechsten Versuch sprang der Motor an. Herostrat hatte recht: die Kälte war Gift für die Batterie. Als ich endlich losfahren konnte, bog ich nach rechts in die Cité Malesherbes ab.

Es war reine Intuition, doch ich war überzeugt, daß ich mir unangenehme Überraschungen ersparen würde, wenn ich früher als abgemacht bei Max Montignac eintreffen würde.

Entgegen meiner Erwartung war die Avenue Montespan lediglich eine schmale Durchgangsstraße, welche die Avenue Victor-Hugo mit der Rue de la Pompe verband. An beiden Straßenseiten standen luxuriöse Villen und vornehme Wohnhäuser. Die Straße war menschenleer. Ich fuhr weiter bis zur Avenue Victor-Hugo, wo ich meinen Wagen parkte. Max Montignac wohnte in einem nur wenige Schritte entfernten herrschaftlichen Stadthaus am Ende der Avenue Montespan.

Es war jetzt kurz nach einundzwanzig Uhr. Bis zu unserer Verabredung blieb eine knappe Stunde. Es war fast völlig dunkel. Als ich aus dem Volvo stieg, fror ich. Die Kälte war unerbittlich – und so auch das Viertel. Weit und breit kein Café, in dem ich mich hätte aufwärmen können. Der Tabakladen an der Ecke zwischen der Avenue Victor-Hugo und der Rue Spontini war geschlossen. Angesichts des heruntergelassenen Gitters kamen mir Zweifel, ob er überhaupt tagsüber geöffnet war. Ich ging die Avenue Montespan entlang. Der vereiste Boden zwang mich, vorsichtig einen Fuß vor den anderen zu setzen. Das erinnerte mich an die Art und Weise, wie die Mathematiklehrerin die Avenue Trudaine nach ihrer Sitzung überquert hatte. Mit kurzen, behutsamen Schritten, so als würden überall auf der Welt Fallstricke auf sie lauern. In diesem Augenblick fühlte ich mich nicht viel anders als sie.

Es hieß, Max Montignacs Haus würde demnächst von seiner Bank, der er astronomische Summen schuldete, gepfändet werden. Dieser Wohnsitz war der beste Beweis für den Größenwahn seines Besitzers. Jenseits des imposanten gußeisernen Eingangstors, am Ende eines Innenhofs, stand eine prächtige, zweistöckige Villa, die vermutlich aus dem 19. Jahrhundert stammte. Von einem Mann, der so viel Wert auf Äußerlichkeiten legte, war im Grunde auch nichts anderes zu erwarten. In den Fenstern im Erdgeschoß und auf der zweiten Etage brannte Licht. War Max bereits zu Hause? Hinten im Hof waren die Umrisse eines Wagens zu erkennen: zweifellos stand dort sein Mercedes. Erneut kamen Zweifel in mir auf. Warum hatte er mich erst zu so später Stunde zu sich bestellt? Um genug Zeit zu haben, mir eine Falle zu stellen? Es sei denn, er war zuvor noch mit jemand anderem beschäftigt oder er kam tatsächlich erst um zweiundzwanzig Uhr nach Hause – daß sein Wagen bereits dort stand, mußte nichts heißen.

Ich blieb vor dem Tor stehen und wußte nicht recht, wie ich mich verhalten sollte. Hineingehen? In meinem Wagen warten? Die Kälte wurde immer unerträglicher, sie biß mir ins Gesicht, ich schlotterte immer heftiger. Das erleichterte mir meine Entscheidung. Max hatte mir den Türcode nicht angegeben. Ein bloßes Versäumnis oder Absicht? Aber das spielte keine Rolle. Irgendwann einmal, während sie den *24. Tag* von Daurat betrachtete, hatte Olga mir mitgeteilt, daß die Tage, an denen sie zu mir kam, den Code ihres Eingangstores ergaben: Montag, erster Wochentag, Mittwoch, dritter Wochentag, Freitag, fünfter Wochentag, zuzüglich des Titels des Bildes. »Möglicherweise ist dies eine Einladung, mich zu Hause zu besuchen«, hatte sie gespöttelt. Ich tippte die Nummer

135-24 ein, woraufhin über dem Nummernschild eine kleine grüne Lampe aufleuchtete und das Tor sich mit einem leisen Klicken öffnete. Ich betrat den Innenhof. Der Schnee dämpfte das Geräusch meiner Schritte, so daß ich die dreißig Meter bis zum Haus zurücklegen konnte, ohne gehört zu werden. Ich befürchtete, die Haustür wäre abgeschlossen oder ließe sich nur mit einem weiteren Code öffnen, doch ich brauchte bloß am Knauf zu drehen. Schon stand ich in einer riesigen Diele, deren Wärme mich angenehm umfing. Die prächtige Inneneinrichtung imponierte mir sehr – der reinste Luxus. Auf dem Fußboden lag ein dicker, ockergelb, blau und rosa gemusterter Teppich, die Wände bestanden aus grauem Marmor, in regelmäßigen Abständen hatte man gewaltige Keramiktöpfe mit Sanseverien aufgestellt, die farblich zum Teppich paßten. Auf beiden Seiten der Diele, zwischen Glasvitrinen, in denen exotische und zweifellos äußerst kostbare Gegenstände ausgestellt waren, führten mehrere Türen in die Nebenräume. Ganz hinten, neben einem Aufzug, führte eine mit rosafarbenem Teppichboden ausgelegte Treppe zu den oberen Stockwerken. Ich hatte eher den Eindruck, in der Empfangshalle eines internationalen Luxushotels – etwa dem Hilton – zu stehen, als ein Privathaus zu betreten. Falls ich mich jemals gefragt hatte, was Reichtum für Max bedeutete, hier hatte ich die Antwort klar und deutlich vor Augen. Reichtum war für ihn in erster Linie ein Aushängeschild, Ausdruck eines außergewöhnlichen Erfolgs, der seiner Eitelkeit schmeichelte und dazu diente, Vertrauen zu wecken und mögliche Investoren zu beeindrucken.

Aus einem Zimmer im Erdgeschoß waren Stimmen zu hören. Ich lauschte an der Tür, konnte jedoch nicht verstehen, was gesagt wurde. Es hörte sich an wie eine heftige Diskussion zwischen Menschen mit Manieren. Max? Zwar rechnete er in diesem Moment noch nicht mit mir, doch was riskierte ich schon, wenn ich nun einfach hineinging? Statt selbst überrascht zu werden, würde ich ihn überraschen. Ich öffnete die

Tür. Sie führte in ein geräumiges Wohnzimmer, dessen Möbel an den Régence-Stil, an Louis XV. oder etwas in der Art erinnerten. Stühle, Sessel und Sofas waren mit vergoldeten Intarsien verziert und mit Samt oder Satin bezogen; gebohnertes Parkett; die Teppiche und Wandbehänge stellten freizügige Szenen mit mythologischen Figuren dar. Ansonsten war der Raum leer. Die Stimmen kamen aus einem Fernsehapparat. Ein Minister der Regierungspartei und ein Abgeordneter der Opposition standen sich in einem Streitgespräch gegenüber. Da beide sehr auf ihr Image bedacht waren, bemühten sie sich, höflich zu bleiben. Ihre Stimmen waren die einzigen Geräusche im Raum.

Ich ging in die Diele zurück und stand nun vor der nach oben führenden Treppe. Der Teppichboden schluckte die Geräusche meiner Schritte. Als ich hochstieg, mußte ich an die Flucht denken, von der Olga mir während ihrer letzten Sitzung erzählt hatte. An die Flucht über die Treppe zum Eingangstor, das sich nicht öffnen ließ. Ich ging denselben Weg, aber in umgekehrter Richtung. Es waren dieselben Räumlichkeiten, doch die Angst war eine andere. Olga war geflohen, während ich gespannt auf das wartete, was ich entdecken würde.

Im ersten Stock hielt ich inne. Hier war es dunkel, doch das Licht aus dem Erdgeschoß reichte, damit ich einen etwas kleineren, aber genauso luxuriös ausgestatteten Vorraum erkennen konnte. Plötzlich vernahm ich erneut Stimmen. Diesmal kamen sie von der zweiten Etage. Ein weiterer Fernseher, der dasselbe Programm ausstrahlte? Doch hier schienen die Gesprächspartner heftiger miteinander zu diskutieren. Oder hatten sie zu ihren natürlichen Umgangsformen zurückgefunden? Ich neigte eher zu der Annahme, daß es sich diesmal um einen Streit zwischen tatsächlich anwesenden Personen handelte.

Ich stieg noch eine Etage höher. Das Vorzimmer des zweiten Stockwerks lag ebenfalls im Dunkeln, doch aus sämtlichen Räumen, in denen ich bereits von der Straße aus Licht gesehen hatte, fiel Helligkeit auf den Flur. Aus einem der Zimmer war eine wütende Stimme zu hören.

Es war die Stimme von Max Montignac.

»Was geht das mich an?« schrie er. »Ich habe auch so schon genug Ärger, meinen Sie nicht? Meine Frau haut mit meinem Geld ab, und dann muß ich mich auch noch mit einem Kerl wie Ihnen herumschlagen!«

Ich hörte niemanden antworten, sondern bloß Schritte. Die Schritte von jemandem, der ungeduldig im Zimmer auf und ab ging. Einige Sekunden lang herrschte Stille, dann fuhr Max in einem Ton fort, dessen Schroffheit mir angst machte.

»Los, verschwinden Sie! Ich erwarte Besuch, da müssen Sie nicht unbedingt dabeisein. Verstehen Sie? Los, gehen Sie!«

Offenbar wollte der andere nichts davon wissen. Ich hörte jedenfalls nicht, daß er sich von der Stelle rührte. Max wurde noch wütender:

»Sind Sie taub oder was? Wenn Sie nicht sofort verschwinden, werfe ich Sie eigenhändig hinaus!«

Fast gleichzeitig war das Geräusch eines umfallenden Möbelstücks zu hören. Ich hatte keine Ahnung, wer bei Max war, doch grundsätzlich konnte ich mir nicht vorstellen, daß er in der Lage wäre, Olgas Mann die Stirn zu bieten. Allerdings ließ er sich nicht alles gefallen. Erneut wurden Möbel umgestoßen, diesmal mit lauterem Getöse, so daß ich davon ausging, daß der Mann sich wehrte oder rechts und links Halt suchte. Dann hatte ich den Eindruck, die beiden Männer würden sich auf dem Boden wälzen. Ihr Kampf dauerte nun schon eine ganze Weile und war um so erschreckender, als er im stillen vor sich ging und nur von gelegentlichem Stöhnen und Keuchen begleitet wurde. Die Pokerpartie war dabei, eine unerwartete Wende zu nehmen. Die Karten waren durch die Luft geflogen. Es war zu Handgreiflichkeiten zwischen Max und seinem unberechenbaren Mitspieler gekommen. Was tun? Der Mann war eindeutig in Gefahr. Ich zweifelte nicht daran, daß Max zu allem fähig wäre. Die Polizei verständigen? Im Erdgeschoß hatte ich ein Telefon gesehen, doch während ich nach unten rennen, anrufen und auf eintreffende Hilfe warten würde, könnte das Schlimmste längst passiert sein. Ich mußte jetzt sofort handeln. Vielleicht würde ein plötzliches Eindringen ins Zimmer den Kampf beenden? Ich hatte kein anderes Mittel zur Hand als den Überraschungseffekt. Mit pochendem Herzen drehte ich am Türknauf, doch ich kam nicht dazu, diese Bewegung vollständig auszuführen, denn plötzlich fiel ein Schuß, und dann noch einer, und noch einer.

Ich hörte, wie jemand ein langes Stöhnen von sich gab, das gleichzeitig unendlichen Schmerz und unsägliche Todesangst ausdrückte – dann war alles still. Mir trat der Schweiß aus sämtlichen Poren, und meine Hand, die nach wie vor den Türknauf umklammerte, zitterte, ohne daß ich etwas dagegen tun konnte. Der Mann war tot, dessen war ich mir sicher. Was würde ich beim Betreten des Zimmers zu Max sagen? Daß ich Zeuge des Mordes war, den er soeben begangen hatte? Wir waren meilenweit von jenem Handel entfernt, den er mir vorgeschlagen hatte.

Lautlos stieg ich ins Erdgeschoß hinab, durchquerte die Diele und anschließend den Innenhof. Bevor ich durch das Tor trat, schaute ich zu den Fenstern der zweiten Etage hoch. Eines davon wurde soeben geöffnet und eine Gestalt beugte sich nach draußen: entweder hatte Max mich gehört oder er lauerte auf mein Eintreffen. Ich dachte nicht länger darüber nach, sondern eilte zu meinem Wagen in der Avenue Victor-Hugo.

Unterwegs betrat ich eine Telefonzelle und verständigte die Polizei. Ich erklärte den Grund meines Anrufs, indem ich mich als einen von Schüssen alarmierten Nachbarn ausgab. Um weiteren Fragen auszuweichen, hängte ich rasch ein.

Zu Hause leerte ich eine halbe Flasche Whisky. Normalerweise trank ich nicht so viel, aber in diesem Moment hatte ich es nötig. Der Rausch tat mir gut. Dann torkelte ich ins Schlafzimmer. Ich war so erschöpft, daß ich nicht einmal meine Kleider ablegte. Ich legte mich auf das Bett und schlief sofort ein.

Mehrmals träumte ich von Max' herrschaftlichem Haus. Es war Nacht. In dem Zimmer, das ich nicht zu betreten gewagt hatte, herrschte ein unbeschreibliches Durcheinander. Die Möbel waren umgekippt, die Vorhänge zerrissen, die Fensterscheiben eingeschlagen und die Bilder an den Wänden mit einem Messer aufgeschlitzt worden. Mit ausdruckslosen Augen starrte Max mich an. Er war nur mit seiner Unterwäsche – einem T-Shirt und einer weißen Unterhose – bekleidet, und zu seinen Füßen lag eine Leiche, ebenfalls in Unterwäsche.

»Sie hätten nicht kommen sollen«, sagte Max zu mir, »hier geschehen Dinge, die Sie nichts angehen.«

Er deutete mir an, zum Fenster zu gehen, und ich gehorchte. Als ich hinausschaute, sah ich nicht in den Innenhof seines Hauses, sondern auf einen Friedhof. Da und dort erkannte ich Gräber, von denen die meisten völlig verwahrlost waren. Ich verstand nicht, was Max mir zeigen wollte. Erst als ich den Blick hob, schrie ich vor Schreck laut auf: auf den Ästen des Nußbaums mir gegenüber saßen mehrere Wölfe, die mich stumm anstarrten.

»Sie haben zu oft die *Fünf Psychoanalysen* von Freud gelesen«, sagte Max in vorwurfsvollem Ton.

Da ich ihn verständnislos anschaute, fügte er hinzu:

»Die Geschichte des Mannes mit den Wölfen brauche ich Ihnen doch wohl nicht zu erzählen!«

Dann deutete er auf die vor ihm liegende Leiche. Ich trat näher und erkannte Olga. Sie war ganz bleich, an ihrem Hals war ein violettes Mal zu sehen.

»Es ist Ihre Schuld!« schrie Max. »Sie hätten besser aufpassen müssen.«

Ich wollte etwas entgegnen, doch Olga hinderte mich daran. Sie umarmte mich, zog mich an sich. Ihr Körper war eiskalt und starr.

Genauso kalt und starr wie die Leiche, die neben mir auf dem Bett lag.

5

War ich wach, oder ging der Traum weiter?

Olga war unter ihrer Couch hervorgekrochen, hatte beide Arme um meinen Hals geschlungen und mich an sich gezogen.

Eine Tote, die geliebt werden wollte. Wie war sie in mein Bett gelangt? Ich versuchte mich an das zu erinnern, was ich nach meiner Heimkehr getan hatte. Der Whisky, der Rausch, das Schlafzimmer... Allerdings konnte ich mich nicht entsinnen, daß ich in mein Sprechzimmer gegangen war oder mich Olga genähert hatte. Doch ich mußte mich den Tatsachen beugen: sie war da, wie in meinem Traum in Max' Haus. Oder lag ich etwa mit ihr unter der Couch? Ich hatte zu viel getrunken und wußte nicht, wo ich mich *in Wirklichkeit* befand.

Mit Sicherheit konnte ich nur sagen, daß Olga mich so fest umarmte, daß ich mich trotz meiner Bemühungen nicht von ihr befreien konnte. Gleichzeitig kam ihre Haut mir weniger eisig vor. Vielleicht wärmte die Nähe zu mir sie auf? Sie war nackt – es dauerte eine Weile, bis ich mir dessen bewußt wurde, zumal ich mich nicht erinnerte, sie entkleidet zu haben –, doch ihre Nacktheit war mir keineswegs zuwider. Dieser Körper, der mich umarmte, wurde immer wärmer, und seine Haut war unbeschreiblich sanft.

Nach und nach wurde mir klar, daß diese Haut gestreichelt, daß dieser nackte Körper unbedingt geliebt werden wollte.

Ich umarmte ihn, zuerst zaghaft, dann immer fester. In diesem Moment stellte ich fest, daß ich ebenfalls nackt war. Wann hatte ich mich meiner Kleider entledigt? Keine Ahnung. Ich war zu betrunken, um mich daran erinnern zu können. Ein Gesicht beugte sich über mich. In der Dunkelheit erkannte ich seine verschwommenen Umrisse, konnte jedoch nicht sagen, um wessen Gesicht es sich handelte. War es Olgas Gesicht? Die Haare waren länger. Aber bekanntlich wachsen die Haare und Nägel nach dem Tod noch eine Zeitlang weiter. Dann umschlangen mich ihre Beine. Ihre mit Strumpfhosen bekleideten Beine. Ich schaute zu den diamantenen Einlegearbeiten an den Knöcheln hinunter. Jener Hauch von Verruchtheit, der Männer erregt. Ich wollte etwas sagen – zumindest eine Frage stellen –, doch das Gesicht preßte seinen Mund auf meine Lippen. Hände führten mich, brachten mich in Wallung. Plötzlich hatte ich das Gefühl, gefangen zu sein, buchstäblich festzusitzen, während die Beine mich wie ein Schraubstock umschlossen. Und erneut spürte ich die Haut auf meiner Haut. Eine warme, geschmeidige Haut, die mich komplett einhüllte.

Dieser Sanftheit gab ich mich hin.

Der auf meine Lippen gedrückte Mund hatte recht. Jedes Wort war überflüssig. Nur die Bewegungen zählten. Sie waren Ausdruck einer gewissen Kontinuität. Einer Kontinuität mißhandelter Frauen. Die in meinem Bett oder auf der Couch gelegen hatten, die ich geliebt oder auf Distanz gehalten und auf die eine oder andere Weise entweder symbolisch oder tatsächlich mißhandelt hatte. Florence hatte mich verlassen, die Mathematiklehrerin war geflohen, Rebecca wollte nichts mehr von mir wissen, Olga war tot. Der Tod der einen verwies auf den Tod der anderen. Immer wieder. Wie in jenem Traum, in dem Lacan von einer seiner Patientinnen geträumt hatte, ein Pascalscher Traum, wie Lacan gesagt hatte, in dem unzählige Leben endlos aufeinanderfolgen und das Leben stets von neuem aus sich selbst hervorgeht. In meinem Fall jedoch folgten einander unzählige Tode, wobei der eine aus dem anderen hervorging, von Florence bis zu Olga. Olga lag neben mir in meinem Bett und stöhnte unter dem Druck, den ich auf sie ausübte. Bei jeder unserer Bewegungen quoll die Lust heftiger, üppiger aus ihr heraus, und während ich sie befriedigte, flüsterte eine gleichzeitig freundliche und bedrohliche Stimme mir ins Ohr: »Los, Sie müssen sie jetzt nach den sieben Millionen fragen. Mir wollte sie nichts darüber sagen, doch Ihnen wird sie es bestimmt verraten. Los, beeilen Sie sich, mein Lieber, fragen Sie sie, bevor es zu spät ist.«

Doch Olga ließ nicht zu, daß ich ihr diese Frage stellte. Sie klammerte sich an mich und war in solche Raserei geraten, daß ich kein Wort hervorbrachte. Vor lauter Lust hatte sie die Selbstbeherrschung verloren. Verbissen hielt sie sich an mir fest und wollte immer wieder befriedigt werden. Ich war umgeben von einer ekstatischen Nacktheit, die sich nicht mehr unter Kontrolle hatte, die auf mich einschlug und mich gleichzeitig umarmte, um mich mit in die Tiefe zu reißen, während sie unablässig Beschimpfungen ausstieß. Mit Speichel vermischte Beschimpfungen. Dieselben Beschimpfungen, die sie während ihrer Sitzung von sich gab, um mich zu erregen. Dann hörte ich plötzlich wieder die Stimme, die von dieser Wut einen Moment lang vertrieben worden war: »Los, mein Lieber«, sagte sie ungeduldig, »machen Sie schon! Beeilen Sie sich! Mein Gott, irgendwann muß doch Schluß sein!« Die Stimme hatte recht, es mußte endlich Schluß sein. Schluß mit diesem unbeherrscht zuckenden Leben. Ich gehorchte diesem Befehl und ließ meine Hände langsam am Hals hinaufgleiten. Während meine Hände sich in den Nacken legten, kamen die beiden Daumen einander vorne immer näher. Ich kannte diese Bewegungen, zwei Tage zuvor hatte jemand sie vor meinen Augen ausgeführt. Nichts war einfacher, als sie zu wiederholen. Die sieben Millionen waren nicht mehr wichtig, es zählten nur noch die beiden Daumen, die sich in Olgas Fleisch bohrten.

Sie wehrte sich nicht, sondern atmete lediglich schwerer, je stärker der Druck auf ihren Hals wurde. Dann trat die Zunge aus ihrem Mund. Ich spürte ihre feuchte Zunge auf meinem Gesicht. Eine Zunge voller Speichel, von der ich nicht sagen konnte, ob sie meine Versuche, ein für allemal Schluß zu machen, begrüßte. Ich drückte immer fester zu. In meinen Vorderarmen tobte ein höllischer Schmerz, doch nichts konnte sie daran hindern, das zu tun, was sie gerade taten. Der Sturm hatte sich gelegt. Das Gesicht, das ich vor mir hatte, strahlte große Ruhe aus. Mit geschlossenen Augen gab sich Olga dem nahenden Tod hin. Hin und wieder durchlief ein Schauer ihren Körper. Dann – als handelte es sich um eine Herausforderung – bekam Olga sich erneut unter Kontrolle und wartete gelassen auf das, was folgen würde. Ich konnte ihr Gesicht kaum erkennen, doch ihre Züge kamen mir unendlich sanft vor. Körper an Körper, einer den anderen umarmend, liebte ich den Tod, den ich Olga zufügte, während meine Hände unerbittlich dem Abschluß entgegenarbeiteten.

Bald würde ich es geschafft haben. Ich richtete mich im Bett auf und drückte mit meinem ganzen Gewicht auf ihren Hals. Ein kurzes Knacken, dann wurde alles schlaff. Mir war, als würden meine Finger in Butter fassen. Es verwirrte mich, daß ich mit solcher Leichtigkeit jemanden umgebracht hatte. Vorsichtshalber drückte ich weiter zu, obwohl das gar nicht mehr nötig war.

In diesem Moment hörte ich einen Schrei.

Voller Entsetzen öffnete ich die Augen: mitten im Zimmer stand Rebecca, nackt, nur mit dunklen Strümpfen bekleidet, die ihr bis knapp über die Knie reichten. Sie starrte mich mit aufgerissenen Augen an, als hätte ich den Verstand verloren.

Als ich sie sah, hatte ich den Eindruck, von einem anderen Planeten zu kommen. Außer mir lag niemand in meinem Bett. Es war völlig zerwühlt. Die an den Seiten umgeschlagenen Laken lagen teilweise auf dem Teppichboden, die Schlummerrolle war in eine der Zimmerecken geflogen, ich hielt ein

Kopfkissen in den Händen, und vor mir stand Rebecca und starrte mich völlig entsetzt an. Es dauerte eine Weile bis ich begriff, daß ich es nicht mit einem Gespenst zu tun hatte.

»Was tust du denn hier?«

Statt zu antworten, griff Rebecca nach einem Päckchen Lucky Strike, das auf dem Nachttisch lag. Da ihre Hände zitterten, gelang es ihr erst nach mehreren Versuchen, sich eine Zigarette anzuzünden. Sie nahm ein paar Züge, ehe sie ihre auf dem Fußboden verstreuten Kleider einzusammeln begann.

»Was ich hier tue? Fragen dieser Art scheinen zu einer Manie von Ihnen geworden zu sein. Sie haben also keine Ahnung?«

Diese Worte brachten mich in die Wirklichkeit zurück. Dumpfe Angst überkam mich; als ich mir ebenfalls eine Zigarette anzünden wollte, zitterte meine Hand genauso wie die von Rebecca.

»Wie bist du in meine Wohnung gelangt? Ich habe dich nicht kommen hören.«

Sie öffnete ihre Handtasche und zog einen Schlüssel hervor, den sie mir vor die Nase hielt.

»Hiermit natürlich. Oder glaubst du etwa, ich sei durch das Fenster gestiegen?«

»Ich verstehe nicht. Seit zwei Tagen versuche ich vergeblich, dich zu erreichen, doch du stellst dich taub und tauchst dann plötzlich und unerwartet hier auf.«

»Nun, ich versichere dir, daß das nie wieder passieren wird.« Sie warf mir den Schlüssel zu. »Hier hast du deinen Schlüssel zurück. Nach dem, was ich soeben erlebt habe, werde ich mich hier nie wieder blicken lassen.«

Ich erinnerte mich an jede meiner Bewegungen.

»Was ist passiert?« fragte ich, gequält von einer unerträglichen Ungewißheit. »Ich habe doch nicht etwa versucht...«

»Und ob«, erwiderte Rebecca in einem halb ironischen, halb zornigen Ton. »Das war mehr als ein bloßer Versuch!

Leider hast du dir den falschen Partner ausgesucht. Kaum hatte ich dich ausgezogen, hast du dich auf dein Kopfkissen geworfen. Ich weiß zwar, daß du betrunken warst – man braucht sich nur die Whisky-Flasche im Wohnzimmer anzuschauen –, doch sich deswegen an einem Kopfkissen zu vergreifen! Du hast dich damit herumgewälzt, hast es aus Leibeskräften an dich gedrückt, hast es gestreichelt und wütend darauf eingeschlagen, während du immer wieder nach einer gewissen Olga gerufen hast. Und ich, ich stand daneben und schaute zu. Wer ist diese Olga? Dein Kopfkissen oder deine neue Geliebte? Die, mit der du zusammen bist, als du mich sitzengelassen hast? Und dann plötzlich bist du völlig durchgedreht. Du hast angefangen, das Kissen immer heftiger an dich zu drücken – wäre es wirklich eine Frau gewesen, so hätte sie diese Umarmung bestimmt nicht überlebt –, und wilde Schreie von dir zu geben. Du hast auch nach einem gewissen Max gerufen – dein Federbett, nehme ich an –, du hast gebrüllt, du bräuchtest sieben Millionen oder etwas in der Art, ich begriff überhaupt nicht, was hier vor sich ging. Schließlich hatte ich genug von diesem Wahnsinnstheater und begann, um der Sache ein Ende zu machen, noch lauter zu schreien als du. Erst dann hast du mich gehört.«

Sie drückte ihre Zigarette im Aschenbecher aus und zog ihre restlichen Kleider an. Ich wollte herausfinden, ob ihre Strümpfe an den Knöcheln mit diamantenen Einlegearbeiten versehen waren, doch selbst als ich mich im Bett aufrichtete, konnte ich das nicht erkennen.

»Möglicherweise vertragen Sie keinen Alkohol«, fuhr Rebecca fort, »jedenfalls scheint es Ihnen im Moment nicht besonders gut zu gehen. Ich wollte Sie sehen, doch wenn ich gewußt hätte, daß Sie mit Ihrem Kopfkissen beschäftigt sind, hätte ich Sie nicht gestört.«

Ich glaubte, in ihrer Stimme ein leises Schluchzen zu hören. Falls sie wirklich Kummer hatte, so gab sie sich Mühe, sich nichts anmerken zu lassen. »Fürs Pennen wirst du nicht bezahlt«, hatte Florence gesagt. Traf dieser Satz etwa auch auf mein Verhalten im Bett zu?

Rebecca hob ihren Mantel vom Boden auf und ging zur Tür.

»Vielen Dank für den unvergeßlichen Abend«, sagte sie.

Ehe sie das Schlafzimmer verließ, wandte sie sich noch einmal zu mir um und fügte hinzu:

»Im Kaufhaus ist Bettwäsche derzeit im Sonderangebot. Wenn Sie sich beeilen, können Sie sich dort eine kleine Freundin angeln.«

Dann schlug sie die Tür zu und überquerte schnellen Schrittes das Wohnzimmer; wenige Augenblicke später schlug auch die Wohnungstür hinter ihr zu.

Ich blieb im Bett sitzen, mit dem Kopfkissen zwischen den Beinen. Dieser Streit mit Rebecca hatte mir noch stärker zugesetzt als mein Traum. Ich wartete eine Weile, dann ging ich ans Fenster. Der um die Straßenlaternen wirbelnde Schnee erinnerte mich an Insekten, die vom Licht angezogen werden. Ich wünschte mir, alles wäre nur ein böser Traum, doch der gegenüber vom Gymnasium abgestellte Lancia bewies das Gegenteil. Zudem verließ Rebecca gerade das Haus – so als hätte es dieses zusätzlichen Beweises bedurft. Sie war in ihren Mantel gehüllt und kam mir vor wie eine Patientin, die gerade aus ihrer Sitzung kommt. Sie stieg in ihren roten Golf, der in einiger Entfernung geparkt war. Nach mehreren Versuchen sprang der Motor an und der Wagen entfernte sich in Richtung Boulevard de Rochechouart.

Ich drückte meine Zigarette aus, legte mich wieder hin und starrte mit leerem Blick an die Decke. Rebecca hatte dieses Zimmer und vermutlich auch mein Leben verlassen, und ich wußte nicht einmal, ob sie Chantal-Thomass-Strümpfe trug. Und oben, in meiner Praxis, lag diese andere Frau. Wenn die Geschichte mit ihr abgeschlossen war, würde ich mich bei Rebecca melden und sie dazu überreden, zu mir zurückzukommen.

Über diesem Gedanken versank ich in traumlosen Schlaf.

Als ich aufwachte, entdeckte ich unter der Wohnungstür einen Brief von meiner Bank, die mir mitteilte, daß ich mein Konto um zweihundertfünfzigtausend Francs überzogen hätte. Da ich keine Lust hatte, den Tag mit einer solchen Nachricht zu beginnen, warf ich den Brief in den Mülleimer. Ich hatte Wichtigeres zu tun.

Es war kurz vor vierzehn Uhr. In weniger als zwei Minuten hatte ich einen Termin bei Zlibovic. Folglich würde ich diese Sitzung verpassen. Doch hatte ich ihm nicht sowieso gesagt, daß ich mich Chapireau stellen würde? Zuvor allerdings wollte ich herausfinden, was in Max' Haus passiert war. Wer war der Mann, den Montignac umgebracht hatte? Weder im Radio noch im Fernsehen wurde der Vorfall erwähnt. Das kommt noch, sagte ich mir, denn ich zweifelte nicht daran, daß ein Mord geschehen war; genausowenig bezweifelte ich, daß Max erneut bei mir auftauchen und mich terrorisieren würde. Ich warf einen Blick in meinen Terminkalender. An diesem Nachmittag erwartete ich mehrere Patienten, unter anderem die Mathematiklehrerin und den Schnellschießer. Ich hatte keine Lust, sie zu empfangen, während Olga nach wie vor unter meiner Couch lag. Ich hatte genug von diesen Dreiersitzungen. Die Sache müßte schnellstens bereinigt werden. Bis dahin würden meine Patienten eben vor verschlossener Tür stehen müssen.

Ich zog meine Jacke an und ging runter, um den *France-Soir* zu kaufen. Seltsamerweise ließ Herostrat sich nicht blicken. Hielt die Kälte ihn vom Wachestehen ab oder hatte man ihn gebeten, als Weihnachtsmann ein paar Überstunden zu machen?

Einmal war die Presse schneller als das Fernsehen. MYSTERIÖSER MORD IN DER AVENUE MONTESPAN lautete die Schlagzeile auf der ersten Seite, der ein Verweis auf den Innenteil folgte. Dort erwartete mich eine Überraschung: zwei Photos, die eine halbe Seite einnahmen. Auf dem einen

Bild war Max zu erkennen, auf dem anderen Olga. Über den Photos stand in fetten Buchstaben geschrieben:

DAS ENDE EINES GESCHÄFTSMANNES

Darunter war folgender Artikel zu lesen:

Gestern abend zwischen einundzwanzig und dreiundzwanzig Uhr wurde Maxime Montignac in seiner Privatwohnung in der Avenue Montespan von mehreren Kugeln des Kalibers 6.35 tödlich getroffen. Nachdem er auf die Unfallstation des Sainte-Périne-Krankenhauses gebracht worden war, erlag er dort seinen schweren Verletzungen. Da das Opfer den Täter gekannt haben muß, könnte es sich um einen Verwandten oder Bekannten handeln. Gerüchten zufolge ist Olga Montignac, seine Frau, dringend tatverdächtig. Verschiedene Indizien deuten darauf hin, daß sie sich zur Tatzeit im Arbeitszimmer des ermordeten Geschäftsmannes aufhielt. Doch derzeit verweigert die Polizei jegliche Aussage.

Bekanntlich laufen im Moment Ermittlungen gegen M. Montignac bezüglich eines Darlehens der Europäischen Handelsbank. Laut Richter Morand, der die Untersuchungen leitet, wurden die von Max Montignac geführten Gesellschaften weit über ihren eigentlichen Wert geschätzt. Das entsprechende Gutachten wurde übrigens von der Bank selbst erstellt. Schätzungen zufolge sollen dem Geschäftsmann mehrere Millionen Francs überwiesen worden sein. Eine Summe, welche die von ihm erbrachten Garantien weit überschritt und die dazu gedient haben soll, die Regierungspartei sowie mehrere Oppositionsparteien zu finanzieren, da Montignac sich auch in politischen Kreisen die größtmögliche Unterstützung sichern wollte. Dies erklärt ebenfalls die Nachsicht, mit der er bislang behandelt wurde. Doch seit geraumer Zeit war das nicht mehr der Fall, da niemand an seiner Verhaftung und seiner wahrscheinlichen Verurteilung zweifelte.

Sein Tod setzt zwar der gerichtlichen Verfolgung, nicht jedoch den Ermittlungen ein Ende. Richter Morand hofft nach wie vor, die Verantwortlichen der Bank, die M. Montignac die verschiedenen Darlehen bewilligten, vernehmen zu können.

Olga Montignac hält sich derzeit an unbekanntem Ort auf. Die Polizei, die sie als Zeugin vernehmen möchte, hat eine Suchaktion eingeleitet.

Ich konnte es nicht fassen: nicht Max' Besucher, sondern er selbst war umgebracht worden, und in dringendem Tatverdacht stand seine Frau. Ich ging noch einmal in den Zeitungsladen, kaufte sämtliche Tageszeitungen und kehrte in meine Wohnung zurück. Doch auch aus den anderen Zeitungen waren keine weiteren Einzelheiten zu erfahren. Max Montignac war am Abend zuvor, zwischen einundzwanzig und dreiundzwanzig Uhr, in seinem Haus in der Avenue Montespan ermordet worden. Die Meldungen über Olga waren weniger übereinstimmend. Mal bestand nicht der geringste Zweifel an ihrer Schuld, mal galt sie als die Hauptzeugin, nach der die Polizei dringend suchte.

Wie waren die Journalisten an all diese Informationen gekommen? Ein Mann war bei Max gewesen, das stand eindeutig fest. Ich hörte noch, wie Max zu dem Unbekannten sagte: »Und dann muß ich mich auch noch mit einem Kerl wie Ihnen herumschlagen!« Und dieser Mann hatte Max erschossen.

Was tun? Chapireau anrufen und ihm erzählen, was ich wußte? Die Sache ging allmählich zu weit. Ich drohte, in etwas hineingezogen zu werden, mit dem ich nichts zu tun hatte. Zumal Olgas Tod mir vollauf genügte ...

Das Klingeln des Telefons setzte meinen Fragen ein abruptes Ende.

Es war Chapireau. Sein Anruf überraschte mich kaum.

»Du mußt sofort herkommen«, sagte er. »Es ist dringend.« Er hängte ein, ohne meine Antwort abzuwarten.

»Du hast Olga Montignac also seit Montag nicht mehr gesehen und dir deswegen keinerlei Gedanken gemacht? Beim letzten Mal hast du dich ihr gegenüber aber viel weniger gleichgültig verhalten.«

Ich hätte gut auf Chapireaus Ironie verzichten können. Sein Groll hatte sich demnach noch immer nicht gelegt. Statt mich, wie die Dringlichkeit seines Anrufs es erwarten ließ, sofort zu empfangen, ließ er mich fast eine Stunde in einem winzigen und zudem eiskalten Raum warten. Ein Polizist in Zivil saß an einem Tisch und tippte auf einer alten Schreibmaschine irgendeinen Bericht. Von Zeit zu Zeit warf er mir einen mißmutigen Blick zu; bestimmt war ich für ihn nur ein weiterer Delinquent, dessen Verhaftung längst feststand. Zwei- oder dreimal erhob ich mich, um mir die Beine zu vertreten, doch jedesmal befahl er mir mit einer Handbewegung, mich wieder hinzusetzen.

Als Chapireau mich endlich in sein Büro bat, forderte er mich mit der gleichen Handbewegung auf, auf dem Stuhl vor seinem Schreibtisch Platz zu nehmen. Ohne mich zu Wort kommen zu lassen, begann er mit dem Verhör, das immer wieder aus denselben Fragen bestand: Ist Olga deine Geliebte? Wo steckt sie zur Zeit? Wieso steht ihr Wagen vor deiner Tür? Und so weiter.

Ich durfte nicht die geringste Nachsicht von ihm erwarten. Ich fragte mich, was er tun würde, wenn er wüßte, wo sich Olga im Moment befand? Da er von meiner Schuld überzeugt war, würde er nicht eher Ruhe geben, bis er mich als Lügner überführt hätte.

Ich zog eine Zigarette aus meinem Lucky-Strike-Päckchen. Stumm schaute Chapireau mir dabei zu, wie ich sie anzündete. Ich hatte das Gefühl, jede meiner Bewegungen, jedes meiner Worte würde sein Mißtrauen noch größer werden lassen.

»Wie oft muß ich dir noch sagen, daß es nicht ungewöhnlich ist, daß jemand nicht zu einer Sitzung erscheint. Jeder x-beliebige Analytiker wird dir das bestätigen.«

»Und um mir das zu sagen, hast du mich die ganze Zeit zu erreichen versucht?«

Auf diese Frage war ich nicht gefaßt. Ich hatte meine ständigen Anrufe im Kommissariat völlig vergessen.

»Ich... ich wollte dir vorschlagen, daß wir zusammen zu Mittag essen sollten«, stammelte ich. »Wegen dieser Frau gab es Mißverständnisse zwischen uns... Ich dachte, wir sollten uns aussprechen.«

»Und warum hast du dann nicht auf meine Nachricht reagiert?«

»Ich hatte keine Zeit..., aber ich wollte es tun.«

»Natürlich«, stimmte er mir in spöttischem Ton zu, »zuerst möchtest du unbedingt mit mir sprechen, und wenn ich eine Nachricht auf deinem Anrufbeantworter hinterlasse, hast du plötzlich keine Zeit mehr... Das scheint mir alles überaus logisch.«

Ich wußte nicht, was ich antworten sollte. Plötzlich fragte er:

»Logisch ist es wohl auch, daß Olga Montignacs Wagen immer noch vor deiner Haustür geparkt ist?«

Erneut schwieg ich.

»Übrigens«, fuhr er fort, »würde ich gerne wissen, wer ihre Strafzettel bezahlt hat. Ich kenne die Politesse in deinem Viertel. Ein wahrer Segen für die Staatskasse. Mit Strafzetteln geizt sie jedenfalls nicht.«

Er öffnete eine Schublade seines Schreibtischs und zog ein Bündel kleiner, rechteckiger blauer Zettel hervor.

»Wer hat sie bezahlt, du oder Olga?«

Verständnislos sah ich ihn an.

»Aber das gibt's doch nicht!« entgegnete ich. »Was geht das mich an, wenn ihr Wagen vor meiner Tür steht? Ich bin im Besitz eines Parkausweises für Anwohner und verstehe nicht, weshalb ich mich um die Strafzettel anderer Leute kümmern sollte.«

Die Sache war mir unbegreiflich. Sollte ich tatsächlich diese

Strafzettel bezahlt haben und mich nicht mehr daran erinnern können? Eine Folge jener geistigen Verwirrung, die mich dazu geführt hatte, Olga zu erwürgen? Es sei denn, Max hatte die Strafzettel bezahlt. Doch aus welchem Grund?

»Gut«, sagte Chapireau, »du hast diese Strafzettel also nicht bezahlt. Aber du willst mir doch wohl nicht weismachen, daß Olga Montignac speziell deswegen in dein Viertel zurückgekommen ist..., oder daß es sich um ein Geschenk des Weihnachtsmannes handelt... Vielleicht«, fügte er in beinahe drohendem Ton hinzu, »tätest du besser daran zuzugeben, daß du diese Frau bis zum Mord an ihrem Mann bei dir versteckt hast.«

Er zog ein Päckchen Chesterfield aus seiner Tasche, nahm eine Zigarette heraus und zündete sie sich mit seinem Feuerzeug an. Anschließend fragte er, indem er jedes seiner Worte deutlich betonte:

»Und über den Mord an ihrem Mann, weißt du darüber was?«

Während er den Rauch gemächlich an die Decke blies, drückte ich meine Zigarette in dem übervollen Aschenbecher aus. Dieses Geste ließ ihn eine Weile innehalten, doch als er merkte, daß ich nichts erwidern würde, fuhr er fort:

»Nun, meiner Meinung nach spricht vieles gegen diese Frau. Selbstverständlich ist sie im Besitz eines Hausschlüssels und zweifellos auch eines Schlüssels zum Büro, wo sie in aller Ruhe auf ihren Gatten warten und ihn erschießen konnte. Motive gibt es genug. Max Montignac mißhandelte seine Frau auf unglaublich brutale Weise. Sie hat uns die Spuren seiner Gewalttätigkeiten an ihrem Körper gezeigt. Wir schlugen ihr vor, Anzeige zu erstatten, doch sie wollte nichts davon wissen. Ich nehme an, sie hat dir ebenfalls davon erzählt. Wenn nicht, so frage ich mich, weshalb sie überhaupt zu dir kam.«

»Sie sprach über nichts anderes. Ihre Kleptomanie war eine Möglichkeit, ihren Mann zu provozieren. Sie ertrug es nicht, unter der strengen Aufsicht dieses Kerls zu stehen. Ein Paranoiker, der glaubte, er dürfe sich alles erlauben, und der überdies ein beachtliches Vermögen besaß.«

Chapireau zuckte ungeduldig mit den Schultern.

»Alles nur Bluff, lauter Erfindungen von Journalisten. Montignac besaß keinen roten Heller. Du kennst doch das Sprichwort, das besagt, daß man Armen nichts leiht. Nun, Montignacs Talent bestand darin, andere glauben zu machen, er sei reich. Und in dieser Hinsicht ließ er sich nicht lumpen: ein herrschaftliches Haus, prächtige Empfänge, luxuriöse Büroräume, ein Privatflugzeug. Das übliche Geprahle der Reichen. In Wirklichkeit war alles nur Schein. Montignac besaß keinen Pfennig. Doch er konnte sich auf die Medien verlassen, damit man ihm Glauben schenkte. Seine Taktik war ganz einfach: Er lieh sich Geld von den einen, um damit seine Schulden bei den andern zu begleichen. Eine Taktik, so alt wie die Welt, doch sie funktioniert. Vor allem bei ihm! Er war so bekannt, daß die Banken, trotz seiner Schulden, nicht mit Darlehen geizten. Montignac verglich sie mit geilen Weibern, die die Röcke raffen, wenn er vorbeikommt. Dieser Vergleich war nicht falsch. Die Banken öffneten ihre Geldschränke, und Montignac brauchte sich nur zu bedienen. Was ihm ermöglichte, bankrotte Betriebe wieder in Schwung zu bringen, sie für einen symbolischen Franc zurückzukaufen und mit erheblichen Gewinnen wieder zu verkaufen. An diesen Gewinnen beteiligte er seine Gläubiger. Es ist unglaublich, wie viele Leute in die Sache verwickelt sind. Dabei ist dies noch längst nicht alles. Die Unterstützung, die er aus politischen Kreisen erhielt, öffnete ihm Tür und Tor. Man bediente sich seiner, um schwarze Kassen mit Barem zu füllen. Doch jetzt, da seine Machenschaften auffliegen, tut man so, als hätte man nicht gewußt, wer dieser Mann wirklich war, oder man schwört, ihn nie gekannt zu haben. Kurzum: Die Ratten verlassen das sinkende Schiff... Jedesmal, wenn Olga geschnappt wurde, beteuerte sie, nicht sie, sondern ihr Mann gehöre ins Gefängnis. Weil sie, wie sie sagte, im Vergleich zu ihm der reinste Unschuldsengel sei.«

»Aber sie hat ihn doch wohl nicht deswegen umgebracht!«

»Natürlich nicht! Sie hat ihn getötet, bevor er sie töten konnte. Ihr zufolge wollte er sie beseitigen, weil sie zu viel über ihn wußte. Mehr verriet sie allerdings nicht. Oder höchstens das, was ohnehin bereits in den Zeitungen stand. Wir haben sie nicht ernstgenommen. Heute gebe ich zu, daß das ein Fehler war. Im Grunde genommen war ihre Kleptomanie nichts anderes als ein Hilferuf.«

Er hielt inne und suchte nach einem freien Platz im Aschenbecher für seinen Zigarettenstummel. Da er keinen fand, warf er ihn in den Papierkorb. Im Büro stank es nach kaltem Tabak; bestimmt hatte Chapireau an diesem Tag eine Zigarette nach der anderen geraucht. Der Fall Montignac machte ihm offenbar sehr zu schaffen. Er zündete sich eine weitere Chesterfield an und bot mir nach kurzem Zögern ebenfalls eine an. Ich lehnte sie nicht ab.

»Jedenfalls wäre es besser für sie gewesen, wenn wir sie verhaftet hätten. Ladendiebstahl ist schließlich weniger schlimm als Mord. Leider mußte ich sie wegen deiner Zeugenaussage wieder auf freien Fuß setzen.«

Er hatte nicht unrecht. Hätte man sie ins Gefängnis gesteckt, so wäre es ihr zumindest erspart geblieben, auf meiner Couch zu enden. Ich war drauf und dran, Chapireau die Wahrheit zu sagen, doch er ließ mir nicht die Zeit dazu.

»Ich bin sicher, daß du mich an jenem Abend belogen hast«, sagte er. »Doch vergessen wir das. Ich kann verstehen, daß du sie schützen wolltest. Hätte ich eine Geliebte, die sich in einer ähnlichen Situation befindet, so würde ich zweifellos genauso handeln.«

»Olga Montignac ist nie meine Geliebte gewesen.«

»Ich kann das Gegenteil beweisen.«

Ich riß die Augen auf.

»Du kannst das Gegenteil beweisen?«

»Deine Putzfrau hat dich mit ihr auf der Couch ertappt. Sie war halb nackt, und du hast sie auf den Mund geküßt. Erzähl mir jetzt nicht, das gehöre zur Therapie. Hier ist die Aussage deiner Putzfrau, falls du sie lesen möchtest.«

Deshalb also war Mai-Li so sehr darum bemüht, mir aus dem Weg zu gehen. Ich beachtete das Blatt Papier, das Chapireau mir reichte, nicht.

»Was gab dir das Recht, meine Putzfrau zu verhören?«

Meine Wut berührte ihn nicht.

»Hat sie dich mit dieser Frau überrascht – ja oder nein?«

Erneut schwieg ich, und Chapireau beharrte nicht auf einer Antwort.

»Ich verlange kein Geständnis von dir. Du kannst bumsen, mit wem du willst. Allerdings würde die Tatsache, daß Olga deine Geliebte ist, etliche Dinge erklären. Du hast schon einmal versucht, sie vor dem Gefängnis zu bewahren, und nun willst du ihre Flucht begünstigen.«

»Das stimmt nicht.«

»Dann sag mir, wo sie steckt.«

»Ich weiß es nicht.«

»Was heißt, du weißt es nicht.«

»Ich weiß es eben nicht, das ist alles.«

»Sie hat vor ihrer Flucht nicht mit dir gesprochen?«

»Nein.«

»Also hast du sie vor ihrer Flucht gesehen?«

»Aber nein, seit Montag habe ich sie auch nicht mehr gesehen!« erwiderte ich verärgert. »Was sie später getan hat, weiß ich nicht.«

»Tut mir leid, aber ich glaube dir nicht.«

»Hast du mir weitere Zeugenaussagen und Beweise vorzulegen?«

Er deutete auf ein dickes Bündel Computerauszüge, das auf seinem Schreibtisch lag.

»Dies ist eine Liste der Banküberweisungen, die Max Montignac in den letzten Wochen getätigt hat«, sagte er. »Sieben

Millionen Francs, die von seinen verschiedenen Konten stammen, einschließlich derer in der Schweiz und in Luxemburg. Er hat so viel abgehoben, wie er konnte. Aber nicht um seine Schulden zu begleichen, sondern weil er plante, Frankreich zu verlassen, bevor er vorgeladen würde. Was ist mit diesem Geld geschehen? Der Tresor in der Avenue Montespan war leer. Entweder hat Montigac das Geld anderswo versteckt, oder sein Mörder – oder vielmehr seine Mörderin – hat es mitgenommen. Olga wußte von den Plänen ihres Mannes. Sie wußte ebenfalls, daß er sie loswerden wollte. Ich nehme an, sie hat dir während eurer... Sitzungen davon erzählt. Die Fortsetzung ist unschwer zu erraten: Sie bringt ihren Mann um und macht sich mit dem Geld aus dem Staub. Aus ihrer Sicht ist dieses Geld eine Entschädigung für alles das, was ihr Mann ihr angetan hat. So lautet jedenfalls die Version, die mir am einleuchtendsten erscheint.«

»Das nennt man dann wohl eine Kette von Vermutungen«, sagte ich.

»Deine Beteiligung in dieser Sache liegt ebenso klar auf der Hand. Olga hat dich über ihr Vorhaben ins Bild gesetzt. Natürlich hast du versucht, sie von ihren Plänen abzubringen, was dir jedoch nicht gelang, möglicherweise, weil du dich nicht intensiv genug darum bemüht hast. Weil dieser Mord dir im Grunde sehr gelegen kommt. Montignac ist ein Schuft. Soll man einem solchen Mann gegenüber Skrupel haben? Seine Frau ist deine Geliebte. Er droht, sie umzubringen. Das ist doch schon Grund genug, ihn beseitigen zu wollen, nicht wahr? Außerdem hat Montignac ein hübsches Sümmchen zusammengespart, und zufällig steckst du gerade bis über beide Ohren in finanziellen Schwierigkeiten. Womit wir erneut am Ausgangspunkt angelangt sind. Gewiß, du hast Max nicht eigenhändig umgebracht, denn meiner Meinung nach bist du nicht imstande, jemanden zu töten. Im Gegensatz zu Olga. Also bringst du sie bei dir unter, bis es soweit ist. Damit niemandem auffällt, daß ihr Lancia vor deiner Tür steht, bezahlst du ihre Strafzettel. Und nachdem Olga ihren Mann umgebracht hat, verhilfst du ihr zur Flucht. Oder irre ich mich?«

Um herauszufinden, wie ich auf seine Worte reagieren würde, sah er mir genau in dic Augen. Ich war völlig verblüfft. Glaubte er wirklich an dieses Märchen oder hatte er es sich nur ausgedacht, um mich zu einem Geständnis zu bewegen?

»Wenn du deine Lage nicht zusätzlich verschlimmern willst«, fuhr er fort, »tätest du besser daran mir zu verraten, wo ihr euch treffen wollt.«

»Jetzt reicht's!« entgegnete ich. »Falls du tatsächlich davon überzeugt bist, daß ich mit diesem Mord etwas zu tun habe, brauchst du mich nur zu verhaften. Ich möchte lediglich mit einem Anwalt sprechen. Das ist doch mein gutes Recht, oder?«

Nachdenklich sah Chapireau mich an. Dann nahm er den Aschenbecher und schüttete den Inhalt in den Papierkorb.

»Ich könnte dich in der Tat hierbehalten«, sagte er, »doch im Gegensatz zu dem, was du glaubst, geht es mir nicht darum, dir einen Mord in die Schuhe zu schieben. Wir sind alte Freunde, und im Moment stelle ich nur Vermutungen an. Andererseits muß ich dich bitten, dich der Polizei weiterhin zur Verfügung zu halten und Paris nicht zu verlassen, ohne mir vorher Bescheid zu sagen. So, jetzt kannst du wieder nach Hause gehen.«

Auch diesmal gab er mir nicht die Hand, und einmal mehr hatte ich das Gefühl, vor die Tür des Kommissariats gesetzt zu werden.

Dann ging alles sehr schnell. Kurz nachdem ich wieder zu Hause war, holte ein Abschleppwagen der Polizei den Lancia ab. Das Glatteis hatte diese Arbeit keineswegs erleichtert, doch nun war der Platz leer – kein anderes Auto hatte dort geparkt – und brach eine Lücke in die Reihe der abgestellten

Wagen. Es sah aus wie die Lücke in einem Mund, in dem ein Zahn fehlt.

Was hoffte Chapireau in dem Lancia zu finden? Ich hatte keine Ahnung. Zweifellos handelte es sich um reine polizeiliche Routine. Da er sich nicht vorstellen konnte, wo Olga sich befand, war er bestimmt davon überzeugt, daß ich ihn zu ihr führen würde. Oder gab es einen anderen Grund, weshalb er mich hatte laufen lassen? Ich mußte Olgas Leiche so schnell wie möglich verschwinden lassen. Die Tatsache, daß ich Chapireau ihren Tod verschwiegen hatte, wies mich als ihren mutmaßlichen Mörder aus. Ein Verdacht, der den Mord an Max und vor allem das Verschwinden der sieben Millionen erklären würde. Der Gewitterblitz aus heiterem Himmel hatte sich zu einer Mordserie entwickelt. Zuerst hatte ich Olga – wegen der sieben Millionen – umgebracht, und anschließend auch noch ihren Mann. Da ich Olga bereits umgebracht hatte, mußte ich notgedrungen auch Montignacs Mörder sein. Doch warum hätte ich ihn töten sollen? Darüber brauchte ich mir keine Gedanken zu machen, ein Motiv würde sich schon finden. Die Logik des Staatsanwalts könnte durchaus Ähnlichkeiten mit Montignacs Logik haben. Doch es kam nicht in Frage, mich davon überrumpeln zu lassen.

Es gab nur einen einzigen Weg. Einen Weg, der mir widerstrebte und den Zlibovic zwangsläufig mißbilligen würde, doch ich hatte keine andere Wahl.

Es war zwei Uhr nachts, der Gedanke hatte reichlich Zeit gehabt, in meinem Kopf Gestalt anzunehmen. Nach dem Verlassen des Kommissariats hatte ich mir in einem Werkzeugladen eine Eisenstange gekauft, und ich wußte nun ganz genau, was ich zu tun hatte.

Zunächst ging ich nach unten, um mich zu vergewissern, daß kein Polizist vor meinem Haus Wache stand. Draußen herrschte eine sibirische Kälte, aus der sämtliches Leben verschwunden zu sein schien. Herostrat war bestimmt in mildere Gefilde ausgewandert. Das blasse Licht der Straßenlaternen ließ die Einsamkeit und Stille noch größer erscheinen. Ich ging einmal die Straße auf und ab, entdeckte jedoch niemanden, der auf der Lauer zu liegen schien.

Als ich wieder in meiner Praxis war, zog ich als erstes Olga unter der Couch hervor. Trotz aller Vorsichtsmaßnahmen hatte ich nicht verhindern können, daß die Zersetzung der Leiche begonnen hatte. Ein scharfer Geruch breitete sich im Sprechzimmer aus. Olga hatte zu lange dort gelegen. Ihre Fingerspitzen hatten eine aschgraue, bläulichrote Farbe angenommen. Doch ich hielt mich nicht länger mit der Betrachtung der Leiche auf, ich mußte gezielt und wirkungsvoll vorgehen. Ich holte eine Decke aus meiner Wohnung. Seltsam dieses Ritual, das verlangt, daß man eine Leiche vor anderer Leute Blicke verbirgt, auch wenn um zwei Uhr nachts und mitten im Winter keinerlei Gefahr besteht, draußen jemandem über den Weg zu laufen. Ich wickelte Olga in die Decke und schleppte sie zur Tür. Nachdem ich überprüft hatte, daß sich niemand im Treppenhaus aufhielt, drückte ich auf den Aufzugknopf. Es war verhältnismäßig einfach, Olga in den Lift zu bekommen. Die echten Schwierigkeiten warteten draußen auf mich. Da mein Volvo vor dem Gymnasium geparkt war, mußte ich die Straße überqueren. Was bei diesem Wetter und mit einer Leiche auf dem Buckel nicht so einfach war. Unten angekommen, lud ich Olga auf meine rechte Schulter, durchquerte die Eingangshalle und befürchtete, hier einem spät heimkehrenden Nachtbummler zu begegnen. Doch da war niemand, so daß ich ungehindert nach draußen gelangte.

Die Kälte hatte den Schnee in eine spiegelglatte Eisdecke verwandelt. Auf meinem Erkundungsgang hatte ich nicht weiter darauf geachtet, doch mit Olga auf dem Rücken erwies sich diese Glätte als wahres Problem. Langsam, vorsichtig einen Fuß vor den anderen setzend, erreichte ich die Bordsteinkante. Der Mittelstreifen kam mir vor wie eine unerreichbare Insel, die vom Rest der Welt durch eine glänzende Fahrbahn abgeschnitten war. Ein Spiegel, dessen Überquerung einer gefährlichen Expedition gleichkam. Würde ich den Mittelstreifen erreichen, so müßte ich auch noch den zweiten Teil des Weges unter denselben Bedingungen zurücklegen. Das schien mir unmöglich. Zumal Olga immer schwerer auf meiner Schulter zu lasten begann. Ich hätte sie auf die andere Schulterseite heben müssen, doch ich stand auf wankenden Beinen, die geringste Bewegung hätte mich aus dem Gleichgewicht gebracht. Zudem hatte ich vergessen, Handschuhe anzuziehen, meine Finger froren, ich war unfähig, meine Bewegungen zu koordinieren. Doch genauso undenkbar war es, Olga erneut in die Wohnung zu transportieren.

Ich betrat die Fahrbahn. Der Boden war noch glatter, als ich befürchtet hatte. Meine Füße rutschten nach allen Seiten weg, ich wußte nicht, was ich tun sollte, und sah mich bereits mitten auf der Straße liegen. Würde jetzt ein Auto auftauchen, ich könnte ihm nicht mehr ausweichen. Glücklicherweise kam aber keines, und so konnte ich meinen Weg fortsetzen. Ich klammerte mich an meine Last und war überzeugt, daß ich den Mittelstreifen niemals erreichen würde. Doch das Wunder geschah, ich schaffte es. Wegen des darunterliegenden Schotters kam der Schnee mir hier ein wenig weicher und auch weniger gefährlich vor. Mit einem Seufzer der Erleichterung legte ich Olga nieder. Dieser erste Teil des Weges hatte mich völlig erschöpft, doch bevor ich den auf der anderen Seite der Avenue geparkten Volvo erreichen würde, mußte auch noch der zweite Teil der Strecke zurückgelegt werden.

Ich wartete eine Weile, dann lud ich mir Olga erneut auf den Buckel. Sie hatte dieselbe gekrümmte Lage bewahrt wie zuvor und war wegen der Kälte zu einer Art Hufeisen erstarrt, das sich nicht mehr verbiegen ließ. Die Decke, in die ich sie gewickelt hatte, war eiskalt und steif. Sie schien zu einem festen Bestandteil der Leiche geworden zu sein. Ich vergewisserte mich, daß kein Wagen kam, und nahm den zweiten Abschnitt der Fahrbahn in Angriff, in der Hoffnung, daß das Wunder sich wiederholen würde.

Es wiederholte sich nicht. Plötzlich rutschte einer meiner Füße seitlich weg, ich fiel rücklings zu Boden und ließ Olga los. Sie entschlüpfte ihrer Decke, glitt über das Glatteis wie eine Holzkugel über eine Bowlingpiste und krachte in etwa zehn Metern Entfernung mit dem Rücken gegen einen dort abgestellten Wagen. Dort saß sie nun, mit vollständig aufgeknöpfter Jacke und gespreizten Beinen, so als hätte sie eine ausgiebige Zechtour hinter sich.

Ich wollte zu ihr, doch kaum hatte ich mich aufgerichtet, fiel ich erneut auf den Rücken. Nachdem ich mehrmals vergeblich versucht hatte, auf die Beine zu kommen, beschloß ich, einfach über das Glatteis zu kriechen. Auf diese Weise gelangte ich zu Olga, packte sie an einem Bein und versetzte ihr – wie ein Eishockeyspieler seinem Puck – einen Stoß, der sie in Richtung Volvo beförderte. Sie glitt mit der Präzision einer Billardkugel dahin und erreichte nach zwei oder drei Stößen meinen Wagen. Im selben Augenblick hörte ich das Geräusch eines Motors. Ich eilte zu ihr, öffnete die Wagentür, hob sie hoch und schob sie auf die Ledersitze.

Ein Glück, denn im nächsten Moment bog ein Streifenwagen mit aufgeblendeten Scheinwerfern in die Avenue ein. Das Auftauchen der Polizei an diesem verlassenen Ort kam mir höchst unpassend vor. Der Wagen bewegte sich im Schritttempo vorwärts. Offensichtlich war der Fahrer eher darum besorgt, nicht ins Schleudern zu geraten, als das Viertel im Auge zu behalten. Als er am Volvo vorbeikam, fuhr er noch ein wenig langsamer. Einige Gesichter drehten sich nach mir um, aber dann verschwand der Wagen langsam Richtung Rue Malesherbes. Trotz der Kälte war ich schweißgebadet. Neben mir lag Olga, mit der Stirn auf dem Armaturenbrett. Ich öffnete den Kofferraum, ergriff die Leiche, schleppte sie mühsam über das Glatteis und verstaute sie im Heck des Wagens. Als ich die in der Straßenmitte liegengebliebene Decke holte, fiel ich erneut mehrere Male hin. Schließlich legte ich die Decke neben Olga. Ich setzte mich hinter das Steuer und drehte den Zündschlüssel. Nichts geschah. Der Motor stotterte ein wenig, bevor er endgültig verstummte und keine Reaktion mehr von sich gab. Auch alle weiteren Versuche scheiterten. Ich war völlig verzweifelt: diesen verdammten Motor zu starten war genauso unmöglich wie Olga wieder lebendig zu machen.

Wie zur Bestätigung dieser Diagnose hörte ich jemanden mit belegter Stimme sagen:

»Vergessen Sie's, Chef. Die Batterie ist völlig platt. Kein Wunder bei dieser Kälte.«

Ich hob den Kopf und sah, wie sich Herostrat zu mir beugte. Er war nach wie vor als Weihnachtsmann verkleidet und sah sehr seltsam aus. Die Tasche, die er mit sich herumschleppte, schien ein Sack voller Spielzeug zu sein.

»Was tun Sie denn hier?« fragte ich verblüfft.

»Schluß mit dem Weihnachtsmann«, erwiderte er, »zu viel Sprit im Kopf. Ich bin gefeuert worden, aber meine Arbeitskleidung durfte ich behalten. Nun habe ich mir Nachschub besorgt.« Er deutete auf seine prall gefüllte Tasche. »Ich mußte bis zur Station Batignolles, um Sprit aufzutreiben, können Sie sich das vorstellen! Ich kenne dort jemanden, der mich stets bedient, egal zu welcher Stunde ich aufkreuze. Ein tüchtiger Schluck, das wärmt auf. Und jetzt bin ich hier.«

»Sind Sie schon lange hier?«

»Lange genug, um Sie mit Ihrer Decke übers Glatteis rutschen zu sehen.«

»Sonst nichts?«

»War denn noch was?«

Ich schwieg, und er sagte:

»Ihr Volvo wird nicht anspringen. Bei diesem Wetter geben die Batterien einfach den Geist auf. Dasselbe galt für den Lancia Ihrer Patientin. Ich war im *Jean Bart*, als er abgeschleppt wurde. Kein Wunder...«

Er lehnte an der Wagentür, sein Atem stank nach Alkohol. Ich fühlte mich unwohl in meiner Haut. Ich hätte geschworen, daß er mehr wußte, als er zugab, und daß er mit scheinheiliger Miene immer wieder auf seine Beobachtungen anspielte.

»Selbst wenn Sie dic Karre schieben würden«, sagte er, »würde sie nicht anspringen. Nicht genug Saft. Sie brauchen eine neue Batterie.«

»Nun, das werde ich morgen erledigen«, sagte ich, als ich aus dem Wagen stieg.

»Ich könnte Ihnen behilflich sein. Jetzt, da ich nicht mehr den Weihnachtsmann spielen muß... Außerdem kenne ich mich aus mit Batterien.«

»Danke, aber ich komme allein damit klar.«

»Wie Sie wollen, Chef«, sagte er und tippte an die Kapuze seines Mantels. »Immer zu Diensten. Aber glauben Sie mir, das ist nichts für Intellektuelle.«

Dann entfernte er sich, in seiner roten Verkleidung und seinen Sack hinter sich her ziehend. Der Weihnachtsmann! Plötzlich erinnerte ich mich an Chapireaus Worte auf dem Kommissariat: »Oder vielleicht handelt es sich um ein Geschenk des Weihnachtsmannes.« Warum hätte Herostrat das tun sollen? Und woher hätte er das Geld gehabt? Er sah nicht aus, als sei er reich. Mit leiser Besorgnis sah ich ihn im Nebel verschwinden. Doch weitaus beunruhigender war eine andere Frage, die mir nicht mehr aus dem Kopf ging: Hatte er lediglich gesehen, wie ich die Decke geholt hatte, oder hatte er die ganze Szene beobachtet?

Wie auch immer: in dieser Nacht war alles danebengegangen. Wegen dieser verdammten Batterie müßte ich bis morgen warten. Es sei denn, Herostrat verständigte vorher die Polizei. Doch selbst wenn er etwas gesehen hatte, glaubte ich nicht, daß er das tun würde. Er hatte andere Dinge im Kopf, dessen war ich mir sicher.

Ich ging in meine Wohnung zurück, leerte die Whisky-Flasche und legte mich, wie am Vortag, stockbesoffen und mit den Kleidern ins Bett. Diesmal jedoch störten weder eine Frau noch ein Kopfkissen meinen Schlaf.

In meinem Traum war es Nacht, ich befand mich auf einem Friedhof – es war derselbe Friedhof, den ich in meinem vorherigen Traum von Max' Fenster aus gesehen hatte –, ein als Weihnachtsmann verkleideter Mann begleitete mich. Während wir zwischen den Grabstätten umherschlenderten, rezitierten wir ein Gedicht von Verlaine:

Im alten einsamen park wo es fror

Rufen zwei schatten das ehmals hervor.

Wölfe saßen auf den Ästen eines Nußbaums, schauten zu uns herab und schienen das Gedicht mit uns zusammen aufzusagen:

»*Erinnerst du dich an unsere einstige Verzückung?*« fragte der eine.

Und dann hielten sie inne, um in lautes Gelächter auszubrechen.

6

»Glauben Sie, daß das Ihre Probleme lösen wird?«

So selbstverständlich diese Frage auch war, sie traf mich völlig unvorbereitet. Ich hatte große Lust, mir eine Zigarette anzuzünden. Doch es war zu kompliziert, das Päckchen aus meiner Manteltasche zu holen. Außerdem würde das Rauchen mir nicht helfen, eine Antwort zu finden. Die Psychoanalyse besteht nicht darin, Bedürfnisse zu befriedigen, sondern in dem Versuch, den Sinn dieser Bedürfnisse herauszufinden. Ich mußte es schließlich wissen.

»Ich habe keine Ahnung, was mit Olga passiert ist«, erwiderte ich. »Es ist mir unbegreiflich. Zuerst dachte ich, es handele sich um einen unbezähmbaren Impuls. Aber da war diese Nacht mit Rebecca. Sie lag neben mir. Sie wollte mit mir schlafen, während ich davon träumte, sie zu erwürgen, so wie ich es mit Olga getan habe. Als ich aufwachte, stellte ich fest, daß ich mein Kopfkissen an mich gedrückt hielt. Selten zuvor befand ich mich in einer derart lächerlichen Situation. Rebecca war wütend und verließ meine Wohnung. Doch zuvor war sie bei mir gewesen, und ich hatte sie anders als in meinem Traum, nicht erwürgt ... Möglicherweise bin ich gar kein Mörder? Aber da sind diese Anschuldigungen von Max und von Chapireau. Der eine war davon überzeugt, daß ich Olga getötet hatte, um an die sieben Millionen zu kommen; der andere glaubt, aus demselben Grund hätte ich mich an der Ermordung Montignacs beteiligt. Ich selbst hingegen denke, daß ich mit der ganzen Geschichte überhaupt nichts zu tun habe. Im Falle des Mordes an Montignac bin ich lediglich ein zufälliger Zeuge. Max erwartete mich in seiner Wohnung. Er hatte behauptet, er könnte mir aus der Patsche helfen. Als ich sein herrschaftliches Haus betrat, hörte ich, wie sich zwei Männer in einem der Zimmer stritten und sich prügelten. Zweifellos handelte es sich um Max und um einen seiner sogenannten Geschäftspartner. Ich wagte es nicht, den Raum zu betreten. Dann fielen Schüsse, ich dachte, der andere Kerl sei getötet worden, und ergriff die Flucht. Von einer Telefonzelle aus benachrichtigte ich die Polizei und gab mich als einen der Nachbarn aus. Doch als Chapireau mich verdächtigte, wurde mir klar, daß es verdammt schwer sein würde, mich aus meiner Lage zu befreien. Weil niemand mir glauben wird, daß ich überhaupt nichts von diesem Geld weiß. Dabei ist es die Wahrheit... Ich bin mir nicht einmal sicher, ob Olga mir jemals davon erzählt hat. Allerdings kenne ich die Polizei und die Justiz gut genug, um zu wissen, daß sie nicht mehr lockerlassen, sobald sie ein Tatmotiv aufgespürt haben. Sie werden glauben, daß ich diese Frau umgebracht habe, um sie zu bestehlen.«

Als ich mich zu Zlibovic umdrehte, erschrak ich über dessen aschfahles Gesicht. Ich hatte das Gefühl, als würde ich in diesem Moment zum allerersten Mal wahrnehmen, daß er ein alter Mann war und wahrscheinlich nicht mehr lange zu leben hatte.

»Wie hätte ich ahnen sollen, daß die Dinge eine solche Wendung nehmen?« fuhr ich fort. »Jetzt gibt es keinen anderen Ausweg mehr: Ich muß Olga unbedingt loswerden. Vor etlichen Jahren hatte ich einmal einen Patienten, den ich, seines Berufes wegen, den Diamantenschleifer nannte. Dieser Mann trieb sich nachts am liebsten auf dem Friedhof von Père-Lachaise herum. Doch gleichzeitig empfand er deswegen solche Schuldgefühle, daß er mir eines Tages den Schlüssel gab, mit dem er sich jederzeit Zutritt zu dem Friedhof verschaffen konnte. Er kam mir vor wie ein Spieler, der sich das Betreten des Casinos selbst verbietet. Dieser Schlüssel ist nach wie vor in meinem Besitz, und möglicherweise kann ich diese Geschichte mit seiner Hilfe zu Ende bringen. Gestern dachte ich, sie sei endgültig überstanden, doch dann sprang mein Wagen nicht an. Merkwürdig, nicht wahr? Haben Sie eine Erklärung dafür?«

Nein, Zlibovic hatte keine Erklärung dafür. Das einzige, was ich von ihm zu erwarten hatte, war sein Schweigen, und im selben Augenblick kam mir plötzlich wieder eine alte Erinnerung in den Sinn.

»Diese Geschichte erinnert mich an die blaue Giraffe, die mein Vater mir kaufte, als ich drei oder vier Jahre alt war. Eines dieser Stofftiere, die man Kindern schenkt, wenn einem nichts Besseres einfällt. Nie zuvor hatte ich etwas von ihm geschenkt bekommen, doch dann kreuzte er eines Abends mit dieser Giraffe auf. Ich war so verwirrt, daß ich mich nicht einmal bei ihm bedankte. Mein Schweigen kränkte ihn, und das Abendessen verlief in einer ausgesprochen frostigen Atmosphäre. Es war das erste und das letzte Geschenk, das mein Vater mir jemals machte. Ein merkwürdiges Geschenk übrigens... Obwohl diese Giraffe äußerst widersprüchliche Gefühle in mir auslöste, hätte ich mich um nichts auf der Welt wieder von ihr getrennt. Ihre schwarzen Kunststoffaugen – glänzende, auf das Fell aufgenähte Knöpfe – machten mir wahnsinnig angst. Um diese Angst zu bannen, mußte ich das Tier immerzu mißhandeln. Ich verprügelte es, warf es gegen die Wand, verdrehte ihm den Hals. Bis zu dem Tag, an dem es ohne Kopf auf meinem Bett lag. Der Kopf auf der einen, der Körper auf der anderen Seite. Beide waren voneinander getrennt, oder, besser gesagt, der Kopf war vom Körper abgerissen worden, in der offenkundigen Absicht, dem Tier Schmerzen zuzufügen. Das aus den Wunden quellende Stroh sah sehr seltsam aus, so als wäre die Giraffe am Verbluten. Es freute mich beinahe, das Tier in diesem Zustand zu sehen. Doch ich war nicht derjenige, der es so zugerichtet hatte, das müssen Sie mir glauben. Ich konnte diese Giraffe zwar nicht ausstehen, das stimmt, aber den Kopf hatte ich ihr nicht abgerissen. Ich hatte Benjamin in Verdacht, einen Freund, der zum Spielen zu mir kam. Er leugnete, doch ich glaubte ihm nicht. Wir prügelten uns. Niemand hatte das Recht, mein Stofftier anzurühren. Verstehen Sie? Es war nicht leicht, uns wieder voneinander zu trennen, und dann wurde ich bestraft. Ich wurde sogar doppelt bestraft. Erstens, weil ich Benjamin geschlagen hatte, und zweitens, weil ich die Giraffe, die mein Vater mir geschenkt hatte, beschädigt hatte. Ich hatte das Gefühl, schrecklich ungerecht behandelt worden zu sein. Dabei war Benjamin ganz und gar unschuldig, wie ich sehr bald feststellen mußte. Doch wer war der Schuldige? Ich fand es nie heraus. Ich glaubte, mein Vater hätte sich rächen wollen für die Art und Weise, wie ich mit seinem Geschenk umgegangen war. Doch es war so gut wie unmöglich, ihn zu beschuldigen. Seither sind fast vierzig Jahre vergangen, und ich weiß immer noch nicht, wer es getan hat... Jedenfalls konnte ich es nicht mehr ertragen, die Giraffe in diesem Zustand zu sehen. Sie verlor immer mehr Stroh. Eine regelrechte Hämorrhagie. Mit jedem Tag wurde sie schwächer. Ich versuchte, den Schaden zu beheben, indem ich Stroh und Stoffetzen in sie stopfte, doch es gelang mir nicht, ihren Körper erneut in die richtige Form zu bringen. Wenn ich ihn auf der einen Seite zusammenpreßte, schwoll er auf der anderen Seite an. Schließlich sah das Tier wie ein Monster aus. Wie ein blaues Kamel mit zwei oder drei seitlichen Höckern. Ebensowenig schaffte ich es, den Kopf erneut mit dem Körper zu verbinden. Zunächst wollte ich beide Teile zusammennähen, doch der Stoff zerriß, so daß ich es mit Leukoplast versuchte. Das klappte noch weniger. Erst baumelte der Kopf nach unten, um sich dann gänzlich vom Körper zu lösen, so daß von neuem das Stroh hervortrat. Schließlich gab ich es auf. Es war das erste Mal, daß ich es mit einer Leiche zu tun hatte, und diese Leiche fand ich widerlich. Ich steckte die Giraffe in eine Kiste und vergrub diese Kiste am Square d'Anvers. Niemand hat jemals etwas davon erfahren, nicht einmal meine Mutter, die mich begleitete. Als ich vor einigen Jahren in dieses Viertel zurückkam, konnte ich die betreffende Stelle nicht wiederfinden. Möglich, daß die Kiste immer noch dort vergraben ist, doch sie ist endgültig verloren. Das gleiche wird mit Olga geschehen, falls ich meinen Plan verwirkliche. Niemand wird jemals wieder nach ihr fragen... Oder glauben Sie?«

Zwar rechnete ich nicht mit einer Antwort, doch noch viel weniger war ich darauf gefaßt, hinter mir ein regelmäßiges Pfeifen zu hören. Verwundert drehte ich mich um. Zlibovic saß leicht zusammengesunken in seinem Sessel und bewegte den Kopf sachte hin und her. Ich traute meinen Augen nicht. Ich war also nicht der einzige Analytiker, der während einer Sitzung einschlief – auch wenn ich wohl der einzige war, der mit einer Leiche neben sich auf der Couch aufwachte –, doch ich hätte nie gedacht, daß es Zlibovic ähnlich ergehen könnte. Ich richtete mich ein wenig auf, um ihn genauer beobachten zu können. Er bewegte sich nicht. Meine Giraffe und ich existierten nicht mehr für ihn. Es war kurz nach zwölf Uhr mittags, draußen war es so dunkel, als würde von einem Augenblick auf den anderen die Nacht hereinbrechen, und Zlibovic verschwand im Halbdunkel seines Sprechzimmers.

Ohne lange zu überlegen, was ich tat, erhob ich mich von der Couch. Es war ein eigenartiges Gefühl, mitten in diesem Zimmer vor meinem schlafenden Psychoanalytiker zu stehen. Es kam mir fast wie ein Sakrileg vor. Gleichzeitig fühlte ich mich als Herr der Lage – allein wegen der Tatsache, daß ich es gewagt hatte, von der Couch aufzustehen. Ich näherte mich Zlibovic. Er gab ein leises Brummen von sich und sackte noch etwas mehr in sich zusammen, so als würde er zwar meine Anwesenheit wahrnehmen, hätte jedoch nicht den Willen oder nicht die Kraft ihr zu trotzen, und als würde er statt dessen Zuflucht im Schlaf suchen. Auf seinen Knien lag eine Decke, die ich nicht bemerkt hatte, als ich mich hinlegte. Möglicherweise hatte er gewartet, bis ich auf der Couch lag, ehe er sich einmummte? Mit dieser Decke sah er aus wie ein kranker Mann. Genausogut hätte er einen Morgenmantel oder einen Schlafanzug tragen können. Als »alten Knacker« hatte Florence ihn bezeichnet. Ich hielt diese Beurteilung für unzutreffend, doch sie fiel mir wieder ein, als ich Zlibovic mit geschlossenen Augen und halboffenem Mund in seinem Sessel sitzen sah und sein leises, regelmäßiges Schnarchen hörte. Ein Greis, der sich schamlos in sein Schicksal fügte. Ein Greis mit faltigem, vom Alter gezeichnetem Gesicht. Sein Kopf war nur noch mit einigen wenigen rötlich schimmernden Haaren bedeckt. Die aus seinen Nasenlöchern und Ohren wachsenden Haarbüschel waren mitleiderregend. Seine Tage waren zweifellos gezählt. Nichts wäre einfacher, als seinem Leben ein Ende zu setzen. Ich brauchte bloß die Hände um seinen Hals zu legen, oberhalb des Adamsapfels, und kurz zuzudrücken. Er würde die Augen verdrehen, ein Stück seiner Zunge würde zwischen seinen trockenen Lippen hervortreten, und die Maske, die der Tod auf sein Gesicht legen würde, wäre genauso abscheulich wie die auf Olgas Gesicht.

Vielleicht wäre es besser, mich wieder auf die Couch zu legen und zu warten, bis er aufwachte. Doch dazu hatte ich nicht die geringste Lust. Ich beugte mich über Zlibovic und rüttelte ihn an der Schulter, zuerst sanft, dann immer heftiger. Seine einzige Reaktion bestand darin, sich brummend zur Seite zu drehen.

Da legte ich sechshundert Francs auf die Kommode, nahm meinen Mantel vom Kleiderhaken, verließ das Zimmer und zog die Tür leise hinter mir zu.

Unten auf der Straße vor Zlibovics Haus kaufte ich die Morgenzeitungen. Darin war erneut von Max' Ermordung die Rede, doch weitere Einzelheiten wurden nicht mitgeteilt. Statt dessen wiederholte man, daß Max aus nächster Nähe von drei Kugeln aus einer Webley 6.35 getötet worden war. Olga war bislang nicht von der Polizei ausfindig gemacht worden. Allerdings ging man aus weiß Gott welchen Gründen davon aus, daß ihre Verhaftung unmittelbar bevorstand. Von dem Geld, das sich Max angeblich für seine Flucht beschafft hatte, war indes keine Rede. Im Gegensatz zu Chapireaus Hypothese nahm man an, daß Olga ihren Mann aus sentimentalen Gründen getötet hätte. EIFERSUCHTSDRAMA lautete die Schlagzeile im *Figaro*. Diese Vermutung, die ebenfalls in mehreren anderen Zeitungen angestellt wurde, schob Max' Probleme mit der Justiz einstweilen in den Hintergrund.

Das alles war völlig uninteressant. Ich warf die Zeitungen in eine Mülltonne. Das einzige, worauf es ankam war, Olga so schnell wie möglich verschwinden zu lassen. Hatte ich mich ihrer erst einmal entledigt, so gab es – falls nichts Unvorhergesehenes dazwischenkam – nichts mehr, was Chapireau gegen mich vorbringen konnte. Ich würde mich an das halten, was ich ihm bereits erzählt hatte, und er könnte nach Olga suchen, wo immer er wollte; wenn er genug davon hatte, würde er den Fall zu den Akten legen. Im Fall von Max' Ermordung gab es allen Grund anzunehmen, daß es sich um eine Abrechnung zwischen anrüchigen Geschäftsmännern handelte. Lauter Geschichten, die mich nichts angingen. Den Rest, Olgas Tod, würde ich mit Zlibovic klären. Ich muß gestehen, daß diese Lösung mich kaum befriedigte, doch ich hatte keine andere Wahl. Zudem zog ich es in meiner gegenwärtigen Situation vor, an dieser Vorgangsweise festzuhalten.

Zu Hause beschloß ich, mich zunächst einmal um die kaputte Batterie zu kümmern. Die nächstgelegene Autowerkstatt befand sich an der Place Blanche. Ich ging zu Fuß hin und kam eine Stunde später mit einer neuen Batterie zurück. Sie war ausgesprochen schwer, und die Anstrengung beim Tragen sowie die Müdigkeit nach der vergangenen Nacht führten mit einem Mal zu heftigen Kopfschmerzen. Als ich endlich vor meinem Volvo stand, wartete ich, bis sich der stechende Schmerz in meinem Nacken und meine pochenden Schläfen beruhigt hatten, bevor ich mich an die Arbeit machte.

Ein Unterfangen, das mir gleich zu Beginn größere Schwierigkeiten bereitete als erwartet. Ich weiß nicht, ob Herostrat recht hatte, als er behauptete, dies sei keine Arbeit für Intellektuelle, doch eins stand eindeutig fest: Es war keine Arbeit für mich. Zuerst galt es, die Motorhaube zu öffnen. Ein Handgriff, den ich normalerweise dem Mechaniker überlasse. Es war nicht einfach, zwischen den zahlreichen Knöpfen und Schaltern am Armaturenbrett denjenigen zu finden, welcher der gewünschten Funktion entsprach. Nach mehreren Versuchen hörte ich ein Klicken, das mir zu verstehen gab, daß es mir gelungen war, die Motorhaube zu öffnen. Das bedeutete jedoch nicht, daß ich damit aus dem Schneider war. Ich brauchte eine gewisse Zeit, um im Gewirr der Kolben, Bolzen, Schläuche, Zylinder, Turbinen und sonstigen ölglänzenden Bestandteile des Motors die Batterie zu finden. Sie war von einer dünnen Kalkschicht überzogen und befand sich natürlich auf der anderen Seite des Motors, weswegen ich gezwungen war, die neue Batterie auf die Fahrbahn zu tragen. Allerdings standen die geparkten Autos so dicht hintereinander, daß ich nicht zwischen ihnen hindurchkam und einen Umweg bis zur Rue Bochart-de-Saron, am anderen Ende des Bürgersteigs, machen mußte. Genau das Richtige, um mir noch heftigere Kopfschmerzen zu bescheren. Als ich die Batterie auf der Fahrbahnseite vor dem Volvo absetzte, drohte mir der Schädel zu platzen. Und weil ein Unglück selten allein kommt, tat mir nun auch wieder der Arm weh, den Max mir verrenkt hatte. Ich legte eine erneute Pause ein, bevor ich mit meiner Arbeit fortfuhr. Doch entweder waren die Schrauben zu fest angezogen worden oder die Kälte hatte die Bolzen verhärtet oder aber ich drehte den Schraubenschlüssel in die falsche Richtung – es war mir unmöglich herauszufinden, welches die richtige Richtung war –, jedenfalls gelang es mir nicht, auch nur eine einzige Schraube zu lockern. Nach einer halben Stunde erfolgloser Bemühungen gab ich es schließlich auf, schlug die Motorhaube zu und beschloß, einen Automechaniker kommen zu lassen. Da sämtliche Werkstätten jedoch erst um vierzehn Uhr öffnen würden, war es besser, die Batterie in der Zwischenzeit in meine Wohnung zu tragen, ein Beruhigungsmittel zu schlucken und im *Jean Bart* eine Kleinigkeit zu essen.

Das Café war gerammelt voll. Ab zwölf waren die Tische im Speisesaal für die zu Mittag essenden Kunden reserviert. Die später eintreffenden Gäste warteten am Tresen, bis ein Tisch frei wurde. Ich wollte mir einen Weg dorthin bahnen, doch der Menschenandrang war so groß, daß ich das nicht schaffte. Ich war völlig verzweifelt und wollte bereits wieder gehen, als plötzlich jemand schrie:

»Hier ist noch ein Platz frei, Chef!«

Ich drehte mich um und war überrascht, Herostrat mit einem Glas Rum in der Hand auf einem Hocker sitzen zu sehen. Er winkte mir zu. Da er in seinem roten Mantel wie ein Weihnachtsmann aussah, war er nicht zu übersehen. Einige Leute traten zur Seite, um mich vorbeizulassen, so daß ich mich förmlich gezwungen fühlte, zu ihm zu gehen. Wegen des Gedränges wurde ich gewissermaßen an ihn gedrückt. Sein Atem stank noch genauso nach Alkohol wie am Tag zuvor. Er wirkte jünger, als ich gedacht hatte, doch er hatte nichts Sympathisches an sich. Seine recht groben Gesichtszüge erinnerten an die von Michel Simon, doch sie strahlten weder den Humor noch die Unverschämtheit aus, die trotz seiner Häßlichkeit den Charme dieses Schauspielers ausgemacht hatten.

»Na, endlich haben Sie sich eine neue Batterie beschafft«, sagte er. »Ich sah Sie vorhin auf der Straße damit hantieren – ist wohl nicht so einfach, so was einzubauen? Aber ich hatte Sie ja gewarnt: Das ist keine Arbeit für Intellektuelle.«

»Wenn ich recht verstehe, spionieren Sie mir nach«, erwiderte ich, so als müßte ich mich verteidigen.

»Nun übertreiben Sie mal nicht. Sie standen auf der Straße, und ich habe Sie gesehen – das ist alles. Außerdem war ich nicht der einzige, der Sie gesehen hat.«

Er deutete auf die am Tresen wartende Menschenmenge.

»Einige von denen haben sogar Wetten auf Sie abgeschlossen. Ich, ich wettete darauf, daß es Ihnen nicht gelingen würde, die Batterie zu wechseln. Und ich habe gewonnen, was zugegebenermaßen keine große Leistung war, weil ich hier bestimmt der einzige bin, der weiß, daß Sie ein intellektueller Psychoanalytiker sind.«

»Und woher wissen Sie das?«

Ich hatte ihm diese Frage nie zuvor gestellt, weil ich es stets eilig hatte, ihn loszuwerden, wenn ich ihm begegnete.

Er zuckte mit den Schultern.

»Ganz einfach, mein lieber Watson! Man braucht sich bloß die Leute anzuschauen, die Ihr Haus betreten. Ihr Aussehen verrät sie ganz eindeutig. Ich weiß genau, wovon ich rede, schließlich war ich selbst jahrelang in psychiatrischer Behandlung. Solche Patienten erkenne ich auf den ersten Blick: Sie sehen aus, als würden sie im nächsten Moment aus dem Fenster springen oder den Gashahn aufdrehen – wenn Sie verstehen, was ich meine. Sie empfangen Ihre Klienten eher nachmittags, nicht wahr? Mit der Regelmäßigkeit nehmen Sie es sehr genau: Ihre Patienten kommen stets an denselben Tagen zur selben Zeit. Außer gestern, als Sie Ihre Klienten einfach so im Stich ließen. Sie wirkten ausgesprochen hilflos. Ich vergaß, Ihnen letzte Nacht davon zu erzählen. Ihre Kunden müssen ganz schön zäh sein! Trotz der Kälte warteten sie draußen auf Sie, und ihr Kennwort lautete: ›Der Doktor ist nicht da.‹ Eine kleine Pummelige war völlig verzweifelt. ›Ich muß den Doktor unbedingt sprechen, es ist sehr dringend‹, sagte sie weinend. Zum Glück reichte ein großer, etwas barscher Kerl, ein leitender Angestellter oder Direktor irgendeiner Firma, ihr ein Taschentuch. Ich habe keine Ahnung, was er zu ihr sagte, doch es schien sie zu trösten.«

Zweifellos sprach er von der Mathematiklehrerin und dem Schnellschießer. Als sie auf mich warteten, war ich bei Chapireau. Wußtc Hcrostrat auch darüber Bescheid? Er hatte ein ausgesprochenes Talent dafür, stets dann aufzutauchen, wenn man nicht mit ihm rechnete und vor allem wenn er nicht erwünscht war. Als ich mir vorstellte, daß er sich denken konnte, was mit Olga passiert war, kam Unbehagen in mir auf, wie immer, wenn ich ihm über den Weg lief. Erneut fragte ich mich, ob möglicherweise er derjenige war, der Olgas Strafzettel bezahlt hatte. Doch ich wußte nicht, wie ich ihn das fragen sollte, ohne seinen Verdacht zu erregen – oder zu bestätigen. Zudem erschien es mir ratsamer, nichts zu überstürzen, sondern in aller Ruhe abzuwarten, wie unser Gespräch verlaufen würde.

Der Wirt verkündete, daß soeben einige Tische frei geworden wären. Die Leute setzten sich Richtung Speisesaal in Bewegung. Als es an der Theke leerer geworden war, bestellte ich mir ein Sandwich und eine Tasse Kaffee sowie ein weiteres Glas Rum für meinen Nachbarn.

»Zum Wohl!« sagte Herostrat und trank sein Glas in einem Zug aus.

»Warum waren Sie in psychiatrischer Behandlung?«

Er wischte sich mit dem Ärmelaufschlag über den Mund.

»Ich litt an Schizophrenie, wegen des Lottos.«

»Wegen des Lottos?«

»Genau, ich bin ein Opfer des Lottospiels. Sie haben möglicherweise nichts davon gehört, aber es wurden Untersuchungen über Lottogewinner durchgeführt. Das heißt, über die großen Gewinner. Ob Sie's mir nun glauben oder nicht, aber diese Menschen sind nicht unbedingt glücklich. Sie müssen teuer für das gewonnene Geld bezahlen. So wie ich. Mit sechs Richtigen gewann ich die Kleinigkeit von zwanzig Millionen Francs – zwei Milliarden Centimes! Und wurde auf einen Schlag reich. Ohne einen Finger gekrümmt zu haben, war ich zum Millionär geworden. Und überdies hatte ich den Lottoschein auf der Straße gefunden. Damals war ich alles andere als ein wohlhabender Mann. Ich arbeitete in der Schulverwaltung, in der Abteilung für Lehrer, Ausbilder und andere Erzieher. Ich kümmerte mich um deren Gehälter und Versetzungen innerhalb von Paris. Bei dieser Tätigkeit brauchte man sich nicht allzusehr den Kopf zu zerbrechen. Wenn irgendwo eine Stelle frei wurde, ließ man den Erstbesten Unmengen von Verwaltungsformularen ausfüllen und schickte ihn hin. Wenn er Glück hatte, bekam er sogar sein Gehalt überwiesen. Eine gemütliche Arbeit, wie Sie sehen, der ich auch weiterhin hätte nachgehen können, wenn ich nicht all dieses Geld im Lotto gewonnen hätte. Die Leute, mit denen ich zusammenarbeitete, waren ganz in Ordnung, etwas zurückhaltend, aber freundlich und stolz auf ihre Aufgabe – schließlich zählte unsere Abteilung zu den besten von ganz Paris! Doch ihre größte Sorge galt ihrer Pension und ihrer Gesundheit. Vor allem der Gesundheit. Ein Wahnsinn, wieviel Zeit diese Leute mit Kranksein verbrachten! Lauter leidenschaftliche Hypochonder, die ständig damit beschäftigt waren, sich von irgendeiner Krankheit zu erholen. Am allerwichtigsten war für sie, daß sie sich von allem befreiten. Sie schneuzten sich, spuckten, niesten, pinkelten, hatten Stuhlgang – und das alles am liebsten in einen Glasbehälter, wegen der Urin- und sonstigen Analysen. Sie nannten es: das Öl wechseln – sie hielten sich für Autos, die gründlich überholt werden mußten – und waren überzeugt, daß das ihnen gut tun, ihre Nasennebenhöhlen und ihre Eingeweide reinigen und den Druck auf ihre Prostata herabsetzen würde. Mir gefiel diese zwar nicht unbedingt jugendliche, aber doch ziemlich lustige Atmosphäre. Doch wegen dieses Lottogewinns bin ich nicht geblieben.«

»Sie kündigten?«

»Eben nicht. Obwohl man mir riet, das zu tun und fortan

von meinen Zinsen zu leben, wollte ich nichts davon wissen. Es war nicht meine Art, den reichen Mann zu spielen, Kreuzfahrten zu unternehmen, in Luxushotels wie dem *Carlton* in Cannes oder dem *Négresco* in Nizza abzusteigen oder in teuren Restaurants wie *Chez Maxim's* zu speisen und von Kellnern mit Fliege bedient zu werden. Trotz des vielen Geldes war ich nicht wirklich ein reicher Mann. Ein Beamter bleibt eben sein Leben lang ein Beamter. In der Verwaltung fühlte ich mich zu Hause. Zumal man mir seit meinem Lottogewinn großen Respekt entgegenbrachte. Es gab wohl einige, die ein wenig neidisch waren, doch sie störten mich nicht allzusehr. Alles in allem war ich eher ein Star. Zuvor hatte niemand Notiz von mir genommen, doch seitdem der Abteilungsleiter wußte, daß ich an einem einzigen Abend so viel Geld ausgeben konnte, wie er in einem ganzen Jahr verdiente, war er ein anderer Mensch geworden. Geld verschafft Ansehen, verstehen Sie. Nun, mit einem Mal mochte der Abteilungsleiter mich sehr. Er interessierte sich für mich, erzählte mir von sich, von den Problemen mit seiner Blase, von seiner Frau, mit der er sich nicht mehr richtig verstand, von seinen Kindern, denen die Schule scheißegal war und die gelegentlich mit der Polizei zu tun hatten. Eigentlich war er alles andere als glücklich. Ich glaube, er hätte nichts dagegen gehabt, wenn ich ihm etwas Geld geliehen hätte, damit er seine Schulden bezahlen könnte, doch er traute sich nicht, mich danach zu fragen. Und ich traute mich nicht, ihm einen entsprechenden Vorschlag zu machen. Er war mein Chef, er sollte nicht denken, daß es mir an dem nötigen Respekt ihm gegenüber fehlte. Jedenfalls geriet ich seinetwegen auf die schiefe Bahn. Er ließ mich tun, was ich wollte. Und ich glaubte sehr bald, mir sei alles erlaubt. So als sei mir das Geld zu Kopf gestiegen. Ich arbeitete nur noch, wenn ich Lust dazu hatte, während mein Chef mich gewähren ließ und beide Augen zudrückte. Die Akten, zu deren Bearbeitung ich keine Lust hatte, warf ich einfach in den Mülleimer, und mein Chef tat so, als würde er nichts bemerken. Man fühlt sich verdammt stark, wenn die Vorgesetzten es nicht wagen, einen zu stören. Ich nahm sogar Akten mit nach Hause. Ich hatte eine Wohnung mit einem riesigen Kamin gekauft und brauchte Papier, um darin Feuer zu machen. Die Akten über die Lehrer und übrigen Erzieher eigneten sich vortrefflich dazu. Ich verbrannte immer mehr. Die Tatsache, daß ich in der Lage war, diese Akten in Flammen aufgehen zu lassen, war der Beweis dafür, daß ich reich war und nicht, daß ich im *Hotel Carlton* oder im *Négresco* absteigen konnte und ein schönes Leben führte. Natürlich gab es ein wüstes Durcheinander in unserer Abteilung. Vor allem da die Kollegen mir nacheifern wollten. Auch sie entledigten sich der Akten, die ihnen nicht paßten. Das heißt, in Wirklichkeit war ich derjenige, der diese Aufgabe übernahm. Sie gaben mir die lästigen Akten, weil der Chef mich gut leiden konnte und weil ihnen das vorteilhafter erschien. Auf diese Weise konnten sie sich, dank meiner Hilfe, intensiver um ihre Gesundheit, um die Analysen, die auszufüllenden Krankenscheine, um die nötigen Medikamente und alle anderen diesbezüglichen Dinge kümmern. Und da ich nicht nein sagen konnte, mochten mich schließlich sogar diejenigen, die im Grunde neidisch auf mich waren. Bald lief alles im großen Stil. Keine einzige Akte wurde mehr bearbeitet. Alles landete auf schnellstem Weg in meinem Kamin. Das Dumme an der Sache war, daß die Lehrer und anderen Erzieher kein Gehalt mehr bezogen. Sie protestierten, reichten Petitionen ein, demonstrierten auf der Straße. Es kam zu einem Riesenskandal! Die Presse berichtete über die Affäre. Sogar in *Le Monde*, einer doch sehr renommierten Zeitung, stand die Schlagzeile: HEILLOSES DURCHEINANDER IN DER RUE CURIAL. Das war im Frühjahr 1992. Damals befand sich die Schulverwaltung noch in dieser Straße, heute ist sie vorsichtshalber in einem panzerschrankähnlichen Gebäude im 20. Arrondissement untergebracht. Für mich war das ein riesiger Triumph, ich dachte an Herostrat, den Kerl, der den Tempel von Ephesos angezündet hatte. Mehr ist nicht von ihm überliefert. Ein Kollege hat mir Herostrats Geschichte erzählt. Ich begriff, daß ich das gleiche getan hatte, und das gefiel mir. Herostrat hatte eines der sieben Weltwunder verbrannt, und ich verbrannte eine Abteilung der Schulverwaltung. Ich verbrannte ihre Eingeweide und alles, was sich in ihrem Bauch befand. Wenn ich heute darüber nachdenke, dann sage ich mir, daß ich mich nicht anders verhielt als meine gesundheitsfanatischen Kollegen: Ich entleerte mein Innerstes.«

Ich hörte ihm zu und war sprachlos. War Herostrat genauso verrückt wie Max Montignac? Zwar handelte es sich um eine andere Art von Wahnsinn, doch es war Wahnsinn. Ich konnte mich an besagten Artikel in *Le Monde* erinnern. Hatte Herostrat diesen Artikel ebenfalls gelesen und sich so seine Geschichte zusammengereimt? Oder machte er sich einfach nur über mich lustig? Ich glaubte ihm kein Wort. Er versuchte genau wie Max, mich mit seinem unsinnigen Gerede zu beeindrucken und mich anschließend dorthin zu führen, wo er mich haben wollte, möglicherweise zu Olga und zu dem, was er über ihre Geschichte mit mir wußte.

Bevor er fortfuhr, bestellte er ein weiteres Glas Rum.

»Natürlich fand man am Ende heraus, daß ich der Urheber des ganzen Desasters war, und setzte mich vor die Tür. Mein Chef konnte nichts für mich tun. Er hat es übrigens auch gar nicht versucht. Er wurde in eine andere Abteilung versetzt, während ich vor das Verwaltungsgericht kam. Denen war es schnuppe, daß ich mehr Geld besaß als sie. Ich wurde in hohem Bogen rausgeschmissen. Keine Abfindung, kein Altersgeld, nichts. Genauso, wie es mir gestern als Weihnachtsmann ergangen ist, doch es war viel schlimmer. Natürlich hätte die Geschichte damit zu Ende sein können, doch das Schicksal war gegen mich.«

Er betrachtete das Glas, das man ihm eben hingestellt hatte, und fuhr fort:

»Nach meinem Rausschmiß wußte ich nicht, was ich tun

sollte. Ich hockte ständig in meiner Wohnung und mußte unentwegt an Herostrat denken. Daß ich meinen Plan nicht vollständig verwirklicht hatte, ärgerte mich. Ich wollte Herostrat wieder aufleben lassen, wußte jedoch nicht wie. Und was sah ich dann eines Tages im Fernsehen? Einen Kerl, der einen Fünfhundert-Francs-Schein verbrannte. Einfach so! Er sprach gerade mit einem Journalisten – und zog plötzlich einen Fünfhunderter aus der Tasche, den er anzündete. Ich war völlig verblüfft. Fünfhundert Francs, das ist nicht nichts! Und mehr als eine Lehrer- oder Erzieher-Akte. Das war eine Offenbarung für mich! Plötzlich wußte ich, worin Herostrats Aufgabe bestand! Unverzüglich begab ich mich zu meiner Bank. Wegen der Wohnung mit dem Kamin und diverser anderer Ausgaben hatte ich nur noch fünfzehn Millionen auf dem Konto. Ich wünschte dieses Geld abzuheben. Zuerst sträubte man sich. Man wollte wissen warum. Ob ich in Schwierigkeiten sei? Ob ich nicht mehr mit meiner Bank zufrieden sei? Ob ich beabsichtigen würde, zu einer anderen Bank zu gehen? Man vermutete sogar eine Entführung in meiner Familie oder eine Erpressung. Eine Erpressung, unmöglich! Man schlug mir vor, die Polizei zu verständigen und was weiß ich noch alles. Doch ich ließ mich von diesen Kerlen nicht einschüchtern – ich war reicher als sie –, sondern verlangte nach meinem Geld. Eine Woche später, als sie es endlich zusammengetragen hatten, bekam ich meine fünfzehn Millionen ausgehändigt, in funkelnagelneuen, oder, wenn Sie so wollen, leicht brennbaren Fünfhundert-Francs-Scheinen. Ich ließ das Geld in meine Wohnung bringen und verbrachte wunderbare Abende damit, es lässig, in Fünftausend-Francs-Bündeln, in den Kamin zu werfen und mich auf diese Weise aufzuwärmen. Wie ein leicht frierender vornehmer Herr.«

An dieser Stelle seiner Erzählung hielt Herostrat inne, um erneut sein Glas zu betrachten, das er, im Gegensatz zu den vorherigen, bislang nicht angerührt hatte. Er lächelte. Ausdruck des Glücks eines Mythomanen oder eines Perversen? Vielleicht hatte es damit zu tun, daß er von Erpressung gesprochen hatte, jedenfalls kam es mir plötzlich vor, als würde er sich allmählich an das herantasten, worauf er hinaus wollte. So ungeheuerlich diese Geschichte mit den im Lotto gewonnenen und anschließend im Kamin verbrannten Millionen auch war, sie schien mir zu verstehen zu geben, daß er Geld zum Verfeuern brauchte.

Wie zur Bestätigung dieser Vermutung deutete er durch das Caféfenster auf den Schnee, der erneut zu fallen begonnen hatte:

»Schade, daß ich nun nichts mehr besitze, bei diesem Wetter wäre ein schönes Feuerchen nicht schlecht.«

Dann führte er das Glas Rum an seine Lippen und leerte es wie die anderen in einem einzigen Zug.

»Leider«, fuhr er fort, »war mein Glück nicht von langer Dauer. Eines Abends kreuzten zwei Inspektoren bei mir auf. Die Bank hatte die Polizei verständigt. Anscheinend sind sie dazu verpflichtet, sobald große Summen abgehoben werden. Als die beiden Männer das auf dem Boden herumliegende Geld sahen und zudem feststellten, daß ich damit das Kaminfeuer fütterte, erlitten sie um ein Haar eine Herzattacke. Wie einem gemeinen Verbrecher legten sie mir Handschellen an und brachten mich auf das Kommissariat. Anschließend steckten sie mich in eine psychiatrische Anstalt, wo die Ärzte feststellten, daß ich unter Schizophrenie litt. Das Verbrennen der Akten, das mochte noch angehen, doch daß ich Millionen verbrannte, das war schlimm. Falls ich das Geld wie ein reicher Mann im Casino verspielt hätte, hätte niemand etwas gesagt, doch es im Kamin zu verbrennen, dazu hatte ich nicht das Recht. Selbst wenn das Geld einem gehört, bleibt es immer noch Staatseigentum. Vier Jahre verbrachte ich in dieser Anstalt. Doch ich kann mich nicht beklagen, ich wurde sehr gut behandelt. Ich erinnerte mich an meine Kollegen in der Schulverwaltung und kümmerte mich um meine Gesundheit. Eigentlich hatten sie gar nicht so unrecht: Gesundheit kann etwas ausgesprochen Interessantes sein. Ich nahm meine Behandlung jedenfalls sehr ernst. Morgens und abends hatte ich das Recht auf einen Cocktail aus Tranxene, Mogadon und Haldol, und einmal pro Woche durfte ich an einer Psychotherapie mit einem sehr verständnisvollen Assistenzarzt teilnehmen. Er begriff, daß ich die Reinkarnation von Herostrat war. Und so beschloß ich, diesen Namen beizubehalten... Herostrat, das paßt gut zu mir. Soviel also zu meiner Psychoanalyse. Ich wollte schon lange einmal mit Ihnen darüber reden, weil Sie ja ein Fachmann auf diesem Gebiet sind. Im Krankenhaus war man jedenfalls sehr zufrieden mit mir. Kürzlich wurde ich entlassen. Ich habe nun einen Vormund und eine Zwei-Zimmer-Wohnung mit Küche in der Nähe von Saint-Quen, in einer URZ.«

»Einer was?«

»Einer URZ. Einer Urbanen Redynamisierungszone. Ein gefährdetes Viertel, in dem man in ständiger Unsicherheit lebt. Nicht übel. Die Vormundschaft hingegen ist hart. Mein Vormund verwaltet das Geld, das ich nicht rechtzeitig verbrennen konnte, doch leider zeigt er keinerlei Verständnis für mich. Er hat solche Angst davor, daß ich die Geldscheine, die er mir gibt, verbrennen könnte, daß er mir nur Hartgeld aushändigt, und noch dazu nicht besonders viel. Manchmal bin ich ganz schön deprimiert, weil ich nichts mehr besitze, was ich im Kamin verbrennen könnte. Wie auch immer – die Moral von dieser Geschichte besagt, daß man nicht unbedingt glücklich wird, wenn man im Lotto gewonnen hat. Eine soziologische Untersuchung hat das bestätigt.«

Er seufzte und setzte eine Miene auf, die viel über sein Unglück auszusagen schien. So ungeheuerlich seine Worte auch klangen, ich war fest davon überzeugt, daß er mich wegen Olgas Tod erpressen wollte. Wahrscheinlich näherten wir uns gerade jener heiklen Phase, in deren Verlauf er mir gegen eine substantielle Entschädigung sein Schweigen anbieten würde.

Er deutete auf die Rumgläser auf dem Tresen.

»Zum Glück bringt der Sprit mich immer wieder auf die Beine. Und außerdem gibt es Leute, die verständnisvoller sind als mein Vormund. Ihre Putzfrau, zum Beispiel. Als ich ihr meinen Fall darlegte, war sie sofort bereit, vierzig Fünf-Francs-Münzen gegen zwei Hundert-Francs-Scheine zu tauschen, doch was soll ich mit einer solch lächerlichen Summe?«

Hatte er an jenem Abend, an dem ich die beiden von meinem Fenster aus beobachtet hatte, darüber mit Mai-Li gesprochen? Ich hätte ihn gerne danach gefragt, doch allmählich begann er, mir gehörig auf die Nerven zu gehen. Wollte er Geld, so sollte er das endlich sagen, anstatt dauernd um den heißen Brei herumzureden. Als ich mich umdrehte, sah ich, daß außer uns niemand mehr am Tresen stand. Ich fühlte mich nicht wohl. Die Schmerzen, die sich in eine Ecke meines Kopfes zurückgezogen hatten, machten sich wieder bemerkbar, ich mußte den Automechaniker anrufen, und zudem würden die ersten Patienten, die an diesem Nachmittag einen Termin hatten, bald eintreffen.

»Sie müssen mich entschuldigen«, sagte ich zu Herostrat und stieg von meinem Hocker, »aber ich muß jetzt gehen.«

Doch er hielt mich am Ärmel zurück.

»Was die Batterie angeht«, sagte er, »das schaffen Sie nicht allein. Man braucht kein Psychiater zu sein, um zu erkennen, daß Autoreparaturen nicht Ihre Stärke sind. So ein Volvo ist ein komplizierter Apparat. Damit muß man sich auskennen. Ich könnte Ihnen helfen, ich weiß, wie's geht. Sie brauchen mir nur Ihre Wagenschlüssel zu geben.«

Ich warf ihm einen mißtrauischen Blick zu.

»Warum wollen Sie meine Wagenschlüssel haben?«

»Ich muß doch die Motorhaube öffnen und überprüfen, ob der Wagen tatsächlich anspringt, nachdem ich die neue Batterie angeschlossen habe.«

Natürlich! Dennoch beruhigte mich diese Erklärung nicht, sondern ließ mein Mißtrauen noch größer werden. Was beabsichtigte er wirklich? Wollte er sehen, ob mein Wagen anspringt oder ob Olga im Kofferraum liegt? Seltsamerweise hatte er sie während unseres Gesprächs kein einziges Mal erwähnt. Dabei hatte er zweifellos ihr Photo in den Zeitungen gesehen. Mußte ich dieses Schweigen als eine Bedrohung oder als ein Zeichen von Desinteresse deuten? Es gelang mir einfach nicht, mir diesbezüglich eine Meinung zu bilden.

»Seien Sie unbesorgt«, fügte er hinzu, »ich werde mich ausschließlich um die Batterie kümmern. Was sich sonst noch in Ihrem Wagen befindet, geht mich nichts an.«

Diesmal war ich mir ganz sicher, daß er etwas im Schilde führte. Doch seine Art und Weise, ständig in Andeutungen zu reden, machte mich immer wütender. Es war unmöglich, diesen Kerl zu durchschauen. Hatte er Mai-Li tatsächlich nur angesprochen, um seine Münzen zu tauschen? Wollte er mir wirklich beim Batteriewechsel helfen? Die beste Möglichkeit, das herauszufinden, bestand darin, auf sein Angebot einzugehen. Auf alle Fälle würde er besser damit klarkommen als ich. Und was riskierte ich schon, wenn ich ihn ständig im Auge behalten würde? In meiner Anwesenheit würde er doch wohl nicht einfach so den Kofferraum öffnen oder mich zwingen, es zu tun.

»Einverstanden«, erwiderte ich, »wir treffen uns heute abend um acht Uhr beim Wagen. Ich werde die Batterie und das nötige Handwerkszeug mitbringen. Dann können Sie in aller Ruhe arbeiten, und ich werde Ihnen, wenn nötig, zur Hand gehen. Ist Ihnen das recht?«

»Kein Problem, Chef«, sagte er und tippte an die Kapuze seines Weihnachtsmantels, »Sie können sich auf mich verlassen.«

Dann verabschiedete ich mich von ihm.

Zu Hause erwartete mich die übliche Post: Werbeprospekte, Abonnementangebote für Fachzeitschriften, Rechnungen, ein Brief von der Finanzverwaltung, ein anderer von der Ärztekammer, die mich daran erinnerte, daß ich meinen

Mitgliedsbeitrag noch immer nicht bezahlt hatte. Florence hatte eine Nachricht auf dem Anrufbeantworter hinterlassen. »Chicago ist eine wunderbare Stadt«, sagte sie. »Die Leute sind nett und die Psychiater genauso doof wie bei uns. Es läuft also alles bestens. Am kommenden Montag fliege ich zurück, wir können wie gewohnt am Mittwoch im *Café Capucines* zu Abend essen. Bis dann, und mach dir ein schönes Wochenende mit Mathieu.«

Es war fünfzehn Uhr. Ich hatte gar nicht gemerkt, daß ich so lange mit Herostrat im Café gesessen hatte. Aus dem Wohnzimmer waren keine Putzgeräusche zu hören. Bestimmt war Mai-Li ihrer Aussage wegen nicht gekommen. Möglicherweise müßte ich mich nach einer neuen Putzfrau umsehen. Doch so weit war ich noch nicht, und außerdem erwarteten mich im Moment dringendere Probleme.

Ein Aspirin linderte meine Migräne und den Schmerz in meinem Arm. Ich ging in mein Sprechzimmer. Der Geruch vom Vortag war so gut wie verschwunden. Vorsichtshalber sprühte ich etwas Deodorant auf die Couch. Nun war alles für den Empfang meiner Patienten bereit.

Im selben Moment packte mich eine seltsame Angst. Eine Angst, deren Ursprung ich mir nicht erklären konnte. Mir war, als hätte ich etwas außerordentlich Wichtiges vergessen, doch ich wußte nicht, was es war.

Mir blieb keine Zeit, länger darüber nachzudenken, denn schon klingelte mein erster Patient an der Tür.

Der Freitag war einer meiner anstrengendsten Tage. Wie viele meiner Kollegen zählte ich zahlreiche Hochschullehrer zu meinen Patienten.

Aufgrund eines merkwürdigen Zufalls bildeten sie freitags die Mehrheit meiner Klienten. Da sie häufig genauestens über die Psychoanalyse informiert waren, kam es vor, daß sie die Couch mit dem Katheder und Gedankenassoziationen mit Ideenaustausch verwechselten. In dem Bemühen, ihren brillanten Intellekt vorzuführen, erlaubten sie sich nur Assoziationen auf höchstem Niveau. Ihrer Ansicht nach waren ihre sentimentalen Probleme, ihre Kindheits- und Lebensängste nur im Zusammenhang mit dieser oder jener Fragestellung von Aristoteles oder von Plato, angereichert mit einem Schuß Freud oder Lacan, zu verstehen. Um ein Haar hätten sie mir, bevor sie gingen, zusätzlich eine entsprechende Bücherliste dagelassen. Einigen von ihnen begegnete ich zufällig, wenn ich zu meiner Vorlesung an die Universität ging. Erst in dem Moment wurden sie sich richtig bewußt, wer ich war und warum sie zu mir kamen. Mein Anblick schien blankes Entsetzen in ihnen hervorzurufen, so daß sie alle nur erdenklichen Tricks anwandten, um mir aus dem Weg zu gehen. Die einen machten plötzlich kehrt, so als hätten sie irgendwo ein Buch vergessen, andere gaben vor, in Gedanken versunken zu sein, um mich nicht wahrnehmen zu müssen, oder beehrten mich, falls es gar nicht anders ging, mit einem scheuen Gruß, der mich immer wieder an das Verhalten meiner Patienten im Wartezimmer erinnerte. Einige Tage später, wenn sie auf der Couch lagen, bekam ich dann eine mit Entschuldigungen vermischte Erläuterung des Schocks vorgetragen, den meine Anwesenheit an einem Ort in ihnen ausgelöst hatte, an dem sie eine Begegnung mit mir nicht erwartet hatten.

So einen Fall bot jetzt ein Linguistikprofessor, der sich immer noch nicht von der Tatsache erholt hatte, daß er mir in der Woche zuvor auf der Toilette seiner Fakultät über den Weg gelaufen war. Er erkannte in dieser Begegnung einen jener Überraschungseffekte, die beispielsweise so überaus zahlreich in der Commedia dell' arte vorkommen und mit denen sich Freud in *Der Witz und seine Beziehung zum Unbewußten* theoretisch auseinandersetzt, während ich sein Unbehagen ganz einfach auf die Entdeckung zurückführte, daß selbst Psychiater von Zeit zu Zeit das Bedürfnis haben, ihre Blase zu entleeren. Da mein vorheriger Patient, ein Germanist, sein

Leiden bereits mit dem von Goethes jungem Werther zu vergleichen gewagt hatte, legte ich nicht unbedingt Wert auf eine ausführliche Diskussion über die Erfahrung einer Begegnung auf der Toilette. Ohne dem Linguistikprofessor Zeit zu einer Entgegnung zu lassen, brach ich die Sitzung mit der Bemerkung ab, daß es niemals einfach sei, feststellen zu müssen, daß Eltern Geschlechtsteile haben, und bat den nächsten Patienten herein.

Es war kurz vor neunzehn Uhr. Ich hatte den ganzen Nachmittag über keine einzige Pause einlegen können. In einer Stunde würde ich mich mit Herostrat beim Volvo treffen, er würde die neue Batterie einsetzen, anschließend wäre die Reihe erneut an mir. Mit ein wenig Glück könnte ich endlich einen Schlußstrich unter diese nervenaufreibende Geschichte ziehen. Dann... dann würde ich weitersehen. Zuvor jedoch mußte ich noch den Schnellschießer empfangen.

Wie gewohnt war er überaus pünktlich. Er kam mir besorgt und angespannt vor. Er legte sich auf die Couch und ließ einige Minuten verstreichen, ohne ein Wort zu sagen. Dann zog er eine Zeitung aus seiner Tasche und reichte sie mir. Es war eines jener Blätter, die ich bereits am Morgen gelesen hatte. Auf der Titelseite war ein Photo von Olga abgebildet.

»Stellen Sie sich vor«, sagte er, »sie hat ihren Mann umgebracht! Gestern abend habe ich davon erfahren. Ich habe sofort begriffen, warum Sie nicht da waren. Wegen dieser Frau. Möglicherweise hatte die Polizei Sie ihretwegen auf das Kommissariat bestellt. Ich konnte gar nicht glauben, daß sie so etwas getan hat. Eine Frau wie sie. Doch ich mußte mich den Tatsachen beugen. Ich habe sämtliche Zeitungen gelesen, sämtliche Nachrichtensendungen im Radio und im Fernsehen verfolgt. Es besteht kein Zweifel daran, daß sie eine Mörderin ist. Können Sie sich das vorstellen? Ich wußte gar nicht, daß sie verheiratet war und Olga Montignac hieß. Ein schöner Name. Jetzt ist es der Name einer Mörderin. Ihr Mann war ein Gauner, über den häufig in den Zeitungen berichtet wurde, doch wie hätte ich ihn jemals mit dieser Frau in Verbindung bringen sollen? Was hatte eine Frau ihres Formats bei einem solchen Kerl verloren? Angeblich hat sie ihn aus sentimentalen Gründen ermordet. Das darf doch wohl nicht wahr sein! So als hätten solche Menschen überhaupt Gefühle. Wenn man sich mit einem Gauner einläßt, so nur aus niederen Beweggründen. Sie hat ihn umgebracht, weil er sie nicht befriedigen konnte, weil er ihr keine Zeit ließ, auf ihre Kosten zu kommen. Es gibt keine anderen Gründe. Deswegen sind die Frauen so böse auf die Männer. Ich weiß, wovon ich rede. Es gibt haufenweise Frauen, die unsereins am liebsten auf diese Weise für ihre Frustrationen bestrafen würden. Entweder sie bekommen ihr Vergnügen oder sie knallen einen ab! So lautet ihr Prinzip!«

Eine äußerst eigenartige Beschreibung von Olga, die mir allerdings nicht gänzlich falsch zu sein schien.

»Wenn ich daran denke, daß ich ihretwegen mehrere Sitzungen versäumt habe«, fuhr er fort. »Ich hielt das für ein geheimnisvolles Geschenk. Wie naiv ich doch war! Doch das Schlimmste... Das Schlimmste ist, daß ich ihr weiterhin solche Geschenke machte. Sie werden mich auslachen, Doktor, sich über mich lustig machen, aber es war stärker als ich. Möglicherweise war es das Ordinäre an ihr, von dem ich keine Ahnung hatte und das mich derart faszinierte? Der Mensch ist ein sehr seltsames Wesen. Das ist übrigens auch der Grund, weshalb ich mich auf diese Couch lege. Nun ja... Nach der Sitzung am letzten Dienstag kam ich jedenfalls noch einmal in diese Straße. Da ihr Wagen nach wie vor an derselben Stelle geparkt war, dachte ich, sie sei bei Ihnen, und wartete unten vor dem Haus. Ich hoffte, ich könne sie beim Verlassen des Hauses sehen. Ich mußte sehr lange warten...«

Mein Herz begann zu rasen. Er würde mir doch wohl nicht auch noch erzählen, daß er gesehen hatte, wie ich Olga im Kofferraum des Volvos verstaute?

»Doch sie kam nicht. Und ich stand da, wartete und begriff

nicht, warum ihr Lancia dort geparkt war, obwohl sie doch offensichtlich nicht bei Ihnen war. Ich ging um ihren Wagen herum, es war für mich eine Möglichkeit, mich ihr zu nähern, den Kontakt mit ihr nicht zu verlieren. Ich weiß, es ist idiotisch, aber so ist es nun mal, man hat keine Kontrolle über seine Neigungen. Und als ich diese sämtlichen Strafzettel hinter den Scheibenwischern entdeckte, da dachte ich, daß das schönste Geschenk, das ich ihr machen könnte, wohl darin bestünde . . ., diese Strafzettel zu bezahlen.«

»Was?«

Der Schrei war mir einfach so entschlüpft. Nicht einen einzigen Augenblick lang hatte ich an den Schnellschießer gedacht. Seinetwegen, seiner lächerlichen Liebesgeschichte wegen wurde ich von Chapireau verdächtigt. Und ich hatte mich allen Ernstes gefragt, ob ich diese Strafzettel in einem Anfall geistiger Verwirrung nicht selbst bezahlt haben könnte!

Mit einem scheuen, verlegenen Lächeln drehte er sich zu mir um.

»Ich kann Ihre Reaktion gut verstehen. Sie halten mich für dumm, nicht wahr? Das dachte ich auch, als ich erfuhr, wer sie war. Aber wie hätte ich eine Ahnung von einer solchen Gräßlichkeit haben sollen? Ich sah lediglich diese Ansammlung von Strafzetteln und wollte ihr ein ebenso diskretes Geschenk machen wie anläßlich meiner Sitzungen. Zu meiner Entlastung muß ich allerdings gestehen, daß mir das nicht wirklich schwer gefallen ist, weniger schwer, als eine Sitzung zu verpassen, denn ich habe genug Geld, um mir einen solchen Spaß leisten zu können.«

Heute wollte ich nichts mehr hören.

»Gut, Monsieur«, sagte ich und erhob mich.

Er tat dasselbe, bezahlte, was er mir schuldete, und verließ die Praxis mit der gleichen angespannten Miene, mit der er sie betreten hatte. Ich hatte den Eindruck, daß er noch etwas hinzufügen wollte, doch das würde ich dann beim nächsten Mal erfahren.

Erst als ich die Tür hinter ihm schloß, fiel mir ein, daß ich vergessen hatte, ihm die Hand zu geben.

Meine Verabredung mit Herostrat rückte immer näher. Ich holte das Handwerkszeug, das er brauchen würde. Die Batterie selbstverständlich, einen verstellbaren Schraubenschlüssel und eine Taschenlampe. Für das, was mich anschließend erwartete, nahm ich einen Kleidersack aus meinem Schrank. Dann legte ich alles mit Olgas Mantel und ihrer Tasche neben der Bar in meinem Wohnzimmer zusammen. Die Eisenstange lag bereits im Wagen. Alles war bereit, Herostrat brauchte nur noch die Reparatur vorzunehmen.

Plötzlich hörte ich ein blechernes Krachen von der Straße. Völlig überrascht rannte ich ans Fenster, und was ich sah, jagte mir einen gewaltigen Schrecken ein. Der Schnellschießer hatte seinen Wagen hinter meinem Volvo geparkt. In der Aufregung war er zu abrupt angefahren, der Rover war auf dem Glatteis ins Schleudern geraten und auf meinen Wagen aufgefahren. Infolge des Aufpralls hatte sich der Kofferraum ein wenig geöffnet. Ich spürte, wie mir bei diesem Anblick das Blut in den Adern gefror. Wußte der Schnellschießer, daß das mein Wagen war? Keine Ahnung. Ich sah, wie er aufgeregt aus seinem Rover sprang, um sich den Schaden anzuschauen. Eine Weile hantierte er am Kofferraum herum. Falls es ihm gelingen sollte, ihn ganz zu öffnen, wäre ich verloren. Zumal ich, trotz der Dunkelheit und des Schnees, der erneut zu fallen begonnen hatte, nicht sicher war, ob Olga zu sehen war. Zudem konnte ich mich nicht erinnern, ob ich die Decke über sie oder neben sie gelegt hatte. Wäre letzteres der Fall, so würde es nicht lange dauern, bis der Schnellschießer sie entdeckte.

Die vom Lärm aufmerksam gewordenen Gäste des *Jean Bart* traten auf die Straße, um zu sehen, was los war. Herostrat war nicht dabei. Jedenfalls erkannte ich niemanden, der einen roten Weihnachtsmantel trug. Die Leute standen um den Volvo herum und versuchten einer nach dem anderen, den beschädigten Kofferraum zu öffnen. Wäre es nicht besser, ich würde runtergehen und sie stören? Doch was würde passieren, wenn sie in der Zwischenzeit Olga entdeckten? Ich wagte nicht daran zu denken und blieb ohnmächtig an meinem Fenster stehen.

Das Ereignis auf der Straße wurde eifrig kommentiert, man scherzte – das allgemeine Lachen war unerträglich – und begutachtete das Ausmaß des Schadens mit Kennermiene, während der Schnellschießer etwas auf einen Zettel schrieb, seinen Namen und seine Adresse vermutlich, damit der Besitzer des beschädigten Wagens zwecks Unfallaufnahme mit ihm in Verbindung treten konnte. Gleichzeitig lag eine Tote ganz in ihrer Nähe – war es möglich, daß sie das nicht bemerkten?

Das würde sich bald ändern, davon war ich fest überzeugt. Von einem Moment auf den anderen rechnete ich damit, jenen Schrei des Entsetzens zu hören, der die makabre Entdeckung verkünden würde.

Ein weiteres Mal dachte ich daran, runterzugehen.

Da klingelte es an der Tür.

7

Das war doch wohl nicht Herostrat! Ich hatte ihn gebeten, unten an der Straße zu warten. War es vielleicht sogar einer der Schaulustigen, die um meinen Wagen standen? Irgend jemand mußte schließlich wissen, daß der Volvo mir gehörte.

Nach kurzem Zögern beschloß ich, die Tür zu öffnen.

Ich war völlig überrascht. Weder Herostrat noch ein Zeuge des Zusammenstoßes hatte geklingelt.

»David!« stellte ich fest. »Was machst du denn hier?«

Mit etwas dümmlicher Miene und sichtlich verwirrt sah David Grossmann mich an.

»Entschuldige bitte«, sagte er in verlegenem Ton, »ich bin etwas zu früh dran, aber ich dachte, es sei besser, rechtzeitig loszufahren. Bei diesem Glatteis kommt man nur im Schritttempo voran ... Die andern werden ebenfalls bald eintreffen.«

»Die andern? Welche andern?«

Diese Frage brachte ihn ganz und gar aus der Fassung. Er wurde rot im Gesicht und blickte sich um, als würde er nach einem Fluchtweg suchen.

»Na, Jean-Claude und Christiane«, stammelte er, »wegen unserer Versammlung ... Heute ist doch Freitag, oder ...? Es sei denn, unser Treffen wurde abgesagt ..., aber dann hättest du mir vorher Bescheid gesagt, nicht wahr?«

Plötzlich erinnerte ich mich wieder. Das war es, was ich vergessen hatte: die Mitteilungen auf meinem Anrufbeantworter. Die Kollegen, die ihr Kommen bestätigten. An diesem Freitag, natürlich, wie an jedem dritten Freitag im Monat. Und ich hatte nicht abgesagt! Unglaublich, aber ich verpaßte tatsächlich keine Gelegenheit, mir das Leben zu erschweren.

Die Kopfschmerzen, die ich seit einigen Stunden kaum mehr gespürt hatte, waren im Nu wieder da. David Grossmann stand vor der Tür, die beiden anderen würden jeden Augenblick eintreffen – ich mußte dringend etwas unternehmen.

»Komm herein«, sagte ich zu Grossmann und trat zur Seite, um ihn vorbeizulassen.

Auf Zehenspitzen betrat er das Wohnzimmer. In gewisser Hinsicht erinnerte er mich an den Schnellschießer. Die gleiche, bohnenstangenähnliche Haltung, die gleiche Art und Weise, sein Unbehagen mit sich durch die Welt zu schleppen, und, zweifellos, auch die gleichen Ängste gegenüber Frauen. Zudem war auch Grossmann derzeit in psychiatrischer Behandlung, doch man mußte sich ernsthaft fragen, ob er das Ende seiner Therapie jemals erleben würde, und vor allem, ob diese Therapie es ihm, wie er hoffte, schließlich erlauben würde, von der Couch in den Sessel zu wechseln. Nichts war weniger sicher. Dennoch war David Grossmann ein sehr achtbarer Psychiater und vermutlich sogar einer der besten Theoretiker innerhalb des Freud-Kreises. Ein Fachmann im Entschlüsseln schwerverständlicher Lehrsätze von Lacan, doch in zwischenmenschlichen Dingen ein absoluter Versager. Sobald jemand ihn ansprach, geriet er ins Stottern, und falls man seine Meinung nicht teilte, bekam er heftige Wutanfälle, die um so schrecklicher waren, als er sie lange Zeit unterdrückt hatte, ein in sich gekehrter Mensch, dem mangelnde Kompromißbereitschaft nachgesagt wurde und der sich eine Menge Feinde gemacht hatte.

Wie angewurzelt blieb er in der Mitte des Wohnzimmers stehen, doch ich bemühte mich nicht, ihm über seine Befangenheit hinwegzuhelfen.

»Moment mal«, sagte ich zu ihm und eilte ans Fenster.

Mein Wagen wurde nach wie vor von Schaulustigen umringt. Der Schnellschießer stieg wieder in seinen Rover und startete den Motor. Hoffentlich knallte er nicht ein weiteres Mal gegen den Kofferraum meines Wagens! Einige der Gaffer eilten dem Schnellschießer zu Hilfe und gaben ihm mit großen Gesten zu verstehen, wie er sein Fahrzeug manövrieren müßte. Doch der Rover wollte ihm einfach nicht gehorchen. Der Motor heulte auf, während die Räder auf dem Glatteis durchdrehten. Alle Umstehenden wollten sich nützlich machen, schrien und gestikulierten um die Wette. Vom dritten Stockwerk aus betrachtet wirkte dieses Schauspiel, das lediglich vom schwachen Licht der Straßenlaternen erhellt wurde, zugleich eindrucksvoll und tragisch. Nach etlichen Anstrengungen und unzähligen Lenkmanövern gelang es dem Schnellschießer schließlich, ein Stückchen rückwärts zu rollen. Es sah aus, als würde er einen Anlauf nehmen, um noch einmal gegen den Volvo zu prallen. Diesmal würde der Kofferraum nicht standhalten. Ich dachte an den Moment des Todesstoßes bei einem Stierkampf.

Plötzlich heulte der Motor des Rovers erneut auf und sämtliche Zuschauer verstummten. Der Schnellschießer legte den ersten Gang ein, gab kräftig Gas, um auf dem Glatteis vorwärts zu kommen, und tat damit genau das Gegenteil dessen, was er hätte tun müssen, weil er in Sachen Beschleunigung ein ausgemachter Trottel war. Ich behandelte ihn schon lange genug, um das beurteilen zu können.

Ich spürte Grossmanns Atem im Nacken. Er wollte wissen, was mich ans Fenster gelockt hatte, und stand jetzt hinter mir. Das Schauspiel unten auf der Straße schien ihn ebenfalls zu fesseln.

»Der Volvo ist hin«, murmelte er.

Im selben Augenblick klingelte es an der Tür. Die beiden anderen Versammlungsteilnehmer schienen eingetroffen zu sein.

Grossmann bot sich an, ihnen zu öffnen, doch ich schenkte

seinen Worten kaum Beachtung. Plötzlich kam unten jemand auf eine gute Idee. Der Schnellschießer nahm den Fuß vom Gaspedal, während ein paar stämmige Kerle sich um den Wagen postierten und ihn mit lautem Geschrei hochhoben und zur Fahrbahn drehten. Zwei oder drei von ihnen kamen auf dem Glatteis ins Rutschen, doch am Ende stand der Rover in der richtigen Richtung und konnte losfahren, ohne daß er gegen ein anderes Fahrzeug zu prallen drohte. Was er unter stürmischem Beifall und ironischen Bravorufen schließlich auch tat.

Ich seufzte erleichtert. Die Vorstellung war zu Ende. Schweren Herzens entfernten sich die letzten Schaulustigen oder gingen ins *Jean Bart* zurück. Einer der Zuschauer versuchte noch einmal, den Kofferraum zu öffnen, was ihm jedoch nicht gelang, so daß er bald von seinem Vorhaben abließ.

Ich hörte, wie hinter mir jemand verlegen hüstelte. Verdutzt starrten Christiane Lévêque und Jean-Claude Charvet mich an. Grossmann stand etwas abseits und wirkte nach wie vor besorgt.

Die Atmosphäre kam mir ziemlich angespannt vor. Was zwischen uns normalerweise nicht der Fall war. Obwohl unsere Treffen hauptsächlich der Psychoanalyse gewidmet waren, boten sie dennoch Gelegenheit zu freundschaftlichen Begegnungen zwischen Kollegen, die sich mit denselben Problemen beschäftigten. Sobald die theoretischen oder klinischen Fragen, die die meiste Zeit des Abends in Anspruch nahmen, erörtert waren, plauderten wir über allerlei Klatsch- und Tratschgeschichten, die in der kleinen Welt der Psychoanalyse, hauptsächlich im Freud-Kreis, in Umlauf waren. In diesen Momenten legte sogar Grossmann seine Zurückhaltung ab und ließ sich zu amüsanten Kommentaren über diesen oder jenen Kollegen hinreißen. Ich mochte diese Abende sehr. Sie gaben mir die Gelegenheit, mit Menschen zusammenzusein, für die ich Achtung und Zuneigung empfand.

Trotz seiner Lebensunlust mochte ich David Grossmann, und ebenso mochte ich Christiane Lévêque, die mich aufgrund ihrer Korpulenz und Offenheit ein wenig an Françoise Dolto erinnerte. Vor allem aber mochte ich Jean-Claude Charvet, wegen seiner Eleganz und seines Sinns für Humor. Er sah aus, als könnte er kein Wässerchen trüben, und hatte zweifellos von uns die besten Voraussetzungen, um sich als Psychoanalytiker zu behaupten.

Doch an diesem Abend waren meine Freunde nicht willkommen.

»Was ist denn mit euch los?« wunderte sich Christiane Lévêque, als sie Grossmann und mich sah. »Ihr schaut drein, als würdet ihr gerade von einem Begräbnis kommen.«

»Alles in Ordnung«, erwiderte ich mit unsicherer Stimme. »Ich hatte heute einen anstrengenden Tag, aber keine Sorge, es wird schon gehen. Macht's euch bequem, ich hole was zu trinken, und dann legen wir los.«

Es klang nicht besonders überzeugend, doch sie taten so, als würde das ihnen nicht weiter auffallen. Charvet warf einen erstaunten Blick auf die neben der Bar liegenden Gegenstände, sagte jedoch kein Wort. Statt dessen zogen die drei stumm ihre Mäntel aus und hängten sie in den Kleiderschrank am Eingang.

Unterdessen nahm ich sämtliche Getränke aus dem Kühlschrank, die ich darin finden konnte. Normalerweise standen die Appetithäppchen und Erfrischungen schon bereit, wenn meine Freunde eintrafen. Diesmal jedoch mußte ich mich mit dem begnügen, was zufällig vorrätig war. Vor lauter Aufregung rutschte mir eine Saftflasche aus der Hand und zersplitterte auf dem niedrigen Tischchen, auf dem Grossmann seine Notizen ausgebreitet hatte. Die Flüssigkeit spritzte auf den Teppichboden.

»Volltreffer!« rief Christiane Lévêque und eilte in die Küche, um ein Schwammtuch und einen Handfeger zu holen.

Anschließend wischten sie und Charvet den Teppichboden trocken und sammelten die Glasscherben ein, während Grossmann die mit Orangensaft besudelten Blätter seines Vortrags säuberte. Ich nutzte die Gelegenheit, um einen Blick aus dem Fenster zu werfen. Der einen Spalt weit geöffnete Kofferraum ließ mir keine Ruhe. Käme jemand auf die Idee, dort herumzuschnüffeln – die Katastrophe wäre perfekt! Ganz zu schweigen von Herostrat, der jeden Moment auftauchen konnte. Es war bereits halb neun, ich fragte mich, wo er nur blieb. Am besten wäre es natürlich gewesen, runterzugehen und wenigstens zu versuchen, den Kofferraum zu schließen, doch ich wagte nicht, meine Gäste alleinzulassen.

Bald war alles wieder sauber.

»Wir fangen an!« rief Charvet mir zu.

Ich ging zu ihnen. Grossmann hatte auf dem Sofa Platz genommen und bereitete sich darauf vor, uns seine Kenntnisse über die borromäischen Knoten darzulegen. Zu diesem Zweck hatte er eine zu drei Schlaufen geformte Schnur auf den kleinen Tisch gelegt, die so ineinandergeflochten waren, daß sich alle drei lösten, sobald man eine von ihnen aufmachte. Dem Lacan'schen Konzept der Psychoanalyse gemäß stellen diese Kreise das Reale, das Symbolische und das Imaginäre dar, während ihre borromäische Verbindung die Art ihrer Beziehung untereinander ausdrückt. Jean-Claude Charvet hatte sich eine Zigarette angezündet, um konzentrierter zuhören zu können, und Christiane Lévêque machte sich Notizen. Auf ihren Knien lagen Schnurstücke, mit denen sie die Handgriffe wiederholen konnte, zu denen Grossmann allerlei kluge Kommentare abgab. Es sah fast so aus, als säßen wir in einem Kindergarten zusammen.

Bald hatte ich genug davon. Nicht das Schicksal dieser Knoten, sondern der Kofferraum und die Batterie meines Wagens waren momentan meine größte Sorge. Zudem wurden meine Kopfschmerzen immer heftiger. Mir war, als würde jemand mit einem Preßlufthammer in meinem Nacken herumbohren. Weil ich die Schmerzen nicht länger aushielt, erhob ich mich und holte mir zwei Aspirintabletten. Natürlich nutzte ich diese Gelegenheit und sah nach, wie sich die Situation unten auf der Straße entwickelte. Sie hatte sich in keinster Weise geändert. Der Kofferraum stand immer noch einen Spalt breit offen und die Avenue war menschenleer. Daß Herostrat sich nicht blicken ließ, beunruhigte mich. Möglicherweise schlief er gerade seinen Rausch aus, in irgendeinem Café oder in seiner URZ an der Porte de Saint-Quen. In dem Fall würde ich ihn noch nicht so bald zu sehen bekommen. Was für Olga bedeutete, daß sie, die zwischen die borromäischen Knoten, die vor meiner Nase geknüpft und wieder gelöst wurden, und Herostrat, der nicht zu unserer Verabredung erschien, geraten war, die Nacht draußen verbringen mußte und in dieser Nacht der Neugier des erstbesten Passanten ausgeliefert sein würde. Angst kam in mir auf. Ich stellte mir vor, der Volvo würde für immer und ewig an dieser Straße geparkt bleiben und ich müßte bis an mein Lebensende darauf achten, daß sich niemand der Leiche meiner Patientin näherte.

Ich ging zu meinen Gästen zurück, konnte jedoch nicht stillsitzen und eilte fünf Minuten später erneut ans Fenster, wo ich feststellte, daß sich unten auf der Straße auch jetzt nichts geändert hatte. Der einen Spalt offene Kofferraum, die menschenleere Avenue, der Schnee – alles wirkte unbewegt und trostlos. In der nächsten halben Stunde ging ich noch zwei- oder dreimal ans Fenster, ohne daß sich unten etwas tat. Statt dessen begannen meine Kollegen allmählich nervös zu werden. Wie dumm von mir, daß ich unser Treffen nicht abgesagt hatte! Obwohl die Zeit unglaublich langsam verging, war es bereits zweiundzwanzig Uhr. Wenn Herostrat bis halb elf nicht auftauchen würde, würde ich einen Abschleppdienst rufen, auch wenn ich zuvor meine Gäste vor die Tür setzen müßte. Trotz der Schmerzen, die weiterhin in meinem Kopf wüteten, zündete ich mir die nächste Lucky Strike an. Ich weiß nicht, wie viele ich an diesem Abend geraucht hatte, doch ich brauchte die Zigaretten, um diese allmählich zum Alptraum werdende Situation ertragen zu können. Wenige Tage zuvor war in meiner Praxis jemand ermordet worden, das Opfer verweste im Kofferraum meines Wagens, und vor mir saßen drei erwachsene Menschen, die über Schnüre und Knoten diskutierten.

Indessen wurden meine Kollegen immer gereizter. Meine Rennerei ans Fenster ging ihnen gehörig auf die Nerven. Christiane Lévêque hatte ebenfalls begonnen, eine Zigarette nach der anderen zu rauchen, und als ihr Päckchen leer war, bediente sie sich aus meinem und dem von Charvet, der als einziger von uns Ruhe bewahrte. Von Zeit zu Zeit richtete er den Blick auf den *Weltuntergang*. Rebeccas vier Artischocken schienen ihn zu verwirren, so als würde er darin ein Sinnbild unserer Versammlung erkennen. Auch Grossmann fühlte sich nicht wohl in seiner Haut. Er konnte es nicht länger ertragen, dauernd von meinem Kommen und Gehen unterbrochen zu werden. Jedesmal, wenn ich mich erhob, wurde er feuerrot im Gesicht und hielt kurz inne, um mir seine Verärgerung zu zeigen, ehe er stammelnd mit seinen Erläuterungen fortfuhr. Würde er demnächst einen seiner gefürchteten Wutanfälle bekommen? Momentan nahm er sich noch zusammen, doch das Gewitter stand unmittelbar bevor.

Plötzlich klingelte es an der Tür.

Alle sahen sich erstaunt an.

»Erwartest du Besuch?« fragte Christiane Lévêque.

Charvet kam mir mit seiner Antwort zuvor.

»Das ist bestimmt der Weihnachtsmann«, bemerkte er leise, »oder Knecht Ruprecht, den der Geruch der Symptome hierher gelockt hat.«

Daraufhin brach Christiane in lautes, gereiztes Lachen aus, während sich Grossmann in den Schnurringen verhedderte und uns völlig fassungslos anstarrte.

»Willst du nicht aufmachen?« fragte Charvet verwundert. »Du solltest ihn nicht warten lassen.«

Ich ging zur Tür. Charvet hatte sich nicht geirrt: Es war tatsächlich der Weihnachtsmann.

»Tut mir leid, Chef«, sagte Herostrat mit belegter Stimme, »es ist was dazwischengekommen, wegen des Sprits. Ich mußte wieder zu Kräften kommen. Aber jetzt können wir uns gleich an die Arbeit machen.«

Mit seinem roten Mantel sah er aus wie eine surrealistische Erscheinung. Er hielt sich nur mühsam auf den Beinen und starrte mich mit glasigen Augen an. Kein Wunder, daß er so spät dran war. Als ich sah, wie er schwankte, bezweifelte ich, daß er in der Lage wäre, eine Batterie von einem Ersatzrad zu unterscheiden.

»Keine Sorge, Chef«, sagte er, »es wird schon klappen.«

Ehe ich ihn davon abhalten konnte, griff er nach dem neben der Bar liegenden Material. Vor den Augen meiner verdutzten Kollegen steckte er den Schraubenschlüssel und die Lampe in die Taschen seines Mantels und hob mühsam die Batterie hoch.

»Lassen Sie sich durch mich nicht stören«, sagte er, »es ist nichts... Eine kleine Autopanne, die Batterie muß ausgewechselt werden. In einer Viertelstunde ist das erledigt.«

Dann wandte er sich an mich und fragte:

»Was ist eigentlich mit Ihrem Wagen passiert? Hatten Sie einen Unfall? Als ich herkam, fiel mir der Kofferraum auf. Er sieht ziemlich zerbeult aus. Wenn Sie wollen, kann ich anschließend versuchen, auch das wieder in Ordnung zu bringen.«

Grossmann wirkte wie versteinert. Er hatte soeben einen Zusammenhang hergestellt zwischen meinem Wagen und dem Volvo, den der Schnellschießer so übel zugerichtet hatte. Doch offensichtlich begriff er nicht, wieso ich den Unfall beobachtet und nichts unternommen hatte. Der Blick, den er mir zuwarf, besagte eindeutig, daß er sich fragte, ob ich noch ganz richtig im Kopf sei.

Die beiden anderen schienen übrigens nicht weniger verwirrt zu sein. Charvet konnte es nicht fassen, daß der von ihm angekündigte Weihnachtsmann tatsächlich aufgetaucht war, während Christiane mich mit weit aufgerissenen Augen fixierte.

»Lassen Sie sich meinetwegen nicht den Abend verderben«, sagte Herostrat zu mir. »Bleiben Sie ruhig bei Ihren Freunden, Sie brauchen mir bloß den Wagenschlüssel zu geben, ich komme schon allein zurecht.«

»Kommt nicht in Frage!« entgegnete ich mit lauter Stimme und streifte meine Jacke über. »Ich komme mit Ihnen.«

Und zu meinen verdutzten Kollegen sagte ich:

»Macht euch keine Sorgen. Sobald der Schaden behoben ist, komme ich zurück. In der Zwischenzeit könnt ihr ja ohne mich weitermachen.«

Ich wartete ihre Antwort nicht ab, zog die Tür hinter mir zu und stand nun mit Herostrat im Treppenhaus.

»Deine Freunde scheinen ein bißchen verklemmt zu sein«, sagte er, als wir den Aufzug betraten.

Es war mir unangenehm, nun plötzlich von Herostrat geduzt zu werden. Ich tat so, als hätte ich seine Worte nicht gehört, und so schwiegen wir, bis wir unten angekommen waren.

Draußen schneite es leise. Die Stille und die Dunkelheit ließen das Jacques-Decour-Gymnasium wie einen Palast aus einem Weihnachtsmärchen erscheinen. Die Kälte war unerbittlich; am liebsten wäre ich sofort in meine Wohnung zurückgegangen, hätte mich in mein Bett gelegt und an nichts mehr gedacht. Vor allem wollte ich an nichts mehr denken. Doch im Wohnzimmer warteten die borromäischen Knoten, und auf der anderen Straßenseite stand der Volvo mit Olgas Leiche im Kofferraum.

Herostrat ging vor mir. Das Gewicht der Batterie machte ihm zu schaffen, doch ich dachte nicht daran, ihm zu helfen. Der Schnee klebte an unseren Schuhen und erschwerte das Vorankommen. Vorsichtig setzte ich einen Fuß vor den anderen: Erstens wollte ich nicht ausrutschen, und zweitens wollte ich unbedingt verhindern, daß die unter der Wirkung des Aspirins allmählich nachlassenden Kopfschmerzen erneut stärker würden. Als ich den Kopf hob und zu meiner Wohnung hochschaute, sah ich, daß meine Kollegen am Fenster standen und uns beobachteten. Was dachten sie wohl über den Anblick, den wir ihnen boten? Zwei Gespenster, die über eine vereiste Bühne schwankten und einen Wagen reparieren wollten.

Plötzlich erinnerte ich mich an meinen Traum vom Vortag.

Ich war in Begleitung des Weihnachtsmannes, und unterwegs rezitierten wir Verse von Verlaine:

Im alten einsamen park wo es fror
Rufen zwei schatten das ehmals hervor.

Die auf den Ästen ihres Nußbaums hockenden Wölfe beobachteten uns, genau wie meine Kollegen es nun taten.

»Da wären wir endlich«, seufzte Herostrat erleichtert.

Er blieb vor dem Volvo stehen, setzte die Batterie nieder und leuchtete sie mit der Taschenlampe an.

»Ein guter Kauf«, meinte er zustimmend, »sechzig Ampere, genau das, was wir brauchen.«

Dann befahl er mir, den kleinen Hebel unter dem Lenkrad zu betätigen, um die Motorhaube zu öffnen.

»Komm her und halte die Lampe«, sagte er, »keine Sorge, es wird nicht lange dauern.«

Es ärgerte mich, daß er mich duzte, doch ich wußte nicht, wie ich das verhindern sollte. Folglich beschränkte ich mich darauf, das zu tun, was er von mir verlangte. Trotz des Schnees, der seine Bewegungsfreiheit beeinträchtigte, und des Alkohols in seinem Blut fehlte es ihm weder an Geschicklichkeit noch an Know-how. Im Handumdrehen hatte er die alte Batterie losgebracht und durch die neue ersetzt.

»Versuch jetzt, den Motor zu starten«, sagte er.

Ich drehte den Zündschlüssel, und der Motor sprang unverzüglich an.

»Perfekt!« rief er und schloß die Motorhaube. »Und jetzt sehen wir uns mal den Kofferraum an.«

»Nicht nötig, ich werde mich morgen darum kümmern.«

Er insistierte nicht. Entweder wußte er ganz genau, was sich im Kofferraum befand, oder aber ich hatte mich erheblich in ihm getäuscht. Doch mir war im Moment nicht danach, diese Frage zu klären.

»Wenn du nichts dagegen hast«, fügte er hinzu, »behalte ich die alte Batterie. Ich kenne einen Mechaniker, vielleicht wird noch ein Geschäft draus.«

Als ich ihm sagen wollte, daß ich nichts dagegen einzuwenden hätte, ließ das Geräusch eines anfahrenden Wagens mich aufhorchen.

»Deine Freunde«, sagte Herostrat. »Sie sind soeben runtergekommen. Anscheinend hat es ihnen nicht gefallen, daß du sie im Stich gelassen hast. Ich wußte doch gleich, daß sie ein wenig verklemmt sind.«

Tatsächlich erkannte ich Christiane Lévêque und Jean-Claude Charvet in dem vorbeifahrenden Ford. Grossmann folgte ihnen mit seinem Renault 5. Sie würdigten uns keines Blickes. Bestimmt würden sie in Zukunft an einem geeigneteren Ort über die borromäischen Knoten nachdenken.

»Könnte ich mir bei dir in der Wohnung die Hände waschen?« fragte Herostrat. »Sie sind voller Öl. Ich werde die Batterie nachher mitnehmen.«

»Einverstanden, aber schnell.«

Im Wohnzimmer war nichts mehr von unserer Versammlung zu sehen. Wäre nicht der große Orangensaftfleck auf dem Teppichboden gewesen, man hätte schwören können, es sei niemand in meiner Wohnung gewesen. Alles war sauber, die Aschenbecher waren geleert und die Sessel an ihren Platz zurückgestellt worden. Ich hatte das unangenehme Gefühl, daß meine Kollegen mir auf diese Weise ihre Verärgerung zeigen und mir zudem zu verstehen geben wollten, daß sie meine Wohnung nie wieder betreten würden.

Um dieses Gefühl zu verjagen, öffnete ich eine Flasche Whisky und füllte zwei Gläser, während Herostrat sich die Hände wusch.

»Ist das für mich?« fragte er, als er aus dem Badezimmer kam.

Er leerte sein Glas in einem Zug, so daß ich mich gezwungen fühlte, ihm erneut einzuschenken. Im Nu trank er auch diesen zweiten Whisky aus.

»Nett von dir«, sagte er und wischte sich mit dem Handrükken über den Mund, »ich war richtig durstig geworden.«

Möglicherweise war ich dabei, mich daran zu gewöhnen, daß er mich duzte, jedenfalls störte es mich nun bereits viel weniger. Obwohl ich nicht imstande war, es ihm gleichzutun, war dieser Umgangston zwischen uns mittlerweile schon ganz selbstverständlich geworden.

»Nicht übel bei dir«, sagte er, während er sich im Wohnzimmer umschaute.

Sein Blick fiel auf Olgas Sachen und auf die neben der Bar liegende Schutzhülle. Ich ärgerte mich über mich selbst, daß ich nicht alles längst weggeräumt hatte.

»Das ist doch der Mantel deiner Patientin mit dem Lancia – hat sie ihn etwa vergessen?«

Mir ging aber auch wirklich alles daneben! Angesichts der Geschwindigkeit, mit der mir ein Fehler nach dem anderen unterlief, fehlte jetzt eigentlich nur noch, daß ich aus Versehen Chapireau über meinen Plan unterrichtete, Olgas Leiche verschwinden zu lassen.

»In den Zeitungen steht, sie hätte ihren Mann umgebracht«, fuhr Herostrat fort. »Das wundert mich nicht. Ihr Mann war ein eigenartiger Kerl und obendrein steinreich, wie jeder sehen konnte. Zudem war er sehr gewalttätig. Meiner Meinung nach war er eifersüchtig. Es kam vor, daß er vor deinem Haus auf seine Frau wartete. Dann machte er ihr jedesmal fürchterliche Szenen. Er nannte sie eine Schlampe. Was hast du diesem Arschloch von Psychiater denn heute wieder erzählt?

fragte er. Einmal hat er sogar so heftig auf sie eingeschlagen, daß Passanten fast hätten eingreifen müssen, um ihr zu helfen. Doch dann stieg jeder der beiden in seinen Wagen und fuhr davon. Gelegentlich kamen sie aber auch bloß in einem Wagen, dann wartete er auf der Straße oder im *Jean-Bart* – er gab mir öfter einen aus –, oder er holte sie in deiner Praxis ab.«

»Er kam tatsächlich in die Praxis hoch?« fragte ich erstaunt.

Herostrat dachte einen Moment lang nach.

»Nicht unbedingt. Ach ja, jetzt fällt es mir wieder ein. Als ich im Krankenhaus war, sagten die Psychiater, daß bei einer Therapie nur der Kranke und sein Analytiker anwesend sein dürfen. Also, wenn du den Ehemann nie in deiner Praxis gesehen hast, dann heißt das, daß er im Treppenhaus auf seine Frau wartete, meinst du nicht?«

Ich wußte nicht, was ich darauf antworten sollte. Außer im Traum hatte ich Max und Olga nie zusammen gesehen. Obwohl Olga mir normalerweise viel über ihren Mann erzählte, hatte sie nie davon gesprochen, daß er sie zu ihren Sitzungen brachte. Aber schließlich hatte sie mir längst nicht alles verraten. Dessen war ich mir bewußt geworden, als Chapireau mir von ihrer Kleptomanie erzählt hatte. Erfuhr ich nun wiederum durch einen Dritten, daß Max sie hin und wieder begleitet hatte?

Herostrat fuhr mit seiner Inspektion fort und betrachtete die Innentreppe, die zu meiner Praxis führte.

»Da oben empfängst du dann wohl deine Klienten?«

»Ja.«

»Mit Sessel, Couch und all dem Zeug?«

»Ja.«

Wahrscheinlich erwartete er weitere Erklärungen von mir, doch dazu hatte ich nicht die geringste Lust. Was ich soeben erfahren hatte, machte mich völlig ratlos. Ich mußte unbedingt darüber nachdenken, und zwar allein.

Außerdem blieb die Zeit nicht stehen.

»Tut mir leid«, sagte ich, »aber Sie müssen jetzt gehen. Ich hab' noch zu tun.«

Er schenkte sich ein weiteres Glas Whisky ein und leerte es wie die vorherigen in einem einzigen Zug. Dann begab er sich schleppenden Schrittes zur Tür. Plötzlich jedoch hielt er inne. Ich wußte ganz genau warum. Ich wühlte in meinen Taschen und reichte ihm einen Zweihundert-Francs-Schein.

»Ist das so in Ordnung?«

Mit verlegener Miene betrachtete er den Schein und antwortete nichts.

»Ihre Arbeit verdient doch einen Lohn, nicht wahr?«

»Ja, aber nicht diesen.«

Hatte ich ihm etwa nicht genug Geld angeboten? Erneut kam mir die Möglichkeit einer Erpressung in den Sinn. Da er aber sonst nichts hinzufügte, fragte ich:

»Wieviel also?«

Meine Frage war ihm unangenehm. Er ging ins Wohnzimmer zurück und warf einen Blick Richtung Praxis. Mit der Verzweiflung desjenigen, der sich kopfüber ins kalte Wasser stürzt, schaute er mir plötzlich in die Augen und sagte:

»Könnte ich mich nicht auf deine Couch legen? Ich würde mit kleinen Gefälligkeiten dafür bezahlen.«

Mit kleinen Gefälligkeiten...

Auf dem Weg zum Friedhof von Père-Lachaise ging mir dieser Satz nicht mehr aus dem Sinn. Eine merkwürdige Bitte, über die ich gelacht hätte, wenn Herostrat nicht auch von Max gesprochen hätte. Steckte kühle Berechnung oder purer Zufall dahinter, oder war das Ganze lediglich dem Alkohol zuzuschreiben? Ich hatte keine Ahnung. War die Tatsache, daß Max seine Frau gelegentlich begleitet hatte, der Beweis dafür, daß er sie erwürgt hatte? Ich konnte mir nach wie vor nicht vorstellen, daß er ein solches Risiko auf sich genommen hätte. Immerhin mußte er jeden Augenblick damit rechnen, daß ich aufwachen würde. Und wie hätte er überhaupt in meine Praxis gelangen sollen, ohne die Tür aufzubrechen? Schließlich war meine Wohnung nicht mit dem Friedhof von Père-Lachaise zu vergleichen, wo es genügte, einen Angestellten der Stadtverwaltung zu bestechen, um sich einen Schlüssel zu besorgen. Max war zwar verrückt, doch er handelte nicht, wenn nicht präzise Interessen im Spiel waren – wie bei einem Bankgeschäft. Warum also hätte er Olga umbringen sollen, bevor sie ihm verraten hatte, wo sich die sieben Millionen befanden? Herostrat redete Unsinn. Eigentlich hätte ich es dabei bewenden lassen können, doch er hatte mir vorgeschlagen, mich zu begleiten – unter dem Vorwand, daß er mir erneut nützlich sein könnte. Sogleich war ich wieder mißtrauisch geworden. Wußte er, was ich vorhatte? Stellte das Verschwindenlassen einer Leiche in einem Grab für ihn eine kleine Gefälligkeit dar? Aus Zeitmangel beschäftigte ich mich nicht gründlicher mit dieser Frage, sondern schickte ihn nach Hause, mit dem vagen Versprechen, daß er sich irgendwann auf meine Couch legen dürfe. Von meinem Fenster aus sah ich, wie er die kaputte Batterie holte und in der Dunkelheit verschwand. Dann nahm ich Olgas Sachen und die Schutzhülle und ging nach unten.

Es war ein Uhr nachts, als ich den Volvo vor dem Eingang des Friedhofes in der Rue du Repos parkte. Alles war vollkommen still, das Licht einer Straßenlaterne erhellte jene Grabstätten, die die Friedhofsmauern überragten. Einige davon ähnelten Miniatur- oder Puppenhäusern und schienen der Bedeutung der Personen, die darin begraben lagen, angepaßt worden zu sein.

Ich ging zu der kleinen Metalltür links neben dem Fahrzeugeingang und steckte den Schlüssel des Diamantenschleifers in das Schloß, das sich nur mühsam öffnen ließ. Dann ging ich zu dem Wagen zurück, hob Olga aus dem beschädigten Kofferraum und legte sie auf die schneebedeckte Fahrbahn. Ich erkannte sie fast nicht wieder. Innerhalb von vier Tagen hatten ihre Gesichtszüge einen neuen Ausdruck angenommen, den ich nicht ohne Entsetzen zur Kenntnis nahm. Sie schien sich tief in ihr Inneres zurückgezogen und auf ihrem Gesicht den Schrecken eines Todes hinterlassen zu haben, gegen den sie vergeblich angekämpft hatte. Ihre weit aufgerissenen Augen starrten mich an; die Spitze der schwarzen Zunge, die aus ihrem Mund ragte, glich einem Stück verfaulten Holzes, das jemand ihr zwischen die Lippen geschoben hatte. Es war nicht mehr möglich, von ihrem Gesicht jene Ausgeglichenheit abzulesen, die Toten eine gewisse Würde verleiht. Folglich beschränkte ich mich darauf, ihre Haare ein wenig in Ordnung zu bringen und die Jacke ihres Kostüms zuzuknöpfen. Doch sie blieb durch die Gewalt, die ihr zugefügt worden war, auf schändliche Weise gekennzeichnet. Mir war bei ihrem Anblick nicht wohl in meiner Haut. Der Tod ist ein intimer Bestandteil jedes Menschenlebens, doch weil ich Olga in dem Zustand belassen hatte, in dem der Tod sich ihrer bemächtigt hatte, und nichts an der häßlichen Maske, die er ihr aufgesetzt hatte, ändern konnte, hatte ich das Gefühl, etwas zu sehen, das mich nichts anging. So als würde der Psychiater, der ich nun einmal war, in einen ihm verbotenen Bereich vordringen. Angesichts dieser Leiche mit ihren Spuren eines schändlichen Todes verspürte ich gleichzeitig Mitleid und Ekel.

Ich hielt mich nicht lange bei diesem Anblick auf, sondern nahm den Kleidersack und stülpte ihn über Olga. Ich legte auch die bei Bernstein erbeuteten Puderdosen von Van Cleef & Arpels und von Cartier, die beiden Rolex-Uhren sowie die Uhr der Marke Baume et Mercier hinzu. Ganz gleich, auf welche Weise Olga sich diese Schmuckstücke beschafft hatte, es war eine Form von Respekt – dem einzigen Respekt, den ich ihr jetzt noch entgegenbringen konnte –, sie mitsamt ihrer Beute zu begraben. Ich erinnerte mich an die zwanzigtausend Francs, die ich in meinen Schreibtisch gelegt hatte. Vielleicht hätte ich auch dieses Geld in ihrem Besitz lassen sollen, doch daran hätte ich früher denken müssen. Blieben der Pelzmantel und die Tasche, für die in der Hülle kein Platz mehr war.

Ich trug diese Sachen sowie die Eisenstange auf den Friedhof. Zuletzt holte ich Olga, hob sie, wie tags zuvor, als ich sie zu meinem Wagen gebracht hatte, auf meine Schultern, betrat den Friedhof und schloß die Tür hinter mir ab.

Dieser Teil des Friedhofs von Père-Lachaise war mir nicht unbekannt. Ich war schon mehrmals hier gewesen, um ausländischen, meist amerikanischen Kollegen das Grab von Jim Morrison zu zeigen – eine Art Erinnerung an eine unwiderruflich vergangene Jugend. Der am nächsten gelegene Eingang war die Porte du Repos. Nach der Leichenhalle geht man die Avenue Casimir-Périer bis zum Chemin Serré hoch und biegt anschließend in den Chemin Maison ein, der zur sechsten Abteilung führt, wo der Sänger der Doors begraben liegt. Bei einer dieser Besichtigungen hatte ich, nicht weit davon entfernt, das Grab eines gewissen Sergej Prévot entdeckt. Der Kontrast zwischen diesem russischen Vor- und dem französischen Familiennamen, der so durch und durch französisch klang wie mein eigener, hatte mich sehr verblüfft. Michel Durand? hatte Olga einmal spöttisch bemerkt, ein Name, den man sich schwer merken und leicht vergessen kann. Daß zwischen Olga und ihrem Nachnamen der gleiche Kontrast bestand, war ein merkwürdiger Zufall. Obwohl diese Grabstätte ziemlich weit vom Eingang entfernt lag, schien sie mir der geeignete Ort zu sein, um meine Patientin verschwinden zu lassen. Ein Grab zwischen Gräbern, wem würde das schon auffallen? Zumal Sergej Prévots Tod, wie auf dem zerfressenen Grabstein zu lesen war, auf das Jahr 1957 zurückging und das Grab derart verkommen aussah, daß seitdem bestimmt niemand mehr darin beigesetzt worden war. Entweder war dort kein Platz mehr oder Sergej Prévot war der letzte Überlebende seiner Familie gewesen. Da letztere Hypothese bestens zu meinem Plan paßte, entschied ich mich für sie als der wahrscheinlichsten. Hauptsache, ich hatte die ganze Angelegenheit bald hinter mir.

Nachdem ich Olga geschultert hatte, schaltete ich meine Taschenlampe ein und ging die Avenue Casimir-Périer hoch. Alles andere, den Mantel, die Tasche und die Eisenstange, wollte ich später holen. Ich konnte fast nichts erkennen; mir war, als hätte die riesige Totenstadt mich verschlungen und als würden Mauern aus Schweigen und Dunkelheit jeden meiner Schritte begleiten.

Von Zeit zu Zeit durchbrach meine Taschenlampe diese Dunkelheit und ließ ein heilloses Durcheinander von Nekropolen aufleuchten – eine Mischung aus prunkvollen Mausoleen, bescheideneren Gräbern und schäbigen Ruhestätten, die an Elendsquartiere oder Vorstadthäuschen erinnerten. Sämtliche Gesellschaftsklassen ruhen hier nebeneinander in einer Art Gräberchaos, das den Anschein einer Ansammlung postmortaler Neurosen erweckt. Hier vermischt sich mitleiderregendes Pathos mit übersteigerter Megalomanie wie beispielsweise bei jenem riesigen Mausoleum, das im höchstgelegenen Teil des Friedhofs errichtet worden ist und das den Spitznamen »Großer Phallus« trägt. Gotischer Stil grenzt unmittelbar an Rokoko-, neureichen Empire- oder überhaupt keinen Stil, der sich in Flachreliefs oder morbiden Sterbeszenen ausdrückt. Neben unterschiedlich großen Spitzsäulen, mehr oder weniger genauen Nachbildungen des Obelisken von Luxor oder desjenigen von der Place de la Concorde, neben Monumenten mit Statuen und Säulenreihen, die dem Parthenon nachempfunden sind, neben Kapellen mit allen möglichen Kreuzen befinden sich in großen Abständen gewaltige Betonklötze, die an Bunker aus den ehemaligen Ostblockstaaten oder an die Mietskasernen von La Courneuve erinnern. Ganz gleich, ob die Toten für ihre Gräber verantwortlich sind oder nicht, sie identifizieren sich mit ihnen und ihrem starren Narzismus. Die Mächtigen erdrücken alle andern, während die Bescheidenen sich zurückhalten und schweigen. Im Gegensatz dazu wirkte die Verrücktheit, die den Diamantenschleifer umtrieb, wie die reinste Sauerstoffquelle. Er suche, so hatte er mir erklärt, im Schutz eines Grabmals oder einer Krypta nach raschen Begegnungen mit jenen Männern, die sich auf dem Chemin des Chèvres oder dem Chemin du Dragon herumtreiben – mit den »Desperados des Hosenschlitzes«, wie er sie nannte. Seltsame, zwangsläufig zu Erniedrigungen führende Praktiken, die ihn am Ende auf meine Couch gebracht hatten. Zweifellos mußten solche Friedhofsliebschaften, von denen sich ebenfalls Heterosexuelle angezogen fühlten, als Versuch angesehen werden, den Tod herauszufordern. Solch einer Herausforderung hatte sich auch Olga mit letzter Konsequenz gestellt. Ich hingegen erkannte darin eine Aneignung des Ortes durch das Leben in seiner einzigartigsten Form: der des Sexes. Möglicherweise sollte auf diese Weise zum Ausdruck kommen, daß doch nicht alles dem unumgänglichen Untergang geweiht ist.

Am Beginn des Chemin Maison vernahm ich plötzlich ein merkwürdiges Geräusch, von dem ich weder wußte, was es bedeutete, noch woher es kam. Es hörte sich an wie ein Gesang oder ein Gebet, das von einer engelhaften Stimme gemurmelt wurde wie eine nie endende Litanei. Dann verstummten die Töne, und erneut waren um mich herum nur Dunkelheit und Stille. Hatte ich geträumt? Über die nächtlichen Zeremonien auf dem Friedhof von Père-Lachaise waren die seltsamsten Gerüchte in Umlauf. Sie handelten nicht nur von den Ausschweifungen, die den Diamantenschleifer anzogen, sondern erzählten auch von Orgien, schwarzen Messen und geheimen Versammlungen, die in bestimmten Monumenten abgehalten wurden, beispielsweise in dem gewaltigen, den Friedhof überragenden Mausoleum, am Grab von Allan Kardec, einem Zauberer aus dem vorigen Jahrhundert, dessen mystische Kunst nach wie vor zahlreiche Anhänger hatte, oder am Grab von Jim Morrison. Doch angesichts der herrschenden Kälte schien es mir wenig wahrscheinlich, daß gerade in diesem Moment irgendwo zügellose Gelage gefeiert wurden. Bestimmt war ich wieder einmal Opfer meiner eigenen Phantasie geworden. Ich wartete eine Weile, und als nichts geschah, ging ich den Chemin Maison hoch.

Der Weg war steiler, als ich vermutet hatte. Die Überquerung der Avenue Trudaine in der vorigen Nacht war im Vergleich hiermit das reinste Kinderspiel gewesen. Wegen des Gefälles rutschte der Schnee weg und machte das Glatteis noch gefährlicher. Einfacher wäre es gewesen, auf eine Achterbahn zu klettern. Ohne die Grabsteine, an denen ich mich im letzten Moment immer wieder festhielt, wäre ich mehr als einmal den Hang hinuntergerutscht. Einmal stieß ich mit solcher Wucht gegen eines der Gräber, daß die Taschenlampe und auch Olga um ein Haar zu Boden fielen. So dauerte es eine halbe Ewigkeit, bis ich endlich den höchsten Punkt der Steigung und das dort thronende Mausoleum des Duc de Plaisance erreichte. Ich legte meine Last in den Schnee, war völlig erschöpft und spürte stechende Schmerzen in meinem rechten Knie. Meine an dieser Stelle zerrissene Hose enthüllte eine Schnittwunde, die ich mir bestimmt zugezogen hatte, als ich gestolpert war. Ich reinigte sie mit meinem Taschentuch, bevor ich mich mit dem Rücken an das Mausoleum lehnte, um wieder zu Kräften zu kommen. Dieses Monument war die perfekte Illustration des Satzes »Hast du mich in meinem schönen Grab gesehen?« Stolz stellte Charles François Lebrun, Duc de Plaisance und hoher Würdenträger des Ersten Kaiserreichs, dort sein erfolgreiches Leben zur Schau. Seine Grabstätte erinnerte mich an das herrschaftliche Haus von Max Montignac. Mit dem Geld seiner Gläubiger hätte er sich problemlos eine ähnliche Grabstätte errichten lassen können. Dieser Gedanke erinnerte mich an Olga. Ich hob sie auf meine Schulter und setzte meinen Weg fort.

Kurze Zeit später stand ich am Grab von Sergej Prévot. Es befand sich neben einem Grab mit einem Flachrelief, das einen Mann und eine Frau mit Hund darstellte. Hier legte ich Olga nieder und holte ihre Sachen sowie die Eisenstange, die ich am Friedhofseingang zurückgelassen hatte. Da ich nichts

Schweres transportieren mußte, kam mir der Weg weitaus weniger anstrengend vor.

Etwa in der Mitte des Chemin Maison vernahm ich von neuem die Litanei, die mich vorhin bereits überrascht hatte. Diesmal jedoch konnte ich sie deutlicher hören; sie bestand aus einem einzigen englischen Wort, das von einer sehr weichen Stimme sehr leise gesungen wurde: *Waiting, waiting, waiting, waiting*. Der Rest setzte sich aus leicht zögerlichen Sätzen zusammen und wurde vom Hämmern einer Baßgitarre begleitet, deren Rhythmus die Litanei zerriß und sie gleichzeitig fortsetzte: *Waiting for you to come along – waiting for you to hear my song*. Ich erkannte die Stimme von Jim Morrison, der das Lied *Waiting for the sun* sang. Die Stimme klang von der sechsten Abteilung zu mir herüber, von unweit der Stelle, an der ich Olga begraben wollte. Ich hielt inne und wußte nicht recht, was ich tun sollte. Die Musik wurde immer lauter, breitete ihre ohrenbetäubenden Akkorde über dem gesamten Friedhof aus und störte dessen Ruhe. Gerüchten zufolge fanden ziemlich häufig Versammlungen an Jim Morrisons Grab statt. Am darauffolgenden Morgen fand man hier und auf den umliegenden Gräbern allerlei Überreste dieser nächtlichen Feierlichkeiten, Kritzeleien, leere Flaschen, gebrauchte Spritzen, Marihuanastummel, doch ich konnte mir nicht vorstellen, daß es auch bei dieser Kälte zu solchen Festen kam. Wie viele mochten es wohl sein, die der winterlichen Unerbittlichkeit trotzten? Von Zeit zu Zeit huschten irrlichter- oder laserähnliche Taschenlampenstrahlen über die Gräber und beleuchteten im Rhythmus der Musik tanzende Schatten. Die Nacht, der Ort, dieses Licht, dieser markerschütternde Baß, der in krassem Gegensatz zu den zarten Orgeltönen stand – das alles trug dazu bei, daß einem diese Schatten übermäßig groß und unwirklich vorkamen. Bei ihrem Anblick hatte ich das Gefühl, ich würde an einer gigantischen Hexenmesse teilnehmen.

Spontan wollte ich umkehren, doch im nächsten Moment überlegte ich es mir anders. Selbst wenn man mich entdeckte, würde sich niemand um mich kümmern. Zu befürchten war lediglich, daß der Lärm irgendwelche Aufseher herbeilocken könnte. Schließlich hatten die von den Morrison-Fans angerichteten Schäden – einer von ihnen hatte sogar die den Sänger darstellende Skulptur entwendet – schon vor längerer Zeit zu einer verstärkten Überwachung des Friedhofs geführt. Falls auch in dieser Nacht Wächter anwesend waren, mußte ich mich allmählich beeilen.

Unverzüglich ging ich zum Grab von Sergej Prévot. Nach eingehender Betrachtung entdeckte ich zwischen der Einfassung des Grabes und dem Grabstein eine Spalte, in die ich die Eisenstange schob, auf die ich mich anschließend mit ganzer Kraft stemmte. Da der Stein lediglich durch sein eigenes Gewicht an seinem Platz gehalten wurde, gelang es mir, ihn um etwa dreißig Zentimeter zu verschieben, was für den Anfang gar nicht so übel war. Im angrenzenden Teil des Friedhofs war das Jim-Morrison-Konzert in vollem Gange. Morrisons Stimme war so laut, als würde er unmittelbar hinter mir stehen. Wahrscheinlich war *Waiting for the sun* das Lieblingslied seiner Fans, denn unentwegt erklangen die gleichen, vom Dröhnen der Baßgitarre begleiteten Sätze:

At first flash of Eden we raced down the sea,
Standing there on freedom's shore,
Waiting for the sun, waiting for the sun.

Die Musik hatte eine beruhigende Wirkung auf mich. Sie ließ mich vergessen, aus welch traurigem Grund ich hierhergekommen war, ganz so, als sei Jim Morrison da, um mir zu helfen. Sie erinnerte mich an die Nachbarin, die ihr Kirchenlied gesungen hatte, während ich verzweifelt versuchte, Olga wiederzubeleben. Das war mir zwar nicht gelungen, doch der Gesang der Nachbarin hatte meinen Handgriffen jene Regelmäßigkeit verliehen, die bei dieser Tätigkeit erforderlich gewesen war.

Der Stein bewegte sich weitere zehn Zentimeter zur Seite, ehe er endgültig liegenblieb. Es war einfach unmöglich, ihn noch mehr zu verschieben, zumal ich mich auf nichts aufstützen konnte. Drückte ich ihn in die eine Richtung, so rutschten meine Füße in die andere Richtung weg, und ich drohte bäuchlings in den Schnee zu fallen. Stemmte ich mich gegen das Grab des Paares mit dem Hund, so wurde der Abstand zwischen den beiden Gräbern so groß, daß ich das an Kraft verlor, was ich an Standfestigkeit gewonnen hatte. Mit großer Mühe gelang es mir am Ende doch noch, den Stein um ein weiteres Stückchen zu verrücken. Im Innern der Grube war reichlich Platz für Olga. Mehr verlangte ich gar nicht. Dort würde meine Patientin völlig ungestört ruhen können, niemand würde sie mit einem anderen Sarg behelligen. Allerdings mußte ich die Öffnung noch ein wenig vergrößern. Gleichzeitig galt es aufzupassen, daß der Stein sich nicht zu weit verschob und womöglich sogar in den Schnee kippte. Angesichts seines Gewichts würde ich nicht in der Lage sein, ihn wieder an seinen Platz zu bewegen. Ich mußte den Stein also Zentimeter für Zentimeter zur Seite schieben und darauf achten, daß er auf dem Grabrand nicht aus dem Gleichgewicht geriet.

Plötzlich stellte sich der Stein beinahe senkrecht in die Höhe und sank auf der anderen Seite des Grabes zu Boden. Einen Moment lang betrachtete ich die Katastrophe, ohne zu reagieren. Der Schnee hatte den Aufprall gedämpft und verhindert, daß der Stein gebrochen war. Mit einer Seite lag er nach wie vor auf dem Sockel. Mit Hilfe der Eisenstange versuchte ich ihn hochzuheben und ihn gleichzeitig nach vorne zu schieben, um ihn auf diese Weise erneut an seinen ursprünglichen Platz zu bringen, doch immer wieder fiel er in den Schnee. Nach mehreren erfolglosen Versuchen war ich genauso verzweifelt wie an jenem Abend, an dem ich mich vergeblich bemüht hatte, Olga wiederzubeleben. Währenddessen ging das Konzert weiter. Zwischen zwei Harmonikaakkorden war Jim Morrison zu einem schwungvolleren Lied übergegangen; ich hörte seine kraftvolle Stimme:

Let it roll, baby, roll; let it roll, baby, roll.
Let ist roll all night long.

Eine Ermahnung, die auch direkt an mich gerichtet sein konnte. Wie es aussah, drohte in der Tat die Gefahr, daß ich die ganze Nacht auf diesem Friedhof verbringen mußte. Während ich über eine Lösung nachdachte, legte ich Olga mitsamt ihrem Mantel und ihrer Tasche in das Grab, auf den Sarg von Sergej Prévot. Ich brauchte das Grab nur wieder zu schließen, doch das war leichter gesagt als getan. Als ich mit dieser Arbeit beginnen wollte, hörte ich plötzlich jemanden fragen:

»Wie geht es dir, mein Freund?«

Vor lauter Verblüffung ließ ich die Eisenstange aus der Hand rutschen. Herostrat war mir doch wohl nicht bis hierher gefolgt! Doch es war nicht seine Stimme. Als ich mich umdrehte, stand ich einem großen, schlaksigen Kerl gegenüber, der aussah, als sei er gerade aus einem Sarg gestiegen oder als wolle er sich in einen zurückbegeben. Er war äußerst mager. Der dichte Bart, hinter dem sein halbes Gesicht verschwand, und die langen Haare, die ihm bis auf die Schultern reichten, ließen ihn wie den Heiland höchstpersönlich aussehen. Die Art, wie er gekleidet war, überraschte mich. Obwohl Minusgrade herrschten, trug er lediglich eine Jeanshose und ein weißes Seidenhemd mit Rüschen. Er sah mich lächelnd an, in seinen hellen Augen lag ein fluoreszierender Glanz.

»Wie geht es dir?« wiederholte er.

Ohne eine Antwort abzuwarten, näherte er sich dem Grab, und bevor ich ihn daran hindern konnte, öffnete er die Hülle, in der Olga lag. Ich dachte, bei ihrem Anblick würde er laut aufschreien, doch statt dessen nahm er ihren Kopf in beide Hände und schaute ihr starr in die Augen. Im Schein meiner Taschenlampe wirkte diese Szene ausgesprochen gespenstisch. Es war, als würde Olga ihm die Zunge herausstrecken.

Im selben Moment sang Jim Morrison:

Ashen lady, Ashen lady,

Give up your vow, Give up your vow,
Save our city, Save our city, right now.

Der Mann beugte sich noch ein wenig tiefer über Olga.

»Ashen lady«, murmelte er, »Jim hat recht, du bist die blasse, aschgraue Lady. Sei herzlich willkommen, denn wir haben auf dich gewartet. Seit du hier bist, wird der Friedhof von lauter Vibrationen erfüllt. Du bist ihr Zentrum, sie gehen von dir aus, sie umkreisen alle anderen Gräber und kehren hierher zurück, um mit der Musik zu verschmelzen. Dann erhebt sich Jims Stimme zu den Sternen und vereint sich mit dem Großen Kosmos, der alle Unterschiede aufhebt. Der Mann ist auch Frau; der Tod ist das Leben; der Haß ist die Liebe; Krieg ist Frieden; die Leere ist Fülle. Und umgekehrt. Ashen Lady, für dich allein singt Jim *Waiting for the sun*. Die Sonne, das bist du, du mit deiner aschgrauen Haut und deinen feuerroten Haaren. Wenn der Tod deine Haare wachsen läßt und deine Haare den Großen Kosmos bestrahlen, wirst du die Stadt retten, so wie Jim es sich wünscht. Eure Stimmen werden ineinanderfließen. Sie werden die Seele dieser Musik sein, und ich bin das Instrument, das sie zum Klingen bringen wird.«

»Spielen Sie diese Musik?« fragte ich den Mann, überwältigt von seinen Worten.

»Man kann sie deutlich hören, nicht wahr?« erwiderte er stolz. »Für Jim ist nur das Beste gut genug: XBS-Baßverstärker mit vier vorprogrammierten Geräuschkulissen, wenn du verstehst, was ich meine. Für die Verstärker habe ich Fünfzig-Watt-Lautsprecher umgebaut. Das dröhnt bis zum Colombarium. Ich kann sowohl den Doppelkassettenrecorder mit der Autoreverse-Aufnahme- und Wiedergabefunktion als auch den 36er Laser-Digital-CD-Player benutzen. Man muß natürlich wissen, wie so was funktioniert, aber das ist für mich kein Problem, denn in einem früheren Leben war ich Discjockey. Ich habe gelernt, wie man sich vom Musikprogramm einer Diskothek auf ein Friedhofsprogramm umstellt.

Das Dumme ist nur, daß ich hier nicht an das elektrische Netz angeschlossen bin und für die Stromversorgung auf R20-Trockenbatterien zurückgreifen muß, die ziemlich oft ausgewechselt werden müssen. Das ist ein bißchen blöd, aber ansonsten kann ich mich nicht beklagen, es ist gutes Material, ich habe zwei Jahre Garantie darauf und kann es in zehn Monatsraten mit meiner FNAC-Karte abbezahlen.«

Es kam mir eher so vor, als sei er in seinem früheren Leben Vertreter für HiFi-Zubehör oder Discjockey in einer psychiatrischen Anstalt gewesen. Doch das war nicht das Problem. Ich deutete auf das Grab von Sergej Prévot.

»Könnten Sie mir vielleicht helfen, das hier wieder in Ordnung zu bringen?«

»Du hast recht«, sagte er mit feierlicher Stimme, »das Grab muß wieder geschlossen werden. Nur Jim allein soll entscheiden, wann die Gräber sich öffnen werden. Ich werde *Waiting for the sun* noch einmal spielen. Das ist unbedingt nötig. Warte hier auf mich, in einer Minute bin ich wieder da, meine Musikkassette ist bei Jim. Da ich ganz allein hier bin, muß ich dafür sorgen, daß die Bude in Schwung bleibt.«

Er verschwand in der Dunkelheit, und kurz darauf ertönte von neuem im Rhythmus der dumpfen Bässe die Stimme des Sängers. Ich nutzte diese Gelegenheit, um den Kleidersack wieder zu schließen. Als der Kerl zurückkam, machten wir uns sogleich an die Arbeit. Ich legte die Eisenstange wie einen soliden Keil unter den Stein und hob ihn hoch, damit mein Helfer ihn mit beiden Händen fassen konnte. Ich hätte nie gedacht, daß dieser extrem magere Kerl so stark sein würde. Mit vereinten Kräften gelang es uns, den Stein in seine ursprüngliche Position zurückzuschieben. Er lag zwar nicht perfekt auf dem Grab, doch das würde niemand merken, sofern er nicht ernsthafte Gründe hätte, sich für diese Grabstätte zu interessieren.

Der Discjockey legte beide Hände auf den Grabstein und versank in tiefe Meditation. Plötzlich wurde eines mir völlig klar: Ich hatte Olga nicht nur auf diesen Friedhof geschleppt, um sie verschwinden zu lassen, sondern um sie zu beerdigen. Ein wahrlich merkwürdiges Begräbnis. Gesetzeswidrig und ohne behördliche Genehmigung. In keinem Register festgehalten. Eine Sache zwischen ihr und mir. Wie der Vertrag, der einen Analytiker an seinen Patienten bindet. Und falls es tatsächlich um nichts anderes ging? Dann wurde der Vertrag hiermit erfüllt. Nur wir zwei. Und in gewisser Hinsicht diejenigen, die sich Olga genähert oder die Couch mit ihr geteilt hatten. Die Universitätsprofessoren, die Mathematiklehrerin, der Schnellschießer, der ihretwegen seine Sitzungen verpaßt hatte, der Depressive, möglicherweise auch Herostrat, der mit uns kommen wollte. Und natürlich auch Max, und nun dieser Discjockey – sie alle waren Teilnehmer an dieser seltsamen Beerdigung. Der Beerdigung einer Diebin in einem Grab, das ihr nicht gehörte. Konnte man sich ein schöneres Ende für sie vorstellen?

Nebenan beendete Jim Morrison sein Lied mit den Worten:

This is the strangest life
I' ve ever known.

Besser konnte man es nicht ausdrücken...

Leise rieselte der Schnee.

Bald würde er alle meine Spuren gelöscht haben. Ich blieb noch eine Weile an Olgas Grab stehen; dann verließ ich den Friedhof, bevor der Discjockey wieder aus seiner Andacht erwachte.

8

Als ich wieder zu Hause war, hatte ich Probleme mit dem Einschlafen. Ich wälzte mich in meinem Bett von einer Seite auf die andere und glaubte unentwegt, Jim Morrison und sein Lied *Waiting for the sun* zu hören. Kurz nachdem ich endlich hinübergedämmert war, klingelte das Telephon. Zuerst dachte ich, es sei das Geräusch einer Baßgitarre, so daß ich die Augen öffnete und damit rechnete, den Discjockey neben meinem Bett stehen zu sehen. Es dauerte eine Weile, bis ich begriff, daß ich in meinem Bett lag und nicht auf dem Friedhof von Père-Lachaise war und daß das Telefon mich geweckt hatte.

Mit leicht zitternder Hand hob ich den Hörer ab:

»Ja.«

»Monsieur Lamy von der Europäischen Handelsbank. Ich rufe wegen Ihres Kontos an. Sie haben einen Brief von uns erhalten, doch ich würde mich gerne persönlich mit Ihnen unterhalten.«

Ich konnte mich vage an einen Brief erinnern, in dem die Bank mir mitteilte, daß ich mein Konto um zweihundertfünfzigtausend Francs überzogen hatte. Aber das war – wie der Discjockey wohl gesagt hätte – in einem früheren Leben gewesen.

»Können Sie nicht ein andermal anrufen? Heute ist Samstag.«

»Für Sie ist Ihre Agentur auch samstags geöffnet, Monsieur

Durand. Kann ich nun mit Ihnen sprechen? Es wird nicht lange dauern.«

»Na gut«, sagte ich resigniert.

»Sie schulden uns zweihundertsiebenundvierzigtausendzweihundertachtundachtzig Francs und dreiundsechzig Centimes«, erklärte er im Ton einer Rechenmaschine. »Es ist nicht das erste Mal, daß Sie Ihr Konto überziehen. Diesmal jedoch muß ich Sie bitten, die Sache so schnell wie möglich in Ordnung zu bringen, andernfalls werden wir gezwungen sein, Ihre Akte an die Banque de France weiterzuleiten und außerdem Ihr Scheckbuch und Ihre Kreditkarten einzuziehen.«

Mit einem Mal hatte ich große Lust, einfach aufzulegen. Konnte man mich nicht endlich in Ruhe lassen mit diesen verdammten Geldproblemen? Schon Max hatte geglaubt, ich hätte Olga umgebracht, um sie zu bestehlen. Aus demselben Grund verdächtigte Chapireau mich der Beihilfe zum Mord, und nun ging dieser Kerl mir auch noch mit einem überzogenen Konto auf den Wecker.

»Könnten Sie mir nicht noch einmal einen kleinen Aufschub gewähren?« fragte ich und gab mir Mühe, nicht die Beherrschung zu verlieren. »Beim letzten Mal taten Sie das, und alles lief bestens.«

»Das wird allerdings mit Kreditkosten verbunden sein, Monsieur Durand.«

»Macht nichts«, erwiderte ich, um das Gespräch so schnell wie möglich zu beenden. »Einen Aufschub von zwei Wochen, wäre das möglich?«

»Eine Woche. Bestätigen Sie uns das schriftlich und legen Sie eine erste Überweisung bei als Beweis Ihres guten Willens.«

»In Ordnung«, sagte ich.

»Wieviel können Sie zurückzahlen?«

Ich dachte an Olgas Geld in meinem Schreibtisch. Schließlich schuldete sie mir dieses Geld für ihr Begräbnis und all den Ärger, den sie mir eingebrockt hatte.

»Sagen wir zwanzigtausend.«

Kurzes Schweigen. Zweifellos wollte Monsieur Lamy mir damit zu verstehen geben, daß er angestrengt über meinen Vorschlag nachdachte. Schließlich sagte er, so als würden wir über mein Weihnachtsgeld verhandeln:

»Das ist zwar nicht besonders viel, aber als erste Überweisung würden wir uns damit zufriedengeben. Anschließend sehen wir dann weiter. Ich warte also auf Ihren Brief, Monsieur Durand.«

Dann legte er auf, ohne mir ein schönes Wochenende zu wünschen.

Es war zu spät, um wieder einzuschlafen. Ich duschte und machte mir eine Tasse Kaffee, die ich im Wohnzimmer trank. Am Nachmittag würde ich einige Patienten empfangen – für Neurotiker war meine Praxis auch samstags geöffnet. Dann würde Mathieu kommen und bis zum darauffolgenden Abend bei mir bleiben. Normalerweise hätte mich nichts von alldem gestört, weder die Patienten noch Mathieu, auf den ich mich stets freute. Heute jedoch wollte ich unbedingt wissen, wie es um die Sache mit Olga stand. Gewiß, in meiner Wohnung war nichts mehr von ihr zu sehen, und ich bezweifelte sehr, daß Chapireau herausfinden würde, was passiert war. Außer Vermutungen hatte er lediglich Mai-Lis Zeugenaussage gegen mich in der Hand. Was könnte er damit anfangen? Beweisen, daß Olga meine Geliebte gewesen war? Vom Standpunkt der psychoanalytischen Ethik aus betrachtet, war das ein Fehler gewesen, doch es gibt kein Gesetz, das eine solche Beziehung verbietet. Zudem war es kein Beweis dafür, daß ich an Max' Ermordung beteiligt gewesen war. Blieben Herostrat und der Discjockey. Doch ich konnte mir nicht vorstellen, daß diese beiden eine Gefahr für mich darstellten. Zudem war ich bestens auf einen Erpressungsversuch Herostrats vorbereitet. Vom mystisch-verrückten Discjockey indes war kaum anzunehmen, daß er der Polizei erzählen würde, er sei mir bei Olgas Beerdigung behilflich gewesen. Dennoch war ich längst nicht aus dem Schneider. Wer meine Patientin erwürgt hatte, war für mich nach wie vor ein Rätsel. Die Vorkommnisse der letzten Tage hatten mich lediglich davon überzeugt, daß von Chapireau diesbezüglich keinerlei Hilfe zu erwarten war. Und ebensowenig von Zlibovic. Am nächsten Montag sollte ich wieder zu ihm gehen, doch ich konnte mir nicht vorstellen, daß diese Sitzung mehr bringen würde als die vorangegangenen. Möglicherweise mußte ich mich darauf einstellen, daß ich die Wahrheit nie erfahren würde. Doch damit wollte ich mich keinesfalls abfinden. In meinem Innersten war ich mir ganz und gar nicht sicher, daß ich mit dieser Geschichte abgeschlossen hatte. Ich wußte nur nicht, was als nächstes auf mich zukommen würde.

Der Nachmittag verlief einigermaßen normal. Die Patienten legten sich einer nach dem anderen auf die Couch, und ich hörte ihnen zu, so gut meine Verwirrung das zuließ.

Am späten Nachmittag empfing ich die Mathematiklehrerin.

Sie hielt kurz inne, bevor sie das Sprechzimmer betrat. Fürchtete sie sich etwa vor den Gespenstern ihrer vorherigen Sitzung? Ihr Zögern war allerdings nur von kurzer Dauer. Nachdem sie ihren Mantel an den Kleiderhaken gehängt hatte, streckte sie sich mit entschlossener Miene auf der Couch aus. Ich war überrascht: gewöhnlich legte sie ihre Sachen nicht ab und gab auch ihre Schulmappe, die sie selbst dann mitbrachte, wenn sie keinen Unterricht hatte, nie aus der Hand.

Ich rechnete damit, daß sie mir gleich nach dem Hinlegen meine Abwesenheit am letzten Donnerstag vorwerfen würde. Statt dessen hörte ich, wie sie murmelte:

»Ich kann Grausamkeiten nicht widerstehen.«

Ich spürte, wie es mir kalt über den Rücken lief.

»Wie bitte?«

Sie wandte sich mir zu und sah mich verwundert an, ehe sie erneut ihre normale Position einnahm.

»Ich habe etwas sehr Schreckliches getan.«

Sie hielt kurz inne, bevor sie weiterredete:

»Es geschah nach einer schriftlichen Prüfung. Ein Schüler hatte seine Uhr auf seinem Pult liegengelassen. Das machen sie bei Prüfungen häufiger, weil sie glauben, sie hätten die Zeit besser im Griff, wenn eine Uhr vor ihnen liegt. Besagter Schüler hatte das Klassenzimmer verlassen und seine Uhr vergessen. Ich wollte ihn zurückrufen, doch da war er bereits weg. Sobald sie ihre Arbeit abgeschlossen haben, machen sie sich nämlich schnellstens davon. Bevor ich also merkte, was los war, war das Klassenzimmer leer, und auf einem der Pulte lag diese Armbanduhr. Außer mir hatte niemand sie bemerkt. Natürlich hätte ich sie im Sekretariat abliefern müssen, damit die Sekretärin sie dem Schüler hätte zurückgeben können. So wird das normalerweise gehandhabt. Doch ich habe die Uhr behalten. Mit ihrem Wert hat das nichts zu tun. Solche Uhren bekommt man für hundert oder zweihundert Francs überall zu kaufen. Das war nicht das Problem. Einen Kugelschreiber hätte ich abgeliefert, aber eine Uhr, das ist etwas anderes. Indem ich diese Uhr an mich nahm, beging ich einen Diebstahl. Und genau darin lag für mich der besondere Reiz. Ein Lehrer, der einen Schüler bestiehlt, das ist eine ungewöhnliche, sehr grausame Tat, die sich nicht nur gegen den Schüler persönlich richtet, sondern auch gegen die Kollegen, gegen das Gymnasium und sogar gegen meinen Beruf. Ich mißachtete das alles, und gleichzeitig mißachtete ich mich selbst. Dieser Diebstahl kam mir wie eine Wohltat vor, ich konnte der Versuchung einfach nicht widerstehen. Gleichzeitig konnte ich nicht begreifen, daß ich so etwas getan hatte.«

Ich übrigens auch nicht. Was sie mir soeben erzählt hatte, machte mich völlig sprachlos.

»Was ist bloß in Sie gefahren?«

»Das ist schwer zu erklären... Letzten Montag herrschte

eine äußerst eigenartige Atmosphäre in Ihrem Sprechzimmer, Sie schienen sich nicht recht wohl zu fühlen. Als ich mich auf Ihre Couch legte, hatte ich das Gefühl, in großer Gefahr zu sein, so als wollte jemand mich an sich zerren, mich ins Verderben stürzen; ich hatte nur noch den Wunsch, so schnell wie möglich die Flucht zu ergreifen. Doch der andere, der unter der Couch lag, verfolgte mich. Ich hörte seine Stimme, die unsinniges Zeug von sich gab, die mich davon überzeugen wollte, daß mir nichts Besseres zustoßen könnte als eine solche Grausamkeit, daß ich meinen Impulsen nachgeben müßte, um sie genießen zu können. Ich war unfähig, mich dieser Stimme zu entziehen, sie war überall, im Klassenzimmer inmitten der Schüler, sogar im Lehrerzimmer inmitten meiner Kollegen. Einmal glaubte ich sogar, der Direktor höchstpersönlich würde mir diese Ratschläge erteilen. Verstehen Sie? Diese schreckliche Sitzung ist an allem schuld. Am letzten Donnerstag wollte ich mit Ihnen darüber reden, doch Sie waren nicht da. Es war das erste Mal, daß Sie mir Ihre Couch vorenthielten. Sie ließen mich im Stich, lieferten mich dieser Stimme aus, die mich ständig bedrängte. Aus diesem Grund habe ich die Uhr gestohlen. Anschließend fühlte ich mich sofort besser. Die Stimme hatte recht: Man muß tun, wozu man Lust hat, auch wenn es etwas Schlechtes ist. Dieses Gefühl des Aufblühens war sehr merkwürdig. Ich hatte so etwas noch nie erlebt. Bloß weil ich einem Schüler eine völlig wertlose Uhr gestohlen hatte. Eine seltsame Tat, nicht wahr? Ich sagte mir, daß ich meinen Weg nun endlich gefunden hätte; ich war zur Diebin geworden und schämte mich dessen nicht im geringsten.«

Mir war, als würde ich Olga zuhören. Gewiß, noch klaute die Mathematiklehrerin keine goldenen Jaeger-LeCoultre-Uhren, aber möglicherweise war der Weg dorthin nicht mehr allzuweit.

»Sie können die Uhr immer noch zurückgeben«, entgegnete ich.

»Sie begreifen aber auch gar nichts!« entrüstete sich die Mathematiklehrerin. »Ich habe keine Lust, diese Uhr zurückzugeben. Wenn Sie wüßten, wie glücklich ich nach diesem Diebstahl war! Und nun verlangen Sie von mir, daß ich auf dieses Glücksgefühl verzichte? Nach dem Diebstahl hatte ich Unterricht in einer besonders anstrengenden 10. Klasse. Bestimmt haben Sie schon von Schülern gehört, die glauben, ihnen sei alles erlaubt, die einen ständig unterbrechen, die sich während des Unterrichts in eine Ecke des Klassenzimmers stellen und miteinander diskutieren. Kurzum: die nichts anderes im Sinn haben, als ihren Lehrer zu ärgern. Nun, ich muß an jenem Tag so glücklich und selbstbewußt gewirkt haben, daß sie nicht einmal versuchten, mich aus der Fassung zu bringen. Und so verlief der Unterricht einmal völlig normal. Können Sie sich das vorstellen? Ich mußte einen Schüler bestehlen, damit endlich eine Klasse Respekt vor mir zeigte.«

Beabsichtigte sie etwa, eine Karriere als verbrecherische Erzieherin einzuschlagen? Ich stellte ihr diese Frage.

Sie lachte.

»Ehrlich gesagt, ich weiß es nicht. Heute morgen, im Gymnasium, habe ich heimlich die Taschen der anwesenden Kollegen durchwühlt, einfach nur um zu sehen, was geschehen würde. O nein, ich habe nichts Wertvolles gestohlen, meine Kollegen sind nicht reich. Ein einziger von ihnen hatte tausend Francs in seiner Brieftasche, alle anderen hatten nur Kugelschreiber und ein wenig Kleingeld dabei. Doch es war ein ermutigender Anfang. Bevor ich Profi werde, beklaue ich weiterhin meine Schüler und meine Kollegen. Das scheint mir einstweilen vernünftiger zu sein. Zudem würde ich gerne einmal im Büro des Direktors einbrechen. Die Räumlichkeiten sind mir bestens bekannt; ich weiß, daß der Tresor in einem Schrank untergebracht ist, daß dort das Bargeld für die laufenden Ausgaben der Schule aufbewahrt wird. Die Schlüssel befinden sich in einer Schublade im Schreibtisch des Direktors. Das habe ich schon vor längerer Zeit herausgefunden. Unbewußt habe ich wohl schon öfter daran gedacht. Es würde sich lohnen, es einmal zu versuchen. Während ich die 10. Klasse unterrichtete, dachte ich intensiver darüber nach. Ich sagte mir, daß dcr späte Nachmittag der günstigste Zeitpunkt wäre, nach achtzehn Uhr, wenn die Sekretärin gegangen ist und der Direktor an einer Lehrerkonferenz teilnimmt. Zur Zeit ist er hauptsächlich mit solchen Konferenzen beschäftigt, denn das Schuljahr geht allmählich zu Ende. Die einzige Schwierigkeit besteht darin, die Tür seines Büros aufzubrechen.«

Man müßte es mal mit einer Eisenstange versuchen, dachte ich.

»Ich würde keine schweren Werkzeuge benötigen«, erwiderte die Mathematiklehrerin, so als hätte sie meine Gedanken erraten. »Es ist schließlich keine Panzertür. Eine Schere oder ein metallenes Lineal würde genügen. Ich werde sie einem meiner Schüler entwenden. Sobald ich im Büro bin, geht alles wie von selbst. Und wenn der Coup mir gelingt, werde ich mich noch selbstsicherer fühlen und mein Glück in Geschäften versuchen.«

Ein richtiger Karriereplan. Was mich am meisten erstaunte, war ihre Ruhe. Sie blickte zuversichtlich in die Zukunft. Ohne zu wissen warum, dachte ich an den Schnellschießer. Herostrat hatte mir erzählt, daß der Schnellschießer die Mathematiklehrerin während meiner Abwesenheit am letzten Donnerstag zu trösten versucht hatte. Komisch, daß sie mir nichts davon erzählte. Doch es war nicht meine Aufgabe, dieses Thema zur Sprache zu bringen.

»Gut, Madame«, sagte ich und erhob mich.

Sie tat das gleiche. Mit einer raschen Handbewegung strich ich meine Haare nach hinten, während sie ihren Mantel vom Kleiderhaken nahm. Dann gab sie mir dreihundert Francs.

»Es ist das Geld meines Kollegen«, sagte sie in zufriedenem Ton.

Ich reichte ihr die Hand und tat so, als hätte ich diesen Satz überhört. Dann begleitete ich sie zur Tür meiner Praxis.

Vom Fenster aus sah ich, wie sie munteren Schrittes die Avenue Trudaine überquerte. Ich konnte ihre Verwandlung noch immer nicht begreifen. Hatte sie tatsächlich vor, zu einer professionellen Diebin zu werden? Nahm das denn nie ein Ende? Kaum war ich Olga los, schon wurde sie durch eine andere ersetzt. Es sah aus, als seien die Patienten stets ein Spiegelbild ihres Analytikers, als würden sich immer dieselben Leute auf dessen Couch legen.

Ich war froh, daß Herostrat nicht draußen auf der Lauer lag. So brauchte ich beim Verlassen des Hauses zumindest keine Tricks anzuwenden, um ihm aus dem Weg zu gehen. Die Mathematiklehrerin bog wie gewohnt nach rechts ab und verschwand in Richtung Square d'Anvers.

Zum ersten Mal, seit sie bei mir in Behandlung war, kam sie mir beinahe attraktiv vor.

Um neunzehn Uhr dreißig sollte ich Mathieu in der Rue de Seine abholen, wo er mit seiner Mutter lebte. Da es noch nicht einmal achtzehn Uhr war, brauchte ich mich nicht zu beeilen. Ich schenkte mir im Wohnzimmer ein Glas Whisky ein und legte mich auf das Sofa. Ich hatte mir schon lange keine Entspannung mehr gegönnt. Neben dem niedrigen Tischchen bildete der verschüttete Orangensaft einen großen, kreisförmigen Fleck auf dem Teppichboden. Er hätte sofort entfernt werden müssen, doch seit ihrer Vorladung bei Chapireau hatte sich Mai-Li nicht wieder bei mir blicken lassen. Ich schuldete ihr noch einen Monatslohn und fragte mich, ob sie wegen dieses Geldes wohl noch einmal herkommen würde. Ganz gleich, welche Schuldgefühle sie mir gegenüber empfand, es gab für mich keinen Grund, sie nicht zu bezahlen. Dann dachte ich an Rebecca. War sie mir wegen der Sache neulich immer noch böse? Von ihrem Bild, das mir gegenüber hing, ging ein Farbengewirr aus, das mir unbegreiflich war. Doch wahrscheinlich gab es gar nichts zu begreifen. Ich wünschte mir nur, Rebecca möge neben mir auf diesem Sofa liegen und einen Satz zu mir sagen, den keine andere Frau so zu sagen verstand: »Vergessen Sie dieses Bild, das Sie nichts angeht, und kümmern Sie sich statt dessen um mich.«

Nichts anderes wäre in diesem Augenblick von Bedeutung gewesen.

Plötzlich riß mich das Klingeln des Telefons aus diesen Gedanken.

Ich erkannte Charvets Stimme am anderen Ende der Leitung.

»Wir haben uns dir gegenüber nicht sehr fair verhalten, als wir uns neulich sang- und klanglos aus dem Staub machten«, sagte er. »Ich wollte mich bei dir dafür entschuldigen.«

»Ihr könnt nichts dafür, es war meine Schuld. Grossmann und seine borromäischen Knoten – ich hatte ganz andere Dinge im Kopf.«

»Vermutlich deinen Wagen, den dieser Schwachsinnige unten vor dem Haus ramponierte. Aber warum hast du uns nichts davon gesagt?«

»Wozu? Das hätte doch nichts an der Sache geändert. Ich kenne den Fahrer, er ist ein anständiger Kerl, um alles andere werden sich unsere Versicherungen kümmern.«

»Ist dieser Weihnachtsmann tatsächlich aufgekreuzt, um dir bei der Reparatur zu helfen?«

»Nein, die Batterie mußte ausgewechselt werden. Dieser Kerl treibt sich ständig hier in der Gegend rum, er wollte sich auf diese Weise etwas Geld verdienen.«

»In dem Fall solltest du ihn unbedingt mit Christiane bekannt machen, sie hat Probleme mit ihrem Wagen, und falls er sogar mitten in der Nacht und bei jedem Wetter Reparaturen vornimmt, so wäre das ein richtiger Glücksfall für sie.«

Da seine Ironie mich völlig aus dem Konzept brachte, zog ich es vor zu schweigen.

»Ich möchte mich nicht in Dinge einmischen, die mich

nichts angehen«, fuhr Charvet fort, »aber ich habe das Gefühl, daß es dir im Moment nicht besonders gutgeht.«

»Es ist nicht weiter schlimm, das heißt... nun, es handelt sich um eine komplizierte Geschichte mit einer Patientin. Ich habe gerade herausgefunden, daß sie eine Kleptomanin ist.«

Er begann zu lachen:

»Hat sie dir die Brieftasche geklaut?«

»Ich habe keine Lust, darüber Witze zu machen.«

Charvet insistierte nicht, sondern erkundigte sich nach Florence. Ich glaubte, eine gewisse Verlegenheit aus seiner Stimme herauszuhören, so als zögere er, sich mit mir über meine Ex-Frau zu unterhalten. Bisher war ich nie auf die Idee gekommen, daß die beiden ein Verhältnis miteinander haben könnten. Dabei wäre das nicht einmal so ungewöhnlich. Die Welt der Psychoanalyse ist sehr klein. Man begegnet in dieser Welt immer wieder denselben Leuten und erzählt einander bereitwillig von sich. Es kommt häufig vor, daß Analytiker ihre künftigen Patienten bei Seminaren oder Kolloquien kennenlernen. Ganz zu schweigen von jenen Abenden, an denen die Psychiater praktisch unter sich sind und bei denen bestimmte Kollegen solche Angst davor haben, ihrem eigenen Therapeuten zu begegnen, daß sie sich die Gästelisten zuvor genauestens anschauen. So kommt es zu einer merkwürdigen Nähe, die unbewußt vielleicht sogar erwünscht ist und die es mit sich bringt, daß jeder fast alles über jeden weiß, was zu allerlei Begegnungen oder Trennungen und manchmal zu den komischsten Verwechslungen führt.

»Florence kommt am Montag aus Chicago zurück«, erklärte ich. »Im Prinzip gehen wir am nächsten Mittwochabend zusammen essen.«

»Grüß sie von mir. Ich bin zu einem Seminar nach Wien eingeladen worden. In die Stadt Sigmund Freuds! Ich werde also bis Ende nächster Woche nicht zu erreichen sein, aber nach meiner Rückkehr werde ich mich mit ihr treffen.«

Dann legte er auf, und ich war irgendwie beunruhigt. Nicht

weil ich zwischen Florence und ihm etwas vermutete, sondern wegen der Details, die ich ihm über Olga erzählt hatte. Was war bloß in mich gefahren? Das würde zwar keinerlei Konsequenzen haben, doch möglicherweise müßte ich bei unserem nächsten Treffen ausführlicher darüber sprechen. Ich ärgerte mich über mich selbst, daß ich so reagiert hatte, und fragte mich, was wohl als nächstes auf mich zukommen würde. Angesichts meines Talentes, eine Dummheit nach der anderen zu begehen, mußte ich befürchten, daß ich bald einen weiteren Fehler machen würde.

Mathieu wartete bereits ungeduldig auf mich.

»Super, daß Du endlich kommst!« rief er aus, als ich zur Tür hereinkam.

»Er muß noch seine Erdkundeaufgabe beenden«, bremste die Gouvernante. »Madame Sauvagnac hat aus Chicago angerufen; sie möchte nicht, daß Mathieu morgen zu spät nach Hause kommt.«

Die ewige Leier der Miesmacher. Das paßte zu Florence. Obwohl sie sich auf der anderen Seite des Atlantiks aufhielt, konnte sie es nicht lassen, sich in unsere Angelegenheiten einzumischen. Ich versprach der Gouvernante, Mathieu zur vereinbarten Zeit abzuliefern, und machte mich schleunigst mit ihm davon.

Zuerst gingen wir in die Spielwaren-Abteilungen der großen Kaufhäuser – kurz vor den Feiertagen waren die meisten bis zweiundzwanzig Uhr geöffnet. Mathieu führte mich an den Stand, an dem ein elektrischer Playmobil-Zug aufgebaut war, ein Westernmodell, das doppelt so teuer war wie die anderen Züge. Der Form halber sträubte ich mich, um am Ende dann doch nachzugeben. Der Zug würde an Heiligabend zu ihm nach Hause geliefert werden. Weil er sich, wie er sagte, bis dahin noch so lange gedulden müßte, schaffte er es, mich zusätzlich zum Kauf eines nur mäßig überteuerten Bogenspiels für seinen Computer zu überreden. Wenn es so weiterging, würde die Bank nicht viel von dem versprochenen Vorschuß zu sehen bekommen. Doch ich war unfähig, Mathieu einen Wunsch abzuschlagen, und das nutzte der Junge schamlos aus.

Nach dem Einkaufen gingen wir essen – nur mit Mühe konnte ich uns das McDonald's-Restaurant ersparen –, und erst nachdem ich ihm versprochen hatte, mir am nächsten Tag mit ihm zusammen *Arsen und Spitzenhäubchen* von Frank Capra anzuschauen, ließ er sich endlich zu Bett bringen.

Gleich nach dem Aufwachen erinnerte er mich an mein Versprechen. Schon seit zwei Wochen ging er mir mit diesem Film auf die Nerven. Eigentlich war es mir eine Freude, mit ihm ins Kino zu gehen. Seine Filmbegeisterung gefiel mir sehr, ich erkannte darin ein Zeichen von Frühreife, und darauf war ich ausgesprochen stolz. Im Grunde freute ich mich über alles, was Mathieu tat. Er war mit seinen zwölf Jahren ein äußerst aufgeweckter Junge, der seine Latenzzeit, wenn man so sagen kann, frisch-fröhlich durchlebte. Die Liebe sowie die üblichen Geschichten zwischen Männern und Frauen stellten für ihn nur einen unwesentlichen Bestandteil des Lebens dar. Leider machten diese Themen den Hauptteil der Abenteuerfilme aus, auf die er so versessen war und deren Regisseure sich verpflichtet fühlten, den Vorlieben ihrer erwachsenen Zuschauer nachzugeben und mindestens zwei oder drei Kußszenen einzufügen, während es weitaus spannender gewesen wäre, die Szene mit dem Nashorn auszubauen, das den Forscher angreift, dem nur noch eine einzige Kugel geblieben ist, oder jene Szene, in der die Indianer das brennende Fort umzingeln und sich auf ihren letzten Angriff vor dem Eintreffen der Kavalleriesoldaten vorbereiten. Nach Mathieus Ansicht sind Abenteuer in erster Linie eine Angelegenheit kampferprobter Männer, bei der Gefühle fehl am Platz sind: Sie verlangsamen lediglich den Handlungsablauf.

Diese Erklärungen eines abgebrühten Haudegens erinnerten mich an Stewart Granger, der in dem Film *King Solomon's*

Mines nichts anderes zu tun hatte, als am Arm von Deborah Kerr durch den Dschungel zu spazieren, und bestärkten mich in dem Verdacht, daß Mathieu mit der ausschließlichen Gesellschaft seiner Mutter nicht zufrieden war.

»Sie tut sonst nichts, als den Neurotikern zuzuhören, die auf der Couch vor ihr liegen und ihr von ihrem Liebeskummer erzählen«, sagte er. »Frauen denken an nichts anderes.«

Der Schnellschießer hätte es nicht besser ausdrücken können – allerdings war der Schnellschießer kein zwölfjähriger Junge mehr. Ich bewunderte die Leichtigkeit, mit der Kinder die Welt nach ihren Vorstellungen umgestalten können. So als wüßte Mathieu nicht, daß ich die gleiche Arbeit machte wie Florence. Doch ich war ein Mann, und zweifellos konnte er sich nicht vorstellen, daß ich mich für dieselben Geschichten interessierte wie seine Mutter. Vielleicht dachte er, ich würde eine männlichere Therapie praktizieren, meinen Patienten zur Heilung die Teilnahme an einem Überlebenstraining im Urwald vorschlagen und ihnen raten, Dolch und Kompaß mitzunehmen. Fest stand jedenfalls, daß er mir dabei sehr gerne seine Mitarbeit angeboten hätte.

Nachdem wir beschlossen hatten, uns die Nachmittagsvorstellung von *Arsen und Spitzenhäubchen* anzusehen, kam ich an dem traditionellen, ihm aus *Zwölf Uhr mittags* bekannten Duell in meinem Sprechzimmer nicht mehr vorbei.

»Bei Mutter«, sagte er, »gehört die Couch den Neurotikern, und es kommt nicht in Frage, interessante Spiele darauf zu spielen.«

Bei mir durfte man das sehr wohl. Natürlich übernahm er die Rolle von Gary Cooper, während ich den Banditen spielen mußte, der mit Cooper abrechnen will. Und dann schossen wir aufeinander, jeder von seiner Couchseite aus. Doch sosehr ich mich auch bemühte, mich auf dieses Spiel zu konzentrieren, ich betrachtete die Couch mit anderen Augen und mußte immerzu an Olga denken, die auf der Couch erwürgt und anschließend unter ihr versteckt worden war.

»Was ist denn nur los mit dir, Vati?« schrie Mathieu. »Willst du etwa, daß ich dich erschieße?«

Er hatte recht: bei Abenteuern überlegt man nicht lange. Wir schossen und wurden beschossen. Ich warf mich bäuchlings auf die Couch und eröffnete das Feuer. Mathieu schoß vom Sessel aus zurück. Dann ging ich hinter einem Kissen, das ich zu mir herübergezogen hatte, in Deckung und erwiderte das Feuer, so gut ich konnte – doch erneut verfolgte mich die Erinnerung an Olga. Das eiskalte Sprechzimmer, diese erstarrte, widerliche Leiche – während ich genau an der Stelle lag, an der sie erwürgt worden war, und mit meinem Sohn Cowboy spielte.

Im selben Moment spürte ich einen metallenen Gegenstand in meinem Rücken. Mathieu hielt mich mit seinem Colt in Schach. Er war unter der Couch hindurchgekrochen, um mich von hinten anzugreifen.

»Leg deine Waffe nieder und Hände hoch!« befahl er. »Bei der geringsten Bewegung knalle ich dich ab.«

Ich mußte mich fügen. Mathieu war glücklich über seinen Sieg und gab vor, mich zu fesseln. Dann, nachdem er sich von der Festigkeit der Fesseln überzeugt hatte, legte er ebenfalls seine Waffe nieder und zog einen metallenen Gegenstand aus seiner Tasche, den er mir vor die Nase hielt.

»Einer von deinen Schlüsseln«, sagte er, »ich habe ihn unter der Couch gefunden. Du läßt deine Sachen aber auch überall rumliegen.«

Überrascht griff ich in meine Hosentaschen: Ich hatte meinen Schlüssel bei mir. Anschließend warf ich einen Blick in die Schublade meines Schreibtischs: Der Zweitschlüssel war ebenfalls nicht verschwunden. Wem also gehörte dieser dritte Schlüssel?

Da erinnerte ich mich an Max' Worte. »Als ich in Olgas Sachen wühlte, entdeckte ich Dinge, die Ihnen gehören«, hatte er gesagt. Ich erinnerte mich an den Mont-Blanc-Füller, den ich in ihrer Tasche gefunden hatte. Möglicherweise hatte sie mir auch noch andere Sachen gestohlen? Beispielsweise einen meiner Schlüssel, um sich eine Kopie davon anfertigen zu lassen. Aber warum hätte sie das tun sollen?

Diese Geschichte mit dem Schlüssel ging mir den ganzen Tag nicht mehr aus dem Kopf. Nach dem Cowboyspiel schauten Mathieu und ich uns *Arsen und Spitzenhäubchen* an. Mathieu lachte über die im Keller der beiden alten Damen versteckten Leichen. Mich hingegen erinnerten sie an meine peinvolle Expedition zum Friedhof von Père-Lachaise. Nach dem Ende des Films lieferte ich Mathieu in der Rue de Seine ab, genau um die Zeit, die mit seiner Betreuerin vereinbart worden war.

Als ich wieder zu Hause war, hörte ich die auf dem Anrufbeantworter eingegangenen Nachrichten ab: Auch Christiane Lévêque und David Grossmann entschuldigten sich für ihr Verhalten bei unserem letzten Treffen. Es kam mir vor, als hätten sich die beiden abgesprochen, oder als hätte Charvet ihnen vor seiner Abreise mitgeteilt, daß es mir derzeit nicht besonders gut ging. Wie auch immer, ich würde bei unserer nächsten Zusammenkunft um einen Vortrag über die Beziehung zwischen Psychoanalyse und Kleptomanie nicht herumkommen. Florence hatte ebenfalls angerufen: Sie wollte wissen, ob ich ein schönes Wochenende mit Mathieu verbracht hätte, und mich an unsere Verabredung am Mittwochabend im *Grand Café Capucines* erinnern.

Ich stoppte den Anrufbeantworter und ging zu Bett.

Auch in dieser Nacht konnte ich nicht schlafen. Zumindest hatte ich diesen Eindruck, denn ich war unfähig, den Schlaf von den Gedanken zu unterscheiden, die ich mir über diesen Schlüssel machte.

Und als es am Morgen allmählich hell wurde, hatte ich einen Traum, der mir einen großen Schrecken einjagte. Soeben hatte ich Olgas Grab geschlossen. Doch sie war nicht tot, sondern schlug mit den Fäusten von unten gegen die Steinplatte. Das Geräusch dieser Schläge verschmolz mit den

Klängen der Baßgitarre, die Jim Morrisons Gesang begleitete. Der Discjockey wohnte der Beisetzung völlig regungslos bei. Plötzlich reichte er mir den Schlüssel, den Mathieu gefunden hatte.

»Hier ist der Schlüssel zu ihrem Grab, damit du dich zu ihr begeben kannst«, sagte er. »Sie ruft nach dir, ihr seid auf Leben und Tod miteinander vereint.«

Die Stimme des Discjockeys schien aus mehreren Metern Höhe zu kommen. Ich hob den Kopf und erblickte zu meinem Entsetzen mehrere Wölfe – sechs oder sieben –, die auf den Ästen eines das Grab von Sergej Prévot überragenden Nußbaumes saßen und mich stumm anstarrten. Die meisten hatten ein weißes Fell. Mit ihren Schwänzen und aufgerichteten Ohren erinnerten sie mich an Füchse oder an Schäferhunde. Derjenige, der auf dem obersten Ast hockte, mußte ihr Anführer sein; ein Stückchen tiefer saß ein anderer Wolf, der seinen Artgenossen zum Verwechseln ähnlich sah, außer daß sein Fell rot war. Die Nacht und der Schnee gaben dem Nußbaum das Aussehen eines Weihnachtsbaumes. Dieser Anblick versetzte mich in Angst und Schrecken, doch es war mir unmöglich zu fliehen: Ich war wie auf der Stelle festgenagelt, außerstande, den Blick von den Wölfen abzuwenden. Das Funkeln in ihren Augen erhellte meinen Traum. Es dauerte eine ganze Weile, bis ich endlich merkte, daß diese Helligkeit das Tageslicht war, das in mein Schlafzimmer fiel.

Als ich aufwachte, war es kurz nach dreizehn Uhr. Mir blieb nur wenig Zeit, um mich zu meiner Sitzung bei Zlibovic zu begeben.

»Ich habe die ganze Nacht damit verbracht, über diesen Zweitschlüssel nachzudenken. Ich bin mir fast sicher, daß Olga mir den Originalschlüssel gestohlen hatte, um sich eine Kopie davon anfertigen zu lassen. Doch in welcher Absicht? Um bei mir einzubrechen? Das kann ich mir nicht vorstellen. Allerdings ist es möglich, daß Max sich diesen

Zweitschlüssel aneignete, um sich in meine Praxis zu schleichen und seine Frau zu erwürgen. Nach der Tat steckte er den Schlüssel einfach in eine Tasche ihres Kostüms. Später, als ich Olga unter der Couch versteckte, fiel der Schlüssel auf den Teppich. Dort fand ihn Mathieu. So einfach könnte es gewesen sein. Doch ich verstehe nicht, warum Max seine Frau getötet haben soll, bevor sie ihm verriet, wo sein Geld ist.«

Zlibovic schwieg. Seit ich sein Sprechzimmer betreten hatte, hatte er noch keinen Ton von sich gegeben. Kein einziges Wort, nichts, nicht einmal die leiseste Anspielung auf das Ende unserer vorherigen Sitzung. Auch als ich mich dafür entschuldigte, daß ich beim letzten Mal einfach so gegangen war, gab er keinen Laut von sich. Da ich befürchtete, er könnte ein weiteres Mal eingenickt sein, wagte ich einen kurzen Blick hinter mich, doch er schlief nicht. Er hörte mir zu, unbeweglich, mit weit aufgerissenen Augen und die Knie in seine Decke gehüllt. Ich erzählte ihm, was ich dabei empfunden hatte, als ich ihn schlafend in seinem Sessel beobachtet hatte, wie alt und zerbrechlich er mir vorgekommen war, so verletzlich, daß ein kurzes Drücken auf seinen Hals genügt hätte, um ihn in einen endgültigen Schlaf zu befördern. Er reagierte immer noch nicht. Diese Regungslosigkeit erinnerte mich an den Tod, und plötzlich konnte ich mich mit unglaublicher Klarheit an den Traum mit den Wölfen erinnern.

»Merkwürdig«, sagte ich, »daß ich Ihnen nicht schon früher davon erzählt habe. Dieser Traum verfolgt mich seit Tagen. Auch letzte Nacht träumte ich ihn wieder, so als hätte sich nichts verändert, als sei ich Olga immer noch nicht losgeworden, obwohl ich sie längst begraben habe. Ich habe den Eindruck, dieser Traum würde genau die Fragen beantworten, die ich mir über Olga stelle; wie möglicherweise auch andere, ältere, tiefersitzende Fragen. Diese auf dem Baum hockenden Wölfe gaben ein sehr sonderbares Bild ab …«

»Vielleicht haben Sie zu häufig die *Fünf Psychoanalysen* gelesen.«

Ich war derart überrascht, seine Stimme zu hören, daß ich zusammenzuckte.

»Das hat schon mal jemand zu mir gesagt, doch ich weiß nicht mehr, in welchem Zusammenhang. Natürlich kenne ich den Traum des Wolfsmenschen. Aus diesem Grund bin ich sogar Psychiater geworden. Ich schrieb eine Abhandlung über diesen Traum, um zu beweisen, daß Freud mit seiner Interpretation irrte. Meiner Meinung nach hat die Urszene mit dem Kind, das seine Eltern beim Beischlaf überrascht, nichts mit diesem Traum zu tun. Ich würde eher behaupten, daß die Wölfe den Satz versinnbildlichen, den ein Philosoph – Hobbes, glaube ich – einmal sagte: »Der Mensch ist des Menschen Wolf.« Wir leben in einem Dschungel, in dem nur Platz für wilde Tiere ist, wie Montignac eines war. Mein Vater beklagte sich stets über diese Leute. Wenn seine Geschäfte schlecht liefen, sagte er, das sei die Schuld der Wölfe. Der Wölfe von der Konkurrenz, vom Finanzamt, aus den Supermärkten oder was weiß ich noch alles. Mein Vater verbrachte sein ganzes Leben mit Jammern. Er war das geborene Opfer. Während Max bloß mit den Fingern zu schnippen brauchte, um sieben Millionen einzustreichen, brachte mein Vater es nicht einmal fertig, an einem Tag dreihundert Francs zu verdienen. Ich wünschte mir, er genieße Ansehen, Macht und Erfolg, doch sein Horizont reichte nicht über seine Eisenwarenhandlung hinaus. Seine verfluchte Eisenwarenhandlung! Ich kann mich nicht erinnern, ihn jemals von etwas anderem als von nicht gelieferten Töpfen, fälligen Raten und lästigen Steuereinnehmern sprechen gehört zu haben. Deshalb konnte ich ihn nicht ausstehen, wegen dieses ewigen Gejammers, und von dem Tag an, an dem er mir diese blaue Giraffe schenkte, war an meiner Abneigung gegen ihn nichts mehr zu ändern.«

»Sind Sie immer noch böse auf ihn?«

»Tatsache ist, daß er mich bitter enttäuscht hat. Mit ihm konnte ich mich ... wie soll ich sagen? ... mit ihm konnte ich mich unmöglich identifizieren. Äußerlich sahen wir einander sehr ähnlich, die gleiche Körpergröße, die gleiche, leicht nach vorne gebeugte Haltung – er hatte einen krummen Rücken aus Verzweiflung, ich aus Mangel an Bewegung –, die gleichen blonden Haare, die blauen Augen, das Kinngrübchen. Ihm habe ich meinen Bauchansatz zu verdanken sowie die Manie, mir unentwegt die Haare nach hinten zu streichen, die Florence auch heute noch auf die Palme bringt. Manchmal, wenn ich in den Spiegel schaue, glaube ich, mein Vater stünde vor mir. Doch diese Ähnlichkeit hat keineswegs zu einer Identifikation mit ihm geführt, sondern meine Abneigung gegen ihn nur noch verstärkt ...«

Mit einem Schlag kamen die Erinnerungen zurück. Es war, als webten sie eine Geschichte, von der ich lediglich Zeuge gewesen war.

»Auch meine Mutter haßte ihn. Sie sprach stets in sehr bissigem Ton mit ihm, wir verbündeten uns gegen ihn. Ich war erst zwölf Jahre alt, doch was unsere Boshaftigkeit angeht, bildeten sie und ich ein altes, in Bitterkeit vereintes Paar. Wir verpaßten keine Gelegenheit, meinen Vater zu erniedrigen. Ich fühlte mich von meiner Mutter ermutigt und dachte nur noch daran, ihn mit meinen Erfolgen zu demütigen. Auf dem Gymnasium hatte ich ausschließlich Bestnoten. Später wurde ich zu einem überdurchschnittlichen Medizinstudenten. Ich hätte jahrelanger psychiatrischer Behandlungen bedurft, um am Ende herauszufinden, daß mein Vater mich auf seine eigene, traurige, unbeholfene und vielleicht sogar bewunderungsvolle Art und Weise liebte, doch damals wollte ich von alldem nichts wissen. Und so wurde ich zu einem der jüngsten Analytiker Frankreichs. Ich wollte auf der Seite von Männern wie Freud und Lacan stehen. Ich identifizierte mich eher mit diesen Leuten, und auch mit Ihnen, als mit meinem Vater. Und dann bringen mich eine Patientin, die in meiner

Praxis ermordet wird, und ihr Mann, dem ich kurze Zeit später begegne, zu der Erkenntnis, daß ich mich nur wenig von meinem Vater unterscheide. Je länger ich darüber nachdenke, um so klarer wird mir, daß ich mich Max gegenüber genauso erbärmlich verhalten habe, wie mein Vater es vermutlich getan hätte.«

»Haben die Wölfe Sie auf diese Idee gebracht?«

»Ja, jener Wolf, den ich für ihren Anführer hielt, erinnerte mich an Max, als er zu mir kam. Das Tier sah genauso stattlich aus, wirkte genauso selbstsicher. Die anderen Wölfe schienen ihm bedingungslos zu gehorchen. Er war der Herrscher über die ganze Welt. Wie Max. Sie hätten hören müssen, in welchem Ton er mit mir sprach! Dieser Mann war verrückt, ein von seiner Wichtigkeit durch und durch überzeugter Paranoiker, der mich dennoch faszinierte. Ich hatte es mit einem richtigen Gauner zu tun, mit jemandem, der außerhalb meiner Welt stand. Doch im Grunde genommen beneidete ich ihn. Männer wie Max haben vor nichts Respekt, setzen sich mit einer völlig natürlich scheinenden Selbstverständlichkeit über sämtliche Werte hinweg. Nur so kann man zu einem Herrscher über die Welt werden. Während wir Intellektuellen uns damit begnügen, diese Werte kritisch zu betrachten und die Zerbrechlichkeit ihrer Grundlagen aufzuzeigen. Doch wir wagen es nicht, auch die nächsten Schritte zu tun. Wir sind alt und übervorsichtig. Dessen wurde ich mir bewußt, als ich Sie neulich schlafend hinter mir sitzen sah. Ich sah, was einmal aus mir werden wird: ein alter, kränklicher Mann, genauso schwach und erbärmlich wie mein Vater es gewesen war. Schlimmer noch: Ich hatte das Gefühl, das alles bereits zu sein, und ich sagte mir, daß wir im Vergleich zu Leuten wie Max völlig bedeutungslos sind. Wir werden sterben, während diese Leute weiterhin die Welt regieren.«

Es folgte ein langes Schweigen. Zlibovic schien von dem, was ich soeben gesagt hatte, nur wenig angetan zu sein. Vielleicht wartete er darauf, mehr zu erfahren. Er fragte:

»Wer war der Wolf, der etwas höher als die anderen Wölfe saß?«

»Olga natürlich. Sein Fell hatte die Farbe ihres Mantels. Weil der Nußbaum beleuchtet war, erinnerte er mich an einen Weihnachtsbaum. Mein Vater kaufte mir die blaue Giraffe zu Weihnachten. Und kurze Zeit später hatte ich einen sonderbaren Traum. Beinahe denselben wie gestern abend. Ich war in meinem Zimmer, plötzlich wurde das Fenster geöffnet, und auf den Ästen des riesigen, vor dem Fenster stehenden Nußbaums sah ich mehrere weiße Wölfe sitzen. Stumm schauten sie mich an. Auf dem obersten Ast saß eine Wölfin. Ich bin sicher, daß es ein Weibchen war. Die Wölfin saß über einem anderen Wolf, einem Männchen; mir war, als würde sie ihn auf äußerst gefährliche Weise bedrohen. In Wirklichkeit wünschte ich mir, sie würde ihn töten.«

»Sie saß auf ihm?«

»Nein, über ihm«, korrigierte ich. »Das ist nicht...«

Ich wollte sagen, daß das nicht dasselbe sei – doch was spielte es eigentlich für eine Rolle, ob sie auf oder über ihm saß?

»Dieser Traum begleitete mich jahrelang, doch jetzt, jetzt erst konnte ich mich an ihn erinnern. In bestimmten Nächten tauchte er unerwartet auf. Die starren Augen, die mich stumm beobachteten. Und am nächsten Morgen wollte ich das alles so schnell wie möglich vergessen. Doch der Traum kam immer wieder. Der Nußbaum war der Sockel, der die Basis für die verschiedenen Ereignisse in meinem Leben bildete. In Wirklichkeit waren es immer wieder dieselben Wölfe – denn was verändert sich schon im Lauf eines Lebens? –, vielleicht hatten sie verschiedenfarbene Felle, unterschiedliche Größen, doch sie saßen stets an derselben Stelle, auf denselben Ästen, in derselben Haltung. Und immer saß diese Wölfin über ihnen. Eigentlich ist es unwichtig, daß es sich um eine Wölfin handelte. Es hätte genausogut ein Wolf sein können. Wichtig war nur, daß der Mörder höher saß als die andern. Der Mörder sitzt stets über den andern. Das war mir im Sommer des darauffolgenden Jahres klargeworden. Ich wünschte mir von ganzem Herzen, mein Vater würde für die blaue Giraffe, die er mir geschenkt hatte, streng bestraft werden. Und ich wußte, daß meine Mutter mir diesen Wunsch erfüllen würde. Mütter erfüllen stets die Wünsche ihrer Söhne. An jenem Nachmittag war es sehr heiß. Eine Hitze, die so groß war wie die Kälte in meinem Traum mit den Wölfen. Es muß im Juni oder Juli gewesen sein. Die Eisenwarenhandlung wurde nachmittags erst um sechzehn Uhr geöffnet. Ich weiß noch sehr gut, daß mein Vater ein entsprechendes Schild an die Tür zu hängen pflegte. Später, als ich lesen lernte, erfuhr ich, was auf dem Schild geschrieben stand: *Um unsere werte Kundschaft besser bedienen zu können, bleibt der Laden zwischen zwölf Uhr dreißig und sechzehn Uhr geschlossen*. Meine Mutter fand das lächerlich, doch für meinen Vater war es das Nonplusultra an kaufmännischem Know-how. ›Man muß stets um gute Beziehungen zu den Kunden bemüht sein‹, lautete seine Devise. Obwohl die Kunden einander wahrlich nicht die Klinke seines Ladens in die Hand gaben, hielt er beharrlich an seiner Geschäftsphilosophie fest. An jenem Mittag also ging er, nachdem er das Schild angebracht hatte, in die Wohnung, die über dem Geschäft lag. Er wußte nicht, daß die Stunde der Rache geschlagen hatte und meine Mutter oben auf ihn wartete, um ihn zu töten. Völlig ahnungslos und gelassenen Schrittes betrat er sein Zimmer. Die Geräusche seiner Schuhe, die gegen die hölzernen Stufen stießen, ähnelten denen von Olgas Fäusten, die gegen die steinerne Grabplatte hämmerten. Man konnte sie bis ins Erdgeschoß und bis ins Geschäft hören. Es schien, als wollte mein Vater der ganzen Welt mitteilen, daß er unterwegs in sein Zimmer wäre. Was für ein Dummkopf! Wenn er geahnt hätte, was ihn dort erwartete. Um ein Haar hätte ich unseren Plan durchkreuzt, weil ich plötzlich Angst um ihn hatte und mir überlegte, ob ich ihm nicht hinterhereilen und ihn bitten sollte, nicht nach oben zu gehen, weil dort eine schreckliche Gefahr auf ihn lauern würde. Doch dann erinnerte ich mich an die Giraffe, die ich am Tag zuvor verscharrt hatte, wurde mit einem Mal von sehr heftigem Haß erfüllt – wenn er sterben will, dann soll er doch sterben! –, verharrte im Hinterzimmer des Ladens im Erdgeschoß und spitzte die Ohren, um nur ja nichts von dem bevorstehenden Drama zu verpassen. Ich mußte lange warten. Plötzlich hörte ich ihre Schreie. Erst später fand ich die Worte, die das ausdrückten, was ich in jenem Moment empfand; und zwar stieß ich beim Lesen auf den Ausdruck: *Die Wölfe fressen sich gegenseitig auf*. Genau das war es: Mein Vater und meine Mutter brachten sich gegenseitig um. Sie schrien wie Wölfe, waren genauso grausam. Ich eilte hinauf in die erste Etage, und dort sah ich, was los war. Meine Eltern lagen auf dem Bett und trugen einen gnadenlosen Kampf aus. Aus – wie ich glaubte – Bequemlichkeit hatten sie ihre weiße Unterwäsche anbehalten – mein Vater war nur mit einem Unterhemd und meine Mutter mit ihrem Unterrock bekleidet –, sie waren so weiß wie die Wölfe aus meinem Traum. Meine Mutter war meinem Vater überlegen. Mein Vater, so viel stand fest, würde das Nachsehen haben. Er lag auf dem Rücken und wehrte sich, doch meine Mutter hielt ihn mit ihren Schenkeln fest umklammert, er würde ihr nicht entkommen. Ich hatte nicht den geringsten Zweifel am Ausgang des Kampfes, und da es nicht mehr lange dauern würde, bis meine Mutter meinen Vater getötet hätte, begann ich Beifall zu klatschen. In dem Moment bemerkten die beiden mich. Meine Mutter stieß ein verdutztes ›Oh!‹ aus, und im Nu hörten sie auf, einander anzuschreien. Mein Vater nutzte die Überraschung meiner Mutter aus, um sich auf den Bauch zu drehen. Zweifellos dachte er, auf diese Weise könnte er ihr entkommen, doch anstatt etwas zu unternehmen, starrten die beiden mich bloß stumm an... Oder war ich am Ende etwa derjenige, der die beiden sprachlos ansah? So wie die Wölfe mich mit ihren weit aufgerissenen Augen anstarrten. Jedenfalls spürte ich, daß ich hätte weggehen, sie allein hätte weiterkämpfen lassen müssen, doch dazu war ich nicht in der Lage. Ich war außerstande, mich von ihrem Blick abzuwenden. Erst nach langem Zögern konnte ich endlich die Tür ihres Schlafzimmers schließen, ins Hinterzimmer des Ladens zurückgehen und dort darauf warten, daß meine Mutter uns meinen Vater endgültig vom Hals schaffen würde.«

»Was geschah anschließend?«

»Ich schlief ein. Im Schlaf glaubte ich, sie weiterhin miteinander kämpfen zu hören. Ich schlief sehr lange, und als ich wach wurde, war es Nacht geworden. Dann mußte ich feststellen, daß meine Mutter meinen Vater keineswegs bestraft, sondern sich mit ihm versöhnt hatte, daß sie ihn liebevoll umarmte. Ich sah mich als das Opfer eines schrecklichen Verrats. Tagelang sprach ich kein Wort mit meiner Mutter. Am liebsten hätte ich sie zusammen mit der Giraffe vergraben. Ich glaube, daß diese Erinnerung mich seit jeher verfolgt und sowohl mein Privat- als auch mein Berufsleben in eine bestimmte Richtung gelenkt hat.«

»Meinen Sie das, was mit Olga passiert ist?«

»Ja, der Traum von den heftigen Auseinandersetzungen in der Eisenwarenhandlung und derjenige der Kämpfe auf meiner Couch – das ist ein und dasselbe. Es hat den Anschein, als würde ich diesen Traum träumen, um Freud recht zu geben … Eine einzige Sitzung genügt, um meine jahrelangen Zweifel an Freud in Luft aufzulösen. Was für eine Ernüchterung! Die Urszene träumte ich mir sogar mit meinen Patienten herbei, vor allem mit Olga. Vielleicht war Max gar nicht so berechnend, wie ich geglaubt hatte. Was sich zwischen ihm und seiner Frau abspielte, hatte auch mit Liebe zu tun, zumindest mit Wahnsinn. Ich kann mir sehr gut vorstellen, wie Olga zu ihm sagte: ›Schau, ich habe mir einen Zweitschlüssel zu seiner Wohnung anfertigen lassen. Ich erzähle ihm alles, was du mir antust. Ich bin sicher, daß es ihn erregt. Falls du Lust hast, kommst du mit Hilfe dieses Schlüssels in seine Wohnung, setzt dich ins Wartezimmer und hörst uns einfach zu. Wenn meine Worte dir mißfallen – oder auch gefallen –, mischst du dich ein. Ganz allein dir ist es überlassen, den Analytiker oder die Gattin umzubringen. Dieser Plan müßte dir doch gefallen, oder?‹ Auf diese Weise hätte Olga Dreiersitzungen organisiert. Sie schilderte mir die Mißhandlungen, dic Max ihr zufügte, erzählte mir, auf welche Weise sie ihren Mann provozierte, wie sehr sie dessen Brutalität genoß, und dann forderte sie mich auf, ihr das gleiche anzutun. Forderte sie tatsächlich mich oder eher ihren hinter der Tür lauernden Mann dazu auf? Ich flüchtete in den Schlaf, doch ein Teil von mir rekonstruierte im Traum das, was sie erzählte. Meiner Meinung nach beschränkte Max sich darauf, ihr zuzuhören, ohne einzugreifen. Ihre Angelegenheiten regelten sie draußen. Herostrat hatte mir erzählt, daß Max eines Tages vor meinem Haus so brutal auf sie einschlug, daß einige Passanten fast eingreifen mußten. Am letzten Montag hatte er sich offensichtlich nicht mehr unter Kontrolle. Natürlich war es genau das, was sie sich wünschte. Eines Tages hatte sie mir gegenüber behauptet, daß ihre Beziehung erst dann beendet wäre, wenn einer von ihnen beiden tot sein würde. Max betrat mein Sprechzimmer, während ich schlief, und seine Hände schlossen sich um Olgas Hals. Bestimmt brauchte er nicht länger als eine Minute, um sie ein für allemal zu beseitigen. Sie und ihre eigenartige Jungfräulichkeit. Erst später fielen ihm die sieben Millionen ein, und er wollte wissen, was sie mir darüber erzählt hatte.«

»Und was hat sie Ihnen darüber erzählt?«

»Daran kann ich mich nicht mehr erinnern. Aber wie auch immer: Wenn sie tatsächlich mit mir darüber gesprochen hätte, dann hätte er es gehört, denn schließlich saß er zu dem Zeitpunkt nebenan im Wartezimmer.«

»Möglicherweise traf er erst später ein.«

Diese Bemerkung überraschte mich.

»Kann sein. Aber was soll ich Ihnen darauf antworten?«

»Verraten Sie mir ganz einfach, wo die sieben Millionen Francs sind«, murmelte er.

Ich dachte, ich hätte nicht richtig gehört.

»Wie bitte?« fragte ich und drehte mich um.

In dem Moment sah ich die Pistole.

Sie war auf mich gerichtet. Bestimmt hielt Zlibovic sie seit dem Beginn unserer Sitzung unter seiner Decke versteckt.

»Wo sind die sieben Millionen?« wiederholte er.

Diesmal klang seine Stimme bedrohlich.

9

Mit einem Satz richtete ich mich auf und war entsetzt von dem, was ich sah.

Fast kam es mir vor, als würde ich gerade mit Mathieu in meinem Sprechzimmer ein Spiel spielen. Diesmal jedoch war die auf mich gerichtete Waffe eine richtige Pistole, und Zlibovic war derjenige, der sie in der Hand hielt.

»Das soll wohl ein Scherz sein?« sagte ich.

Mit einer kurzen Bewegung befahl Zlibovic mir, mich ans andere Ende der Couch zu setzen.

»Sagen Sie mir, wo dieses Geld ist. Und glauben Sie mir, diesmal werde ich nicht einschlafen.«

Zum Beweis dafür, daß er es ernst meinte, entsicherte er die Pistole. Allerdings merkte ich, daß er weniger selbstsicher war, als er sich den Anschein gab, und daß seine Hand ein wenig zitterte.

»Wieso glauben Sie, daß ich das weiß?« fragte ich. »Chapireau und Montignac haben mir diese Frage ebenfalls schon gestellt. Sind Sie nun etwa auch mit von der Partie?«

»Sie sind im Besitz dieses Geldes, Olga hat es mir gesagt.«

»Olga? Sie kennen sie?«

Völlig verblüfft und unfähig, noch etwas hinzuzufügen, sah ich ihn an.

»Sie sagte mir, Sie seien ihr Komplize«, fuhr Zlibovic fort. »Ihr Mann war in einer ziemlich ausweglosen Situation, seine Inhaftierung war nur noch eine Frage von Tagen. Mit Ihrer

Hilfe stahl Olga die sieben Millionen Francs, die er für seine Flucht beiseite geschafft hatte.«

»Sind Sie verrückt geworden?« schrie ich. »Sie wollen mir doch nicht etwa weismachen, daß Sie an solche Hirngespinste glauben!«

»Das sind keine Hirngespinste. Sie haben dieses Geld geklaut und Olga beseitigt, um nicht mit ihr teilen zu müssen. Zu Ihrer Entlastung beschuldigen Sie nun den Ehemann, er habe seine Frau erwürgt, während Sie schliefen. Wen wollen Sie eigentlich an der Nase herumführen, Michel? Erzählen Sie dieses Märchen einem Polizisten oder dem Richter. Sagen Sie ihnen, daß der Mord vor Ihren Augen geschah und daß Sie nichts davon mitbekommen haben. Erklären Sie ihnen anschließend, warum Sie mitten in der Nacht auf einen Friedhof gegangen sind, um die Leiche zu vergraben. Und falls dann immer noch jemand an Ihre Unschuld glaubt, dann ziehe ich vor Ihnen den Hut.«

»Auch Sie sind letztes Mal eingeschlafen. Sogar als ich Sie wachrütteln wollte, reagierten Sie nicht.«

Er erwiderte nichts. Ich schaute ihm in die Augen:

»Im Ernst. Glauben Sie tatsächlich, ich hätte Olga wegen dieses Geldes umgebracht?«

»Sie können mir nicht jeden Bären aufbinden, nur weil ich Psychoanalytiker bin, Michel.«

»Kann sein, aber ich habe noch nie einen Psychoanalytiker erlebt, der einen seiner Patienten mit einer Waffe bedroht.«

Diese Bemerkung schien ihm nicht zu gefallen.

»Zwingen Sie mich nicht, abzudrücken. Ich würde es tun, das können Sie mir ruhig glauben. Sagen Sie mir lieber, wo das Geld ist.«

»Ich habe nicht die geringste Ahnung. Sie sind genauso stur wie Chapireau und Montignac! Wie können Sie nur glauben, daß ich Olga umgebracht habe, um sie zu bestehlen? Ich weiß nicht, wo dieses Geld ist! Sie können mich noch so lange bedrohen, ich weiß es nicht.«

»Ihr Pech.«

Zlibovic zielte mit seiner Waffe zwischen meine Augen. Das Sprechzimmer lag im Halbdunkel, doch es kam mir vor, als würde es von einem gewaltigen Scheinwerfer angestrahlt werden: Ich sah ganz deutlich, wie sich Zlibovics Zeigefinger um den Abzug krümmte. Langsam näherten wir uns dem Augenblick, an dem niemand mehr etwas sagen würde. Doch ich hatte keine Angst. Das hatte nichts mit Mut zu tun, sondern eher mit dem Gefühl, nicht wirklich anwesend zu sein, sondern die Szene nur zu beobachten. Daß diese Waffe auf mich gerichtet war, spielte keine Rolle; ich wollte lediglich wissen, ob Zlibovic bis zum Äußersten gehen würde.

Doch die Sekunden verstrichen, ohne daß etwas geschah. Anstatt sich immer stärker zu krümmen, lag Zlibovics Zeigefinger einfach reglos auf dem Abzug. Ich sah Zlibovic an; die Verwandlung, die mit ihm vorgegangen war, überraschte mich. Sein Gesicht war völlig ausdruckslos geworden. Wie die Wölfe in meinem Traum starrte er mich an, ohne mich zu sehen. Ich hätte aufstehen und aus dem Zimmer gehen können, er hätte es nicht einmal gemerkt. Die Waffe war nach wie vor auf mich gerichtet, doch sie hatte keinerlei Wirkung mehr. Es sah aus, als hätten sich der Arm und die Hand, die die Waffe hielt, vom Rest des Körpers gelöst. Ihr Zittern verriet nicht die geringste Regung, nichts, was auf die mögliche Verwirrung eines Mannes hingewiesen hätte, der sich anschickte, einen anderen Menschen zu töten.

Es war eine brutale, abrupte Geste, so als würde der Arm versuchen, sich der Pistole zu entledigen, die ihm an der Hand klebte. In diesem Moment wurde mir klar, daß Zlibovic trotz seiner scheinbaren Entschlossenheit nicht imstande sein würde, seine Drohung wahr zu machen. Er ließ die Waffe los. Sie landete vor meinen Füßen.

»Sie haben gewonnen«, sagte Zlibovic.

Er kauerte sich unter seine Decke und sah noch erbärmlicher aus als beim letzten Mal.

Eine Weile sahen wir einander schweigend an. Zlibovic wußte, daß ich eine Erklärung von ihm erwartete, doch es dauerte endlos lange Minuten, bis er sich endlich dazu entschließen konnte.

»Mir drohen ernsthafte Schwierigkeiten mit der Justiz«, sagte er mit dumpfer Stimme. »Ich brauche dieses Geld und hoffte, Sie wüßten, wo es sich befindet. Ich habe versucht, Sie zu täuschen.«

»Schwierigkeiten mit der Justiz? Aber ich bin doch derjenige, der im Verdacht steht, Olga getötet zu haben.«

»Es hat nichts mit Olga zu tun. In Wirklichkeit glaube ich gar nicht, daß Sie für ihren Tod verantwortlich sind. Vermutlich hat sich alles genauso abgespielt, wie Sie es sich vorstellen. Es muß Montignac gewesen sein. Olga hatte sich eine Kopie Ihres Schlüssels anfertigen lassen, damit ihr Mann die Praxis betreten und hören konnte, was Olga Ihnen erzählte. Was dann geschah, entspricht wahrscheinlich Ihrer Darstellung. Olga und Max waren eines der neurotischsten Paare, denen ich jemals begegnet bin.«

Verlegen betrachtete Zlibovic die Spitzen seiner Schuhe.

»Es ist eine komplizierte Geschichte... Ich hatte geschäftlich mit Max Montignac zu tun.«

»Geschäftlich?«

»Der Freud-Kreis steckte in großen finanziellen Problemen. Ohne Max Montignac würde er längst nicht mehr existieren. Als ich Max kennenlernte, war unsere Kasse komplett leer. Es war nicht einmal mehr genug Geld vorhanden, um unsere Mitgliedsinformationen zu verschicken. Von den Schulden ganz zu schweigen. Um sie zurückzahlen zu können, hätten wir alles verkaufen müssen, und das hätte unweigerlich das Ende des Freud-Kreises bedeutet. Als Max mir den Vorschlag machte, uns finanziell zu unterstützen, glaubte ich, es sei ein Wunder geschehen. Gewiß, sein Vorhaben war merkwürdig – er hatte nichts mit Psychoanalyse am Hut –, doch angesichts dieses Glücksfalles wollte ich gar nichts Genaueres über seine Absichten wissen. Ihm ist es zu verdanken, daß der Freud-Kreis innerhalb weniger Monate zu einer der am meisten besuchten Schulen von ganz Paris wurde. Erinnern Sie sich noch? Kongresse, Seminare in den besten Hotels, Ausbildungskurse – Max scheute keine Kosten. Wir brachten ein Hochglanzmagazin heraus, das aufwendiger gestaltet war als alle vergleichbaren Zeitschriften. Die bedeutendsten Spezialisten schrieben für uns, und immer mehr Leute wollten Mitglied bei uns werden. Es war nicht zu fassen. Zwar erkundigte sich der eine oder andere Kollege nach der Herkunft dieses Geldes – hauptsächlich Charvet und Grossmann, aber diese beiden waren vor allem daran interessiert, meinen Platz einzunehmen –, doch es gelang mir, sämtliche Zweifel zu zerstreuen, indem ich behauptete, ich hätte Privatvermögen investiert. Mit dieser Erklärung gab man sich schließlich zufrieden. Es ist traurig, das feststellen zu müssen, aber selbst auf Psychoanalytiker üben Geld und Anerkennung eine gewaltige Anziehungskraft aus.«

Ich holte mir eine Zigarette aus meiner Manteltasche, zündete sie an und nahm erneut auf dem Stuhl Zlibovic gegenüber Platz.

»Aber wieso war Max überhaupt am Freud-Kreis interessiert?« fragte ich. »Es handelt sich doch um eine Vereinigung ohne Gewinnzweck.«

»Wir hatten eine WIG gegründet, eine Wirtschaftliche Interessengemeinschaft. Der Freud-Kreis war an eine Ausbildungs- und Beratungsgesellschaft angegliedert. In dieser Gesellschaft konnte Max das Kapital der verschiedenen Firmen, die er leitete, zusammenbringen – diese Firmen waren so zahlreich und wechselten so schnell, daß ich mich schon bald nicht mehr zurechtfand. Mit Hilfe des Freud-Kreises konnte er seine sämtlichen Finanzgeschäfte abwickeln. Eine Gesellschaft ohne Gewinnzweck bietet einen idealen finanziellen Unterschlupf, da ihre Defizite es erlauben, die Steuerlast der übrigen Firmen zu senken. Mit Hilfe von Scheinüberweisungen auf die Konten des Freud-Kreises lenkte Max riesige Summen am Finanzamt vorbei, um sie anschließend mit größerem Gewinn neu anzulegen. Bei diesem ständigen Kapitalverkehr verlor man leicht den Überblick.«

»Und Sie haben bei diesem Spiel mitgemacht?«

»Heute muß ich teuer dafür bezahlen. Max nutzte den Freud-Kreis nämlich nicht nur für seine geschäftlichen, sondern ebenfalls für seine privaten Zwecke. Ich sage Ihnen lieber nicht, wie oft er zu seinem Vergnügen, aber auf unsere Kosten in der Luxusklasse unterwegs war, in Luxushotels abstieg und Kreuzfahrten unternahm. Jedenfalls oft genug, um wegen Veruntreuung öffentlicher Gelder angeklagt zu werden. Ich versuchte, der Sache Einhalt zu gebieten, doch Max war für die Finanzen verantwortlich. Er hat mich regelrecht erpreßt. Einmal drohte er, er würde nicht für die Unkosten eines Kongresses aufkommen, zu dem die Teilnehmer größtenteils aus dem Ausland, ja sogar aus Übersee angereist waren. Er war der Stärkere, ich konnte nichts gegen ihn unternehmen.«

Ich enthielt mich jeglichen Kommentars. Einem Fachmann in Geldunterschlagung, wie Montignac einer gewesen war, war Zlibovic in der Tat nicht gewachsen.

»Wie haben Sie Max kennengelernt?«

»Er wurde mir bei einer Abendgesellschaft vorgestellt.«

»Wer hat ihn Ihnen vorgestellt?«

»Ein Berufskollege. Sein Name spielt keine Rolle.«

Ich gab mich mit dieser Antwort zufrieden. Denn im Grunde war es mir sogar lieber, daß ich nicht wußte, welcher Kollege diese Geschichte ins Rollen gebracht hatte.

»Und was ist mit Olga? Was hatte sie mit der ganzen Sache zu tun?«

»Olga lernte ich kurze Zeit später kennen. Eine eigenartige Frau, Max' Schwachpunkt. Sie machte ihm das Leben zur Hölle, doch er konnte nicht ohne sie leben. Während seine Geschäfte ihn – zumindest nach außen hin – zu einer gewissen Ehrenhaftigkeit zwangen, betätigte sich Olga als Ladendiebin. Auch ich durfte mir ihre Loblieder auf die Chantal-Thomass-Strumpfhose anhören. Was später geschah, ist Ihnen bekannt: Olga machte sich einen Spaß daraus, die Hausdetektive von Bernstein an der Nase herumzuführen. Sie können sich nicht vorstellen, wieviel Geld Max dem Juwelier überwies, damit er nicht Anzeige gegen sie erstattete. Dennoch kam alles heraus, was äußerst peinlich für Max war. Zumal er selbst mit der Justiz in Schwierigkeiten geraten war. Eines Abends auf einem Empfang, als Olga zuviel getrunken hatte, begann sie plötzlich, dem völlig verblüfften Publikum die Mißhandlungen zu schildern, die ihr Mann ihr zufügte. Mit derben Worten erzählte sie, daß Max sie schlug, weil sie sich ihm verweigerte, doch daß das sie beide erregte. Max versuchte, sie zum Schweigen zu bringen, doch sie entgegnete, er solle sich zum Teufel scheren, woraufhin er völlig die Beherrschung verlor und ihr eine solche Ohrfeige verpaßte, daß ihre Lippe aufsprang. Natürlich war es genau das, was sie erreichen wollte. Unter den entsetzten Blicken der übrigen Gäste verließen sie schleunigst den Empfang. Und so ging Max ein bedeutendes Geschäft mit einem Schweizer Geschäftsmann durch die Lappen, mit dem er an jenem Abend erste Kontakte knüpfen wollte und der es in moralischen Dingen äußerst genau nahm. Am nächsten Tag kam Max in meine Praxis; er wollte unbedingt, daß ich mich um seine Frau kümmere. So hatte ich ihn noch nie erlebt. Er flehte mich an, sank beinahe vor mir auf die Knie. ›Ich habe bereits alles mit diesem Luder versucht‹, sagte er, ›ich habe sie zu den besten Spezialisten geschickt. Was die Höhe ihrer Honorare betraf, waren diese Leute wirklich spitze, doch Olga helfen, das konnten sie nicht. Natürlich könnte ich sie in eine geschlossene Anstalt einweisen lassen, ich kenne genügend Leute, die mir dabei behilflich wären. Aber das Problem ist, daß ich ohne sie nicht leben kann, verstehen Sie? Ich wäre imstande, an der Anstaltsfassade hochzuklettern, um zu ihr zu gelangen. Ich möchte Sie also lediglich bitten, Olga zur Vernunft zu bringen und zu verhindern, daß sich der Skandal von gestern abend wiederholt.‹ Kurzum: Er wollte, daß ich ihm eine Gattin nach Maß zurechtbastele, die er zu Hause weiterhin mißhandeln könnte, die ihm in der Öffentlichkeit jedoch keine Schande bereiten würde. Eigentlich hätte er selbst eine Therapie nötig gehabt. Was ich ihm übrigens auch vorschlug, nicht bei mir natürlich, sondern bei einem Kollegen. ›Mich einem Kerl anvertrauen, den ich nicht kenne?‹ entrüstete er sich. ›Ich weiß Bescheid über eure Therapien. Alles laut sagen, was einem durch den Kopf geht! Doch was ist, wenn ich plötzlich an das viele Geld denke, das ich nach Luxemburg geschafft habe, oder an den Trick, der es mir erlaubt hat, das Steueramt zu hintergehen – müßte ich Ihrem Kollegen auch davon erzählen? Sie halten mich wohl für einen Idioten? Wer garantiert mir, daß er sich nicht an den nächstbesten Richter wendet oder mich zu erpressen versucht?‹ Anschließend erklärte er mir, daß er mehrere Geliebte habe, die ihm dabei helfen würden, ihn von seiner Frau zu heilen, und daß er hoffe, das eines Tages tatsächlich zu schaffen. Bis es so weit sei, müßte, seiner Meinung nach, Olga behandelt werden. Selbstverständlich verband er diese Forderung mit finanziellen Drohungen, so daß mir nichts anderes übrigblieb, als damit einverstanden zu sein, auch wenn ich ganz genau wußte, daß eine solche Behandlung zu keinem Resultat führen würde.«

»Sie haben Olga behandelt?«

»Ich dachte, die Sache würde sich nach zwei oder drei Sitzungen von selbst erledigen, doch ich irrte mich. In Olgas Fall irrte ich mich immer wieder, und zwar mit einer seltsamen Beharrlichkeit. Die Ausdauer, mit der sie zu mir kam, überraschte mich. Sie war keine besonders kultivierte Frau, doch sie war intelligent, wie Sie bestimmt ebenfalls festgestellt haben. Ich weiß nicht, ob sie Ihnen erzählt hat, daß ihre Eltern ein erbärmliches Leben in Odessa führten. Nachdem sie sich, ich weiß nicht wie, Pässe besorgt hatten, kamen sie nach Frankreich und waren überzeugt, daß das kapitalistische Paradies sie mit offenen Armen empfangen würde. Doch sie wurden rasch eines Besseren belehrt. Abgesehen von der Freiheit, mit der sie ihrer mangelnden Finanzen wegen nichts anfangen konnten, war ihr neues Leben identisch mit dem, das sie in ihrer Heimat geführt hatten. Sie schlugen sich durch, Olga sorgte für den Unterhalt der Familie. Da sie gut aussah, sich vor nichts fürchtete und außerdem schnell lernte, fand sie bald eine Stelle als Verkäuferin in einer Boutique an der Place Vendôme; doch plötzlich hatte sie es eilig, ihre Familie, die ihr nur auf der Tasche lag, zu verlassen. Max ging häufig dort einkaufen. Auf diese Weise lernten die beiden sich kennen.«

Er hielt kurz inne, um Luft zu holen. Es war, als seien unsere Rollen vertauscht worden, als sei Zlibovic auf einmal der Patient. Je länger er erzählte, um so stärker hatte ich das Gefühl, daß zwischen uns ein unüberwindlicher Graben entstand. Nach dem Ende seiner Beichte würden wir uns nie mehr wiedersehen. Was mich, trotz seines Verhaltens, ein wenig traurig stimmte.

»Und schließlich heirateten sie!« fuhr er fort. »Keine Ahnung, warum sie das taten. Möglicherweise um ihrer unehrenhaften Beziehung einen ehrenwerten Anschein zu geben. Doch es gab noch andere Gründe. Die Liebe besteht nicht allein aus engelhaften Begierden. Was ich Ihnen, Michel, wohl nicht näher zu erklären brauche. Jeder erkannte in dem anderen seine eigene Verrücktheit. Ihre Ehe war die schlechteste aller möglichen Lösungen. Doch genau das war der Grund, weshalb sie heirateten. Sie können sich nicht vorstellen, mit welchem Genuß sich die beiden ihren gegenseitigen Grausamkeiten hingaben. Olga war zu allem fähig, um Max zum Äußersten zu treiben. Ich begriff sehr schnell, daß sie einzig und allein aus diesem Grund zu mir kam. Sie beschrieb mir Max' Brutalitäten bis ins kleinste Detail und konnte es nicht lassen, ihn schlechtzumachen, mir zu erklären, daß seine Grausamkeit lediglich die Kehrseite seiner Zerbrechlichkeit sei. ›Ein erbärmlicher Kerl‹, sagte sie voller Verachtung, ›zu nichts anderem fähig, als seine Untergebenen zu schikanieren und Steuern zu hinterziehen. Ich habe ihn weinen sehen, ich habe gesehen, wie er mir zu Füßen lag, während ich ihn schlagen mußte, verstehen Sie? Ich mußte ihn schlagen, mußte ihn beschimpfen, damit er endlich die Hand gegen mich erhebt. Und jetzt behauptet er, er hätte mehrere Geliebte! Ich frage mich, was er mit denen anstellt.‹ Selbstverständlich konnte Max sich denken, was sie mir erzählte. Mehr als einmal dachte ich, er hätte sie absichtlich zu mir geschickt, damit sie ihn vor mir erniedrigte und er gute Gründe hatte, seine Frau weiterhin zu verprügeln. Nach einiger Zeit stattete er mir ebenfalls mehrere Besuche ab. Er wollte wissen, was sie mir erzählte. Bestimmt hätte es ihm großen Spaß gemacht, das zu hören. Doch selbstverständlich konnte ich ihm diesen Wunsch nicht erfüllen. Als er wieder ging, schlug er wütend die Tür hinter sich zu und schwor, dieser Schlampe würde er schon noch die Würmer aus der Nase ziehen. Bei anderen Gelegenheiten kreuzte er in meiner Praxis auf, wenn Olga auf der Couch lag, beschimpfte sie und schlug vor meinen Augen auf sie ein. Ich hatte größte Mühe, die beiden wieder voneinander zu trennen. So konnte das nicht mehr weitergehen. Schließlich war Max damit einverstanden, daß ich seine Frau zu einem anderen Psychiater schickte.«

»Und dieser andere war ich! Sie haben sich ihrer entledigt, indem Sie sie auf meine Couch beförderten.«

»Ich kann Ihre Reaktion sehr gut verstehen, Michel, doch ich bin nicht der einzige Schuldige. Auch Sie selbst tragen Verantwortung für das, was geschehen ist.«

»Ich! Wieso das denn?«

»Als Sie zu mir kamen, um sich von mir behandeln zu lassen, fragte ich mich gerade, zu wem ich Olga schicken könnte.

Dadurch kam ich auf Sie und sagte mir, daß Sie die Therapie nach wenigen Sitzungen abbrechen würden. Das wäre jedenfalls die beste Lösung gewesen. Doch zu meiner großen Überraschung taten Sie das nicht. Damit hatte ich nicht gerechnet – und mich ein weiteres Mal in Olga getäuscht, genauso wie ich mich allem Anschein nach in Ihnen getäuscht hatte. Trotz der Schwierigkeiten, die Olga Ihnen bereitete, brachen Sie die Therapie nicht ab. Was hätte ich dagegen unternehmen sollen?«

Ich wußte nicht, was ich darauf antworten sollte. Er hatte nicht unrecht. Unvernünftigerweise hatte ich diese Frau weiterhin auf meiner Couch empfangen.

»Sie hätten mir sagen können, daß Sie sie zu mir geschickt haben.«

»Warum hätte ich das tun sollen? Solange sie Ihnen das nicht selbst sagte. Ob Olga Montignac oder irgendein anderer Patient – in unserem Beruf gibt es Regeln und Pflichten, die für alle gelten.«

»Wie können Sie es, nach allem, was Sie getan haben, wagen, von beruflichen Pflichten und Regeln zu sprechen? Warum haben Sie so gehandelt? Wollten Sie herausfinden, wie ich mit Olga zurechtkomme?«

»Das zweifellos auch«, gab er zu. »Obwohl sie offiziell bei Ihnen in Behandlung war, kam Olga weiterhin regelmäßig zu mir in die Praxis. Es machte ihr Spaß, mir zu erzählen, was sich auf Ihrer Couch abspielte. Auch ich hätte sie vor die Tür setzen müssen, doch dazu war ich genausowenig in der Lage wie Sie. Diese Frau hatte ein außergewöhnliches Talent dafür, die Schwächen ihrer Mitmenschen auszunutzen und sich auf diese Weise in deren Leben einzumischen. Etwa so wie bei Bernstein: trotz der Gefahr, der sie sich aussetzte, kehrte sie immer wieder dorthin zurück. Sie wissen, wovon ich rede. Ich sagte mir, daß es eine interessante – wenn auch unübliche – Erfahrung sei, sowohl den Standpunkt des Analytikers als auch den seiner Patientin zu kennen. Ich glaubte immer noch, daß das alles nicht lange dauern würde, daß Ihre Behandlung bei mir nach Olgas Verschwinden einen, sagen wir, normaleren Verlauf nehmen würde. Doch das war nicht der Fall, und ich wagte nicht, Ihnen zu sagen, was wirklich los war.«

»Und diese Geschichte mit dem Schlüssel?« fragte ich. »Sie hatte sich einen Zweitschlüssel für ihren Mann anfertigen lassen. Sie wußten, daß er im Wartezimmer meiner Praxis herumspionierte. Die beiden haben mich ganz schön an der Nase herumgeführt, und Sie ließen sie gewähren.«

»Das stimmt nicht, Michel. Als ich merkte, daß die Sache zu weit ging, bat ich Olga, mit ihren Extravaganzen aufzuhören. Doch sie hörte nicht auf mich, es machte ihr einfach zu großen Spaß.«

»Und Ihnen ebenfalls, wie ich annehme.«

Ein weiteres Mal starrte Zlibovic auf die Spitzen seiner Schuhe.

»Michel, ich habe stets gedacht, nichts sei jemals endgültig, jeder könne jederzeit entdecken, daß er ein anderer ist als der, der er zu sein glaubt. Ich werde demnächst achtzig – ein beachtliches Alter, nicht wahr? Doch auch in diesem Alter kann das Leben einem noch so manchen Streich spielen. Ich hielt mich für einen Wissenschaftler, für einen Intellektuellen, dem es darum geht, die Dinge, denen er sein ganzes Leben gewidmet hat, voranzutreiben. Doch dann mache ich Bekanntschaft mit Max und Olga, lasse mich von ihrer Verrücktheit anstecken und bin nicht mehr imstande, den Platz einzunehmen, den ich eigentlich einnehmen müßte: den des Psychoanalytikers. Olga erzählte mir, was sich in Ihrem Sprechzimmer abspielte. Sie mochte es, daß Max diesen Sitzungen beiwohnte. Doch auch Sie waren in dieser Hinsicht nicht ganz frei von Schuld. Anscheinend neigten Sie dazu, immer öfter und immer länger einzunicken, so daß man sich fragen durfte, ob nicht auch Sie, irgendwie, an dieser Situation Gefallen fanden.«

Am liebsten hätte ich ihn mit seinen Interpretationen zum Teufel gejagt, doch ich brachte es nicht fertig.

»Je mehr Zeit verging, desto tiefer ließ ich mich in ihr Spiel hineinziehen, so als hielte ich alle Fäden in der Hand. Doch das war in Wirklichkeit natürlich nicht der Fall. Dessen wurde ich mir bewußt, als Olgas Schilderungen und das, was Sie mir erzählten, plötzlich nicht mehr übereinstimmten. Das war zu der Zeit, als auch Max in Schwierigkeiten zu geraten begann. Seine politischen Freunde wandten sich von ihm ab, der Untersuchungsrichter war drauf und dran, ihn ins Gefängnis zu schicken. Olga verriet mir, daß er die Absicht hatte, sich ins Ausland abzusetzen, und zu diesem Zweck dabei war, das dafür nötige Geld zusammenzutragen. Sechs oder sieben Millionen, wenn möglich sogar mehr. Ich hatte allen Grund, ihr zu glauben. Wenige Tage zuvor hatte die Bank mir mitgeteilt, daß von den Konten des Freud-Kreises beachtliche Summen abgehoben worden waren. Binnen kürzester Zeit wäre unsere finanzielle Situation noch kritischer geworden, als sie es vor meiner Begegnung mit Max gewesen war. Um die von ihm angehäuften Schulden begleichen zu können, müßte ich alles verkaufen, die Büroräume, die Zeitschrift, das Ausbildungszentrum, alles. Dabei war nicht einmal sicher, ob das reichen würde, und falls zudem Max' Buchführung genau überprüft würde, drohte ich selbst der Mittäterschaft bei der Veruntreuung öffentlicher Gelder angeklagt zu werden. Ich mußte retten, was noch zu retten war. Ich schlug Olga vor, dieses Geld wiederzubeschaffen. Ich versprach ihr, gerecht mit ihr zu teilen, doch sie lachte mich aus. Sie sagte, sie hätte sich bereits mit Ihnen zusammengeschlossen.«

»Und das haben Sie ihr geglaubt!« sagte ich. »Kein besonders cleverer Schachzug für einen Psychiater wie Sie. Vorhin sagten Sie, Sie hätten sich von Max' Verrücktheit anstecken lassen. In Wahrheit haben Sie sogar seine Wertvorstellungen übernommen! Nach Ihren Worten geht es hier ausschließlich um Manipulation, Lügen, Fallen und um Partner, die man beseitigen muß. Sie scheint längst vorbei zu sein, die Zeit, als Sie zu jenem Milizsoldaten sagten: ›Ich kann Ihnen lediglich dabei helfen, in Würde zu sterben.‹«

»Auch in dieser Hinsicht irren Sie sich, Michel, ich mißtraute Olga. Ich war fest davon überzeugt, daß Sie mit alldem nichts zu tun hatten.«

»Und wieso kamen Sie dann auf die Idee, dieses Geld könnte in meinem Besitz sein?«

»Ich stattete Max einen Besuch ab, um mit ihm über einen Teil dieses Geldes zu verhandeln. Ich wollte nach seiner Flucht ins Ausland nicht allein in der Tinte sitzen. Er raste vor Wut. Die sieben Millionen waren verschwunden. ›Sie lagen im Tresor!‹ brüllte er. ›Die Schlampe hat sie mir geklaut! Ich bin ganz sicher. Sie wäre sogar in der Lage, den Tresor des Vatikans zu knacken!‹ Zudem beschuldigte er mich; ihr Komplize zu sein. Es gelang mir nicht, ihn vom Gegenteil zu überzeugen, doch plötzlich dachte ich an Sie. Max war bestohlen worden, Olga war tot, folglich könnten Sie das Geld an sich genommen haben. Das schien mir zwar wenig wahrscheinlich, doch ich wollte mein Glück versuchen. Was dabei herausgekommen ist, sehen Sie selbst«, fügte er hinzu und deutete auf die vor der Couch liegende Pistole.

»Möglicherweise hat Max Sie belogen, um nicht mit Ihnen verhandeln zu müssen.«

»Nein, ich bin sicher, daß Olga dieses Geld gestohlen hatte. Aber wo hat sie es versteckt? Das werden wir wahrscheinlich nie erfahren. Sie hat ihr Geheimnis mit in ihr Grab auf dem Friedhof von Père-Lachaise genommen.«

Plötzlich kamen Zweifel in mir auf. Ich dachte an den Mann, mit dem sich Max in seinem Haus in der Avenue de Montespan gestritten hatte.

»Wann waren Sie bei Max?« fragte ich.

Sein Gesicht verschloß sich.

»Was spielt das für eine Rolle?« erwiderte er.

Dann entledigte er sich seiner Decke und erhob sich. Er

sah erschreckend mager aus. Seine Kleider flatterten um seinen Körper, als hätte er innerhalb weniger Tage die Hälfte seines Gewichts verloren. Es fiel ihm sogar schwer, sich auf den Beinen zu halten.

»Es ist besser, wir lassen es dabei bewenden, Michel. Die Sitzung ist beendet, und Ihre Analyse auch, glaube ich. Jedenfalls die bei mir. Wir werden uns nicht mehr wiedersehen. Diesmal ist endgültig Schluß.«

Er begleitete mich zur Eingangstür und gab mir die Hand.

»Vorhin«, sagte er, »erwähnten Sie meine Haltung gegenüber jenem Milizsoldaten. Das ist lange her, Michel. Ich habe mein ganzes Leben damit verbracht, anderen Leuten zuzuhören, mir Gedanken über ihre und meine eigenen Begierden zu machen. Die Patienten gaben sich mit den Antworten zufrieden, die ihnen geboten wurden, und lebten ihr Leben anderswo weiter. Ich hingegen blieb weiterhin in diesem Sessel festgenagelt, mit all den Fragen, mit denen ich nichts anfangen konnte, und mit nur wenigen Antworten. In unserem Beruf muß man sich vor Antworten in acht nehmen. Einige Kollegen sind sogar berühmt dafür geworden, daß sie keine einzige Antwort kennen. Mit der Zeit glaubt man allmählich, daß die Wahrheit, nach der wir suchen, im Schweigen liegt oder – was durchaus möglich ist – überhaupt nicht existiert, sondern bloß ein Hirngespinst ist, das sich jeder nach seinem eigenen Bedarf zusammenbastelt. Wie Schlafwandler tasten wir uns durch die Welt. Denjenigen, die eine Analyse mitgemacht haben, gelingt es gelegentlich, ein Auge zu öffnen. Immerhin besser als gar nichts, werden Sie darauf antworten – und nicht einmal völlig unrecht haben…«

Zlibovic war sichtlich erschöpft. Er lehnte sich an die Wand, suchte einen Moment lang nach Worten.

»Wenn Sie wüßten, was ich alles in diesem Sprechzimmer zu hören bekommen habe; dennoch hat es mich nicht davon abgehalten, so zu leben wie die meisten Leute. Ich war ehrgeizig, ich wollte mich durchsetzen, ich heiratete, hatte Kinder. Und dann verließ mich meine Frau. Sie ging in einen Kibbuz an der libanesischen Grenze. Der Lärm der Katuschia-Granaten mußte ihr menschlicher vorkommen als meine Überlegungen. Unterdessen wurden meine Kinder erwachsen. Manchmal erinnern sie sich daran, daß es mich auch noch gibt, und besuchen mich. Nach meiner Begegnung mit Max wurde alles anders. Sie machte mir meine Erstarrung bewußt. Die Erde drehte sich, Max und Olga tanzten mit ihr, sie lebten an der Grenze, am Rand eines brodelnden Kraters. Im Vergleich zu ihnen fühlte ich mich armselig, mit Worten genauso geizig wie mit Leidenschaften. Und weil ich Angst davor hatte, den Rest meines Lebens in meinem Sessel verbringen zu müssen, wollte ich mich ihrem Tanz anschließen. Um mich meinesgleichen anzuschließen, beteiligte ich mich an ihrer Verrücktheit und finanzierte mit unterschlagenen öffentlichen Geldern eine Gesellschaft für Psychoanalyse... Und so hörte ich auf, ein Analytiker zu sein.«

Er hielt erneut inne, ehe er fortfuhr:

»Sie sind nicht dazu verpflichtet, das gleiche zu tun, Michel. Heutzutage ist unser Beruf kein Luxus mehr. Es sei denn, es ist der einzige Luxus, der uns geblieben ist. Vorhin sagten Sie, wir würden in einem Dschungel leben, in dem nur Platz ist für wilde Tiere wie Montignac. Es geht nicht darum, die Welt zu verändern, das ist nicht unsere Aufgabe. Außerdem sind Revolutionen sehr kostspielig. Nein, unsere Aufgabe besteht vielleicht eher darin, diesem Dschungel zuzuhören, weiterhin ein menschliches Gespräch in ihm zu ermöglichen. Das ist nicht unbedingt eine besonders lustige Aufgabe. Im Grunde genommen ist der Psychoanalytiker ein Heiliger. So, Michel, das wär's. Gehen Sie jetzt... und denken Sie nicht zu oft an den Wolfsmenschen.«

»Und was wird aus Ihnen?« fragte ich auf der Türschwelle.

»Machen Sie sich um mich keine Sorgen. Ihre Aufgabe besteht darin, den Heiligen zu spielen. Und falls es Ihnen eines

Tages gelingen sollte, sich diese sieben Millionen zu beschaffen, so sehen Sie zu, daß Sie sie sinnvoll anlegen. Adieu, Michel.«

Diese Empfehlung überraschte mich. Doch da hatte Zlibovic die Tür bereits hinter mir geschlossen.

Draußen herrschte nach wie vor eisige Kälte.

Ich knöpfte meinen Mantel zu und ging zu dem Volvo, der etwas weiter unten geparkt war. Der Kofferraum war immer noch nicht repariert worden; ich sagte mir, daß es allmählich Zeit wurde, mich darum zu kümmern.

Zwei Tage später las ich in der Zeitung, daß Zlibovic Selbstmord begangen hatte. Er hatte sich eine Kugel in den Mund geschossen. Der ausgesprochen schmeichelhafte Artikel erinnerte daran, daß Zlibovic, von Freud bis zu Lacan, an fast allen maßgeblichen Entwicklungen der Psychoanalyse beteiligt gewesen war, sich vollends mit ihr identifiziert und ihr sein ganzes Leben gewidmet hatte. Der Freud-Kreis, den er einige Jahre zuvor gegründet hatte, wurde als eine Hochburg des zeitgenössischen Denkens dargestellt. Daher konnte man seinen tragischen Tod nur bedauern. Über die Gründe seines Selbstmordes war aus den Artikeln nur wenig zu erfahren. Man beschränkte sich darauf, auf sein hohes Alter und seine Einsamkeit zu verweisen, und vermutete, seine Tat sei auf eine mögliche Depression zurückzuführen. Das war nicht unbedingt falsch. Möglicherweise stellte Zlibovics Selbstmord eine Übernahme meiner Depression dar. Wir haben die Patienten, die wir verdienen, pflegte Florence zu sagen. Doch inwiefern hat man auch den Analytiker, den man verdient?

Ich legte die Zeitung nieder und war hin und her gerissen zwischen meiner Trauer und einem merkwürdigen Angstgefühl. Dann rief Chapireau an.

»Könntest du sofort aufs Kommissariat kommen?« fragte er entsprechend jener Formel, die mittlerweile zwischen uns zur Gewohnheit geworden war.

Man bat mich in das winzige, eiskalte Zimmer, in dem ich bereits bei meiner vorigen Vorladung gewartet hatte. An dem Tisch saß derselbe Beamte in Zivil wie beim letzten Mal. Der Kerl auf der anderen Seite des Tisches schien ihm eine Aussage zu diktieren. Er sprach so leise, daß seine Worte kaum verständlich waren. Es kam mir vor, als würde er ein surrealistisches Gedicht aufsagen. Doch das störte den Polizisten nicht. Er tippte, was ihm vorgesagt wurde, und kümmerte sich nicht darum, ob es verständlich war oder nicht.

»Ashen lady«, wiederholte der andere, »sie mußte neben Jim Morrison begraben werden, bestimmt wird sie die Stadt retten.«

Mir sträubten sich die Haare. Der Discjockey! Mir war, als würde um mich herum alles zusammenstürzen. Chapireau hatte die Wahrheit herausgefunden. Diesmal würde er mich überführen.

Mit einem Schlag erinnerte ich mich an die Gedanken, die mir durch den Kopf gegangen waren, als ich Olgas Leiche auf meiner Couch entdeckt hatte. »Falls jemand an Ihre Unschuld glaubt, so ziehe ich vor Ihnen den Hut«, hatte Zlibovic zu mir gesagt. Er hatte recht, von Chapireau durfte ich nicht die geringste Nachsicht erwarten. In Handschellen würde man mich in meine Wohnung führen, um dort das Verbrechen zu rekonstruieren; man würde alles auf den Kopf stellen, meine sämtlichen Papiere und mein Archiv durchsuchen. Man würde mich mit Fragen bedrängen, mir immer wieder dieselben Fragen stellen, möglicherweise sogar meine Patienten verhören, und am nächsten Tag würde neben meinem Foto folgende Schlagzeile in der Zeitung stehen: PSYCHOANALYTIKER ERWÜRGT PATIENTIN! Und heute nacht würde ich zum ersten Mal in meinem Leben in einem Gefängnis schlafen.

In panischer Angst wollte ich fliehen, so weit wie nur irgendwie möglich davonrennen, aus diesem Gebäude hinaus, außer Reichweite von Chapireau, weit weg von seinen Ermittlungen und seinen Verhören. Ich hatte mich bereits von meinem Stuhl erhoben, als der Polizist sich plötzlich an mich wandte.

»Der Kommissar wird Sie gleich in seinem Büro empfangen«, murmelte er und deutete auf einen Stuhl.

Ich gab vor, seine Worte nicht gehört zu haben, und setzte meinen Rückzug fort. Doch vor der Tür versperrte ein uniformierter Polizist mir den Weg.

»Sind Sie taub oder was?« ärgerte sich der Kerl in Zivil. »Ich habe Ihnen gesagt, Sie sollen sich hinsetzen.«

Ich gab mich geschlagen und gehorchte.

Der Discjockey drehte mir den Rücken zu. Er fuhr mit seiner unglaublichen Aussage fort, in der er Liedtexte von Jim Morrison mit schwerverständlichen, metaphysischen Überlegungen vermischte. Ich befürchtete, er könnte sich jeden Moment umdrehen und mich wiedererkennen. Doch das tat er nicht. Es spielte nun sowieso keine Rolle mehr: in Kürze würden wir einander gegenübergestellt werden, und ich hatte keine Ahnung, was ich zu meiner Verteidigung vorbringen könnte. In der Zwischenzeit brachte der Polizist in Zivil die wahnwitzigsten Erklärungen zu Papier, ohne mit der Wimper zu zucken.

Nach etwa zwanzig Minuten wurde die Tür von Chapireaus Büro geöffnet.

»Komm rein«, sagte er und trat zur Seite, um mich vorbeizulassen.

Dann fügte er hinzu:

»Wir haben Olga Montignac gefunden.«

Er bat mich, Platz zu nehmen. Doch anstatt mit dem von mir erwarteten knallharten Verhör zu beginnen, sagte er mit zerknirschter Miene:

»Ich muß mich bei dir entschuldigen, aber ich habe mich in dieser Frau gewaltig getäuscht. Ich war fest davon überzeugt, sie hätte ihren Mann getötet, doch das war unmöglich: Zwei Tage zuvor war er von Zlibovic umgebracht worden.«

»Was?«

Vor Überraschung war ich von meinem Stuhl aufgesprungen. Chapireau deutete mir an, mich erneut hinzusetzen, und zeigte anschließend auf einige Blätter, auf denen ich Zlibovics Handschrift wiedererkannte.

»Da bist du baff, wie? Aber es ist die Wahrheit. Bevor er Selbstmord beging, hat er uns diesen Brief zukommen lassen. Dank seiner Hinweise fanden wir heraus, wo Olga Montignac, oder besser gesagt ihre Leiche, versteckt war. Er hatte sie in einem Grab auf dem Père-Lachaise beigesetzt.«

»Das ist doch nicht möglich«, murmelte ich und konnte einfach nicht fassen, was Chapireau mir soeben erzählt hatte.

»Ich wollte es zunächst auch nicht glauben, doch dann mußte ich mich den Tatsachen beugen. Alles in seinem Brief entspricht der Wahrheit. Mit einem Schlüssel, den ein ehemaliger Patient, ein häufiger Gast auf dem Père-Lachaise, ihm gegeben hatte, verschaffte er sich Zutritt zum Friedhof. Anschließend muß er sich dieses Schlüssels entledigt haben, denn obwohl wir überall danach gesucht haben, konnten wir ihn nirgendwo finden. Auch alles andere paßt hundertprozentig. Der Weg vom Eingang in der Rue du Repos bis zum Grab eines gewissen Sergej Prévot, die Eisenstange, mit der er den Grabstein verschob, der darunter versteckte Leichnam von Olga Montignac. Natürlich schaffte er das alles nicht allein, aber wir haben mittlerweile den Kerl gefunden, der ihm bei dieser makabren Arbeit behilflich war. Ein Spinner, der sich nachts am Grab von Jim Morrison herumtreibt. Er wird im Nebenzimmer gerade verhört. Anschließend schicken wir ihn in eine psychiatrische Anstalt. Auf diese Weise entgeht er einer Strafanzeige wegen Gräberschändung. Jedenfalls hat er Zlibovic wiedererkannt, als wir ihm dessen Leichnam im Leichenschauhaus zeigten. Bestimmt wirst du jetzt sagen, daß er ihn, in seinem Zustand, sogar als seine Großmutter identifiziert hätte, doch die Hauptsache ist, daß seine Aussage Zlibovics Geständnis bestätigt.«

Ich wußte nicht, was ich darauf sagen sollte. In meiner Tasche befand sich nach wie vor der Schlüssel, mit dem ich den Friedhof betreten hatte. Auch alles andere paßte, wie Chapireau sich ausgedrückt hatte, hundertprozentig. Zlibovic hatte ihm genau die Geschichte aufgetischt, die ich ihm auf der Couch erzählt hatte. Er hatte sich nicht nur meiner Depression angenommen, sondern auch meiner Affäre mit Olga. Zudem bezichtigte er sich ihrer Ermordung. Was der Polizei zweifellos äußerst gelegen kam. Die Art und Weise, wie Zlibovic mich nach seinem Tod von jeglichem Verdacht freigesprochen hatte, machte mich völlig sprachlos.

»Eine merkwürdige Geschichte«, fuhr Chapireau fort, während er mit Zlibovics Brief herumfuchtelte. »Mit achtzig Jahren verliebt sich dieser Mann in Olga Montignac. Das ist kein zweiter Frühling, sondern ein starkes Stück! Zunächst war sie seine Patientin. Da er diese Situation nicht mehr aushielt, wollte er sie sich vom Hals schaffen, weswegen er sie zu dir schickte, doch es war stärker als er, er konnte es nicht lassen, sie wiederzusehen. Sie muß ihm das Leben ganz schön schwergemacht haben. Was er uns in dieser Hinsicht erzählt, ist nicht gerade lustig. Kurzum: Am letzten Montag hat er sie in einem Anfall mörderischer Verzweiflung erwürgt. Das hat die Autopsie bestätigt. Und stell dir vor, er hat sie vier Tage lang in seiner Wohnung aufbewahrt, ehe er sie beerdigte!«

»Dann muß es ihm wirklich sehr schlecht gegangen sein.«

»Meiner Meinung nach konnte er sich einfach nicht von ihr trennen. Dieses ein wenig nekrophile Verhalten ist häufiger zu beobachten, als man glaubt. Wenn du mal in den Polizeiarchiven stöbern würdest, kämest du aus dem Staunen nicht mehr heraus. Die ganze Geschichte stieg ihm am Ende so sehr zu Kopf, daß er schließlich auch Olgas Mann beseitigte.«

Das wunderte mich keineswegs, ja, ich hatte es bereits geahnt, als Zlibovic mir erzählte, daß er sich mit Max getroffen hätte, um mit ihm über die Schulden des Freud-Kreises zu verhandeln.

»Auch in diesem Fall bestehen keinerlei Zweifel. Er war es, der nach der Tat die Polizei verständigte. Nur der Täter konnte dieses Detail kennen, denn in der Presse war es mit keinem Wort erwähnt worden. Vor allem aber hat er sich mit derselben Waffe umgebracht, mit der auch Montignac erschossen wurde. Warum hat er das getan? In seinem Brief macht er darüber keine präzisen Angaben. Möglicherweise wegen dem, was mit Olga passiert war. Bei solchen Eifersuchtsgeschichten kriegt jeder sein Fett ab, die Geliebte, die Ehefrau, der Ehemann, der Geliebte. Alle, die auf die eine oder andere Weise mit der Sache zu tun haben. Außerdem lagen die beiden wegen der finanziellen Verwaltung des psychoanalytischen Zentrums miteinander im Streit. Montignac war dafür zuständig. Und er handhabte diese Angelegenheiten selbstverständlich auf seine Weise. Zlibovic hatte sich gründlich hereinlegen lassen. Veruntreuung öffentlicher Gelder, unzulässige Scheintransaktionen, Fälschungen und Gebrauch gefälschter Schriftstücke, Kapitalunterschlagung – diese Methoden sicherten dem Freud-Kreis das Überleben. Typisch Montignac. Selbst wenn Zlibovic nichts damit zu tun hatte, hätte er dafür geradestehen müssen. Denn er trug offiziell die Verantwortung für dieses Gesellschaft. Wie du siehst, hatte er gute Gründe, Montignac zu beseitigen.«

Als Chapireau sich erhob, stand ich ebenfalls von meinem Stuhl auf.

»Nach diesem Doppelmord blieb ihm als ehrenhafte Lösung nur noch der Selbstmord übrig«, sagte Chapireau in fatalistischem Ton. »Wie auch immer: Damit ist der Fall abgeschlossen. Sollten wir das von Montignac unterschlagene Geld jemals wiederfinden, so werden wir damit seine Gläubiger bezahlen. Doch in dieser Hinsicht sollten wir uns keine allzu großen Hoffnungen machen. Denn nun lebt niemand mehr, der weiß, wo sich dieses Geld befindet.«

Er begleitete mich zur Tür seines Büros.

»War er nicht dein Analytiker?« fragte Chapireau, als er mir die Hand reichte.

»Ja..., und überdies war er mein Freund.«

»Eine schmerzliche Erfahrung für dich, nicht wahr? Jedenfalls werden wir zusehen, daß sich die Geschichte nicht zu sehr herumspricht. Die Erinnerung an Zlibovic muß nicht unbedingt getrübt werden. Das bin ich dir wohl schuldig, nach all dem Ärger, den ich dir bereitet habe.«

Ich fand, daß er sich seiner Sache allzu sicher war. Doch möglicherweise war er tatsächlich von seinen Schlußfolgerungen überzeugt und gleichzeitig erleichtert, daß er mich nicht länger verdächtigen mußte.

So als wollte er diesen Eindruck bestätigen, fügte er hinzu:

»Wir müßten demnächst mal wieder zusammen Mittag essen gehen... Wer weiß, vielleicht wirst du mir dann verraten, warum du mich letzte Woche unbedingt sprechen wolltest?«

»Einverstanden«, sagte ich, ohne näher auf diese letzte Bemerkung einzugehen.

Bevor wir uns verabschiedeten, fragte ich ihn:

»Wie hast du es eigentlich geschafft, daß Mai-Li gegen mich aussagte?«

»Ich drohte ihr damit, sie nach Kambodscha zurückzuschicken.«

Völlig entsetzt sah ich ihn an.

»Und das hättest du wirklich getan?«

Er wirkte ein wenig verlegen.

»Es war bloß eine Drohung. Du weißt doch, wie Polizisten so sind.«

In der Tat, allmählich lernte ich sie immer besser kennen. Ich bedankte mich bei Chapireau, und nachdem wir uns ein weiteres Mal die Hand gegeben hatten, verließ ich sein Büro.

Im Nebenzimmer rühmte der Discjockey gerade die Qualitäten seiner HiFi-Anlage, die es ihm dank der Synchronuhr und des automatischen Suchverfahrens der gespeicherten Radiosender erlaubte, mit Musik einzuschlafen und mit Musik auch wieder aufzuwachen.

Als er mich sah, warf er mir einen gleichgültigen Blick zu.

Draußen achtete ich kaum auf die Kälte.

Wie unter Hypnose ging ich nach Hause und fühlte mich gleichzeitig niedergeschlagen und befreit von dem, was Zlibovic für mich getan hatte. Doch bald war es fünfzehn Uhr, und meine Patienten würden nicht länger auf sich warten lassen.

In der Rue de Dunkerque blockierten die Männer von der Müllabfuhr die Straße. Als ich auf ihrer Höhe war, warf ich den Schlüssel des Friedhofs von Père-Lachaise in eine Mülltonne, deren Inhalt unmittelbar danach im Kippkübel des Lastwagens verschwand. Dann eilte ich in meine Praxis, damit meine Patienten nicht allzulange auf mich warten mußten.

Die Neurotiker dieses Mittwochs kamen und gingen, ohne daß sich etwas Nennenswertes zutrug. Die einen erschienen zu einem ersten Gespräch, »um sich zu informieren«, die andern hatte das Krankenhaus zwecks eines Überlebenspraktikums zu mir geschickt, und alle litten unter dem gleichen Lebensüberdruß, unter dem gleichen Zögern hinsichtlich der Notwendigkeit einer intensiveren Behandlung. »Wir müssen dem Dschungel lauschen«, hatte Zlibovic zu mir gesagt. Dem stimmte ich anstandslos zu, doch nach allem, was ich zu hören bekam, ging es dem Dschungel eher schlecht.

Gegen achtzehn Uhr verließ der letzte Klient meine Praxis. Um zwanzig Uhr war ich mit Florence verabredet. Nachdem ich die Tür meines Sprechzimmers hinter mir geschlossen hatte, machte ich es mir wie gewohnt auf dem Sofa im Wohnzimmer bequem und schaltete das Radio ein. Auf France Inter lief gerade das *Miserere* von Allegri. Eine willkommene Abwechslung zu Jim Morrison und dem Friedhof von Père-Lachaise. Das *Miserere* war eines meiner Lieblingsstücke. Ich liebte den feierlichen Gesang der Chöre, ihre aufdringliche Tiefe, aus der sich eine Stimme von perfekter Reinheit erhob, die von den anderen Stimmen getragen zu werden schien. Fast zwei Jahrhunderte lang wurde dieses Stück alljährlich während der Karwoche in der Sixtinischen Kapelle vorgetragen. Nach und nach löschte man sämtliche Kerzen, so daß die Dunkelheit, die diesen Mysteriengesang umgab, ihm zusätzlich eine göttliche Note verlieh. Trotz ihres religiösen Charakters hielt ich diese Musik für ausgesprochen sinnlich. Sie reinigte mich von all dem, was ich in den letzten Tagen durchgemacht hatte, und ich hätte ihr noch stundenlang zuhören können, wenn ich nicht plötzlich auf eine Idee gekommen wäre. Auf eine verrückte Idee, von der meine Bank, falls sie Wind davon bekäme, keineswegs angetan wäre. Doch angesichts meiner augenblicklichen Lage war das völlig gleichgültig.

Ich schaltete das Radio aus, ging in mein Sprechzimmer hoch, nahm die zwanzigtausend Francs, die einst Olga gehört hatten, ergriff meinen Mantel und begab mich im Laufschritt zu meinem Wagen, der vor dem Jacques-Decour-Gymnasium abgestellt war.

Eine Stunde später parkte ich an der Ecke Rue Scribe und Rue Auber. Mir gegenüber ragte die prunkvolle, kitschige Fassade eines Turmes in die Höhe, der aus denselben Steinen bestand wie die Haussmann-Gebäude. Das riesige Ladenschild über dem Eingang brannte ein leuchtendes Loch in die Nacht. Es bestand aus zwei Wörtern, die mir ausgesprochen vertraut waren:

JUWELIERGESCHÄFT BERNSTEIN

Im Inneren des Geschäfts herrschte ein unglaublicher Andrang. So kurz vor den Feiertagen mangelte es auch hier nie an Kunden. Wohin man auch blickte, überall hingen Tafeln, die darauf hinwiesen, daß bis zweiundzwanzig Uhr geöffnet war. Dem Beispiel von Tiffany's in New York folgend, war der Laden nach dem Modell eines Supermarkts angelegt worden und verstand sich ganz offensichtlich als Konkurrenz zu den Juwelieren an der nahegelegenen Place Vendôme und in der ebenfalls nicht weit entfernten Rue de la Paix. Das hatte seinerzeit zu heftigen Protesten geführt, vor allem seitens des sehr exquisiten Vendôme-Komitees, das sich als Tempelwächter aufspielte und befürchtete, diese Art von Geschäften könnte dem hochkarätigen Viertel Schaden zufügen. Auf mehreren Etagen und in kilometerlangen Auslagen waren die prachtvollen Schmuckstücke ausgestellt, die manche Leute für wahrhaftige Goldschmiedekunstwerke hielten. Kein einziger der großen Namen der ranghöchsten Juweliere fehlte: Van Cleef & Arpels, Cartier, Mauboussin, Chaumet, Boucheron... Zu ihnen gesellten sich die unumgänglichen Namen der Luxusindustrie: die Uhrenfabrikanten Beaume et Mercier, Rolex und Piaget sowie die Reisegepäck- und Seidenartikelhersteller Saint-Laurent, Vuitton, Hermès und Dior.

Hier also hatte Olga Montignac ihre Talentproben abgeliefert. Als ich an der Halstuch-Abteilung vorbeikam, erinnerte ich mich daran, wie sie dort einen Ring im Wert von dreißigtausend Francs versteckt hatte, den sie sich später abholte. Angesichts der unzähligen Kameras, die überall gut sichtbar angebracht waren, und der Kaufhausdetektive, von denen etliche aufgrund ihres angestrengten Bemühens, sich wie unauffällige Kunden zu verhalten, leicht zu erkennen waren, mußte man Olga zugestehen, daß es ihr an Kaltschnäuzigkeit nicht gefehlt hatte.

Doch ich war nicht hier, um die Wirkungsstätten einer Neurotikerin aufzusuchen. Eine Abteilung erregte meine besondere Aufmerksamkeit. Auf einem Verkaufsständer war ein wundervolles Paar Ohrringe mit eingefaßten Smaragden ausgestellt. Es kostete zwölftausend Francs. Ich zögerte keine

Sekunde, sondern jauchzte geradezu vor Freude, als ich die Verkäuferin bat, mir die Ohrringe als Geschenk einzupacken. Dann bezahlte ich mit Olgas Geld und ging.

Als ich das Geschäft gerade verlassen wollte, erblickte ich die Mathematiklehrerin. Sie saß an einem kleinen Tisch und betrachtete die Schmuckstücke – hauptsächlich Uhren –, die eine Verkäuferin ihr vorlegte. Ich traute meinen Augen nicht. War sie bloß zur Erkundung hier oder hatte sie beschlossen, kurzerhand zu den Jaeger-LeCoultre-Stücken aus Massivgold überzuwechseln? Im Gegensatz zu Olga sah sie nicht wie eine Stammkundin von Luxusboutiquen aus. Die Verkäuferin war sich dessen bewußt und behielt sie mißtrauisch im Auge. Nachdem sie einem Kerl in einem marineblauen Anzug – wahrscheinlich der Abteilungsleiter – ein diskretes Zeichen gegeben hatte, näherte sich dieser in Begleitung eines zweiten Mannes, der wie ein Polizeiinspektor aussah. Ich weiß nicht, ob die Mathematiklehrerin die beiden Männer kommen sah, jedenfalls ließ sie sich nichts anmerken und gab weiterhin vor, sich für die Schmuckstücke zu interessieren, die man ihr zeigte. Ich war gespannt, wie die Sache weitergehen würde, doch es widerstrebte mir, meiner Patientin nachzuspionieren. Morgen würde sie mir bestimmt erzählen, wie es ausgegangen war. Und sollte sie nicht in meiner Praxis erscheinen, so wäre auch das ein Hinweis für mich.

Draußen dachte ich nicht länger an sie.

Trotz der Kälte waren in den Straßen eine Menge Menschen unterwegs. Weihnachten stand vor der Tür, man drängte sich vor den Kinos und den Restaurants oder eilte durch die Geschäfte, um die letzten Einkäufe zu erledigen. Bis zu meiner Verabredung mit Florence blieben mir noch fünfzehn Minuten. Das *Grand Café Capucines* war nicht sonderlich weit entfernt, ich konnte zu Fuß hingehen.

Ich ließ mir Zeit. Nicht weil ich mich in dieser Menschenmasse besonders wohl gefühlt hätte, sondern eher weil ich mehr Geld ausgegeben hatte als geplant und weil ich plötzlich an die sieben Millionen dachte, die Olga gestohlen hatte. Angesichts meiner finanziellen Lage hätte ich dieses Geld im Moment gut brauchen können. Chapireau zufolge müßte man es ein für allemal abschreiben. Ob er damit wohl recht hatte? Während ich diesen Gedanken nachhing, ertappte ich mich mehr als einmal dabei, daß ich trödelte.

10

Das *Grand Café Capucines* war zu drei Vierteln gefüllt, als ich eintrat. Die Kellner in ihren weißen Westen eilten mit riesigen Meeresfrüchtetellern und Fischplatten zwischen den Tischen umher. Ihre Beflissenheit inmitten des lauten Gewirrs verlieh dem Restaurant eine Atmosphäre heiterer Fröhlichkeit.

Florence erwartete mich wie gewohnt an einem Tisch im hinteren Teil des Restaurants. Sie sah müde und angespannt aus. Vor ihr lag ein fast leeres Päckchen Marlboro.

»Du rauchst wieder?« fragte ich, als ich ihr gegenüber Platz nahm.

»Die Antiraucher-Hysterie der Amerikaner ging mir so auf den Geist, daß ich Lust bekam, erneut mit dem Rauchen anzufangen.«

Der Kellner, der an unseren Tisch kam und unsere Bestellung aufnahm, hinderte Florence daran, sich ausführlicher über dieses Thema auszulassen.

»Du scheinst nicht besonders gut in Form zu sein«, sagte ich, als der Kellner wieder gegangen war.

»Ich bin hauptsächlich erschöpft, der Zeitunterschied... Ich habe seit zwei Nächten kein Auge zugetan.«

Auch ich hatte in letzter Zeit nicht viel geschlafen, doch ich hatte keine Lust, Florence mein Leben zu erzählen. Statt dessen sagte ich ihr, daß wir dieses Abendessen durchaus hätten verschieben können, doch sie entgegnete, unser Rendezvous würde sie nicht stören.

»Außerdem«, fügte sie lächelnd hinzu, »freue ich mich, dich wiederzusehen.«

Ich erwiderte ihr Lächeln. Obwohl sie übermüdet war, sah sie bezaubernd aus. Das wußte sie ganz genau, und nicht ohne Erfolg setzte sie ihre Reize ein, sogar bei ihren Patienten, was die Dinge häufig nicht gerade vereinfachte. An diesem Abend gab sie sich ganz schlicht: Sie hatte unauffälliges Make-up aufgetragen, sich das Haar mit einem Gummiband zusammengebunden und trug, um ihren schlanken Körper zu betonen, eine anthrazitgraue Weste über einem weißen T-Shirt und einer Jeanshose. Nichts Ausgefallenes, doch an den Blicken der Kellner war deutlich zu erkennen, daß Florences Ausstrahlung ihre Wirkung nicht verfehlte.

»Und, wie war denn nun der Kongreß in Chicago?«

»Enttäuschend. Die Amerikaner sind zwar sehr nette Leute, doch sie haben völlig absurde Ansichten über die Psychoanalyse.«

In der Folge sparte Florence nicht mit Kritik an ihren Kollegen jenseits des Atlantiks. Diese hatten sich nicht damit begnügt, Freud mit ihren pragmatischen, auf schnelle Symptombeseitigung angelegten Therapien dem amerikanischen Geschmack anzupassen, sondern seit neuestem kämpften sie sogar darum, sich rechtlich gegen unzufriedene Kunden abzusichern. Außerdem bestand für diejenigen, die vom Sicherheitssyndrom befallen waren, das Hauptproblem der Psychoanalyse in der Position der Couch gegenüber dem Sessel oder der Sprechzimmertür. Ohne freien Zugang zum Ausgang, so erklärten sie in vollem Ernst, würde im Falle einer Gewalttat keine Versicherungsgesellschaft für die Krankenhauskosten aufkommen.

»Ungefähr auf diesem Niveau bewegen sich ihre Überlegungen«, sagte Florence. »In der Prozeßführung kennen sie sich besser aus als in der Psychoanalyse. Diese Leute würden sogar die Pest in den Griff bekommen. Stell dir vor, in New York gibt es eine Art Freud-Service für gestreßte Yuppies. Eine mit

Couch und Sessel ausgestattete Limousine holt den Patienten zu Hause ab. Und während der Chauffeur ihn in die Wall Street kutschiert, hört sich der Analytiker sein Leid an. Selbstverständlich hängt die Dauer der Sitzung vom Verkehr und von den Staus ab. Könntest du dir vorstellen, deinen Patienten mitten in der Bronx aus dem Wagen zu werfen, weil du glaubst, daß seine Therapie beendet ist?«

Die Tatsache, daß sie die angelsächsischen Therapiemethoden lächerlich machen konnte, schien Florence wieder ein wenig munterer werden zu lassen. Ich konnte mir gut vorstellen, daß sie demnächst einen vernichtenden Artikel über die Psychoanalyse *made in USA* schreiben würde.

Ein Kellner brachte die bestellte Flasche Riesling in einem Eiskübel. Er schenkte mir ein wenig ein, und nachdem ich den Wein für gut befunden hatte, füllte er Florences Glas.

»Auf dein Wohl – und auf das von Chicago«, sagte ich und hob mein Glas.

»Und wie war's in Paris?«

»Mathieu und ich haben ein wundervolles Wochenende miteinander verbracht. Er war begeistert, daß wir uns zusammen *Arsen und Spitzenhäubchen* angeschaut haben. Ansonsten gab's nichts Außergewöhnliches, außer daß ...«

»Die Sache mit Zlibo?« unterbrach sie mich.

»Ja, ich habe es heute morgen erfahren. Das hat mich sehr getroffen. ich hätte nicht gedacht, daß meine Analyse bei ihm auf solch tragische Weise enden würde. Eigentlich kann ich noch gar nicht begreifen ...«

»Sobald du es begriffen hast, wird deine Trauerarbeit beendet sein.«

Florence wußte, wie gehabt, auf alles eine Antwort, selbst wenn sie todmüde war.

»Du hast gut reden«, entgegnete ich. »Schließlich habt ihr euch nie so besonders gut verstanden.«

»Er vertrottelte und wurde immer tyrannischer. Die Art und Weise, wie er den Freud-Kreis leitete, führte schnurstracks in die Katastrophe. Anstatt sich zum Konsul auf Lebenszeit zu ernennen, hätte er sich lieber zurückziehen sollen.«

»Ist es das, was du ihm vorwirfst?«

»Er hielt sich für den Statthalter der Psychoanalyse, und das ging mir gehörig auf die Nerven. Gut, er hat Freud, Marie Bonaparte, Ernest Jones und weiß Gott wen noch alles gekannt, doch allmählich wurde es Zeit, in Pension zu gehen. Möglicherweise wäre es ihm dann erspart geblieben, so zu enden.«

Ich zog es vor zu schweigen. Der Kellner sorgte für eine willkommene Abwechslung, indem er unser Essen brachte: gegrillter Katfisch für Florence – sie aß in diesem Restaurant immer gegrillten Katfisch – und Seezunge nach Müllerinart für mich. Er stellte die Teller vor uns auf den Tisch, wünschte uns einen guten Appetit und ging wieder.

Ich rührte mein Essen kaum an. Unser Gespräch und Florences rechthaberischer Ton hatten eine Mißstimmung aufkommen lassen, die zur Folge hatte, daß wir uns während des Essens nur noch über Banalitäten unterhielten, die dieses Unbehagen wieder vertreiben sollten. Wir sprachen über gemeinsame Freunde, über die schwierige Zeit, in der wir momentan leben, über das Aufkommen des Rechtsextremismus, die Korruptheit der Politiker, das letzte Buch, das wir gelesen hatten, über die Rivalitäten zwischen den verschiedenen Freud-Schulen – und waren außerstande, länger als zwei Minuten bei ein- und demselben Thema zu bleiben. Florence schien sich ständig wegen irgend etwas verteidigen zu müssen. Ihre Stimme hörte sich nervös an, sie sprach in abgehackten Sätzen. Ich verstand nicht, was sie für Gründe dafür hatte. Wollte sie ihre Gehässigkeiten gegenüber Zlibovic mit völlig uninteressanten Bemerkungen über dieses und jenes vergessen machen? Oder litt sie, wie sie behauptete, tatsächlich unter ihrer Müdigkeit und unter dem Zeitunterschied? Jedenfalls begann mich dieses Abendessen schrecklich zu langweilen, und ich sehnte sein Ende herbei.

»Und deine Patienten?« fragte Florence.

»Nichts Nennenswertes seit deiner Abreise«, antwortete ich ausweichend, »alles nur Routine. Einerseits die langwierigen Analysen, andererseits die Überlebenstherapien mit den geborenen Verlierern – du kennst die alte Leier: Mißerfolge in der Schule, Mißerfolge im Beruf, Mißerfolge in der Liebe, dann eine gescheiterte Therapie und ein mißlungener Selbstmordversuch, schließlich ein weiteres Überlebenspraktikum. Dies sind schwierige Zeiten für Neurotiker...«

»Und welche Fortschritte machst du mit deiner Kleptomanin?«

Diese Frage überraschte mich, denn ich hatte Florence nie etwas von Olgas Kleptomanie erzählt.

»Weißt du das von Charvet? Nicht zu fassen, wie schnell sich diese Dinge herumsprechen«, bemerkte ich verärgert.

»Er... er hat die Sache nur kurz einmal erwähnt«, stammelte sie.

Ihr Verhalten kam mir äußerst merkwürdig vor. Wollte sie mir verheimlichen, daß sie ein Verhältnis mit Charvet hatte? Dabei war sie längst aus dem Alter heraus, in dem man solche Dinge am liebsten für sich behält. So als hätte sie die Gründe für meine Verwunderung begriffen, fügte sie rasch hinzu:

»Ich habe ihn gestern getroffen... Wir mußten eine Arbeit abschließen.«

»Du warst gestern mit ihm zusammen? Ich dachte, er hätte aus Wien angerufen. Er nimmt doch bis Ende der Woche an einem Seminar in Wien teil.«

Sie wurde ganz rot im Gesicht und stieß um ein Haar ihr Glas um. Es war das erste Mal, daß ich sie derart verlegen sah.

»Nun, ich meine... am Telefon. Er brauchte nähere Angaben über einen Artikel«, stotterte sie und wurde immer befangener.

Es war ganz offensichtlich, daß sie log. Charvet hatte sie nicht angerufen. Außerdem hatte ich mich geirrt: Die beiden hatten keineswegs ein Verhältnis miteinander, sonst hätte sich

Charvet nicht nach ihr erkundigt. Die Verwirrung, die ich bei seinem Anruf herauszuhören glaubte, war nicht auf sein Interesse an Florence zurückzuführen, sondern auf das, was bei unserer letzten Versammlung vorgefallen war. Warum also log Florence? Plötzlich kam mir ein Verdacht. Ein Verdacht, der mir so unglaublich erschien, daß ich ihn zunächst von mir weisen wollte, der sich mir jedoch wie eine Gewißheit aufdrängte.

»Hat Max Montignac dir erzählt, daß meine Patientin eine Kleptomanin war?« fragte ich Florence.

Es war, als hätte ich ihr eine Ohrfeige verpaßt.

»Wovon redest du?« erwiderte sie mit tonloser Stimme.

»Du kennst diesen Kerl. Nur er kann dir erzählt haben, daß seine Frau eine Diebin war.«

Diesmal wurde sie ganz bleich im Gesicht. Sie griff nach einer Zigarette und zündete sie, meinem Blick ausweichend, mit zitternder Hand an.

»Mit Charvet habe ich tatsächlich darüber gesprochen«, fuhr ich fort, »doch von ihm kannst du es nicht erfahren haben. Du wußtest nicht einmal, daß er derzeit in Wien ist.«

»Na und?«

»Nun... Außer ihm wußten lediglich zwei Personen Bescheid: Zlibo und Montignac. Mit Zlibo hattest du ein äußerst gespanntes Verhältnis, bleibt Montignac. Oder fällt dir noch jemand ein?«

»Nein, sonst niemand«, sagte sie mit erneut sicherer gewordener Stimme. »Du hast recht, ich kannte Max... Er war mein Geliebter.«

»Dein Geliebter!«

»Da staunst du, wie? Deiner Meinung nach bin ich wohl ausschließlich an Männern interessiert, die entweder zehn Jahre lang studiert oder ihr halbes Leben auf der Couch eines Psychiaters verbracht haben...? Wohlgemerkt«, fügte sie in etwas ruhigerem Ton hinzu, »Max hätte, angesichts seines Zustandes, eigentlich sein ganzes Leben in psychiatrischer Behandlung verbringen müssen. Dennoch war er mein Geliebter. Es wäre mir natürlich lieber gewesen, du hättest nie etwas davon erfahren, vor allem wegen seiner Frau. Doch jetzt ist es nicht mehr zu ändern. Strenggenommen kommt die Wahrheit stets aus Versehen ans Licht. Du dachtest, ich hätte ein Verhältnis mit Charvet, nicht wahr? Es stimmt, wir haben zwei- oder dreimal miteinander geschlafen, mehr aber auch nicht... Mit Max war das anders. Ich lernte ihn kennen, als ich von einer Konferenz aus Genf zurückkam. Er saß neben mir im Flugzeug. Er fiel buchstäblich über mich her. Ich fühlte mich auf eine geradezu animalische Weise zu ihm hingezogen. Noch am selben Abend gingen wir miteinander ins Bett.«

Ich traute meinen Ohren nicht. Florence war Max' Geliebte gewesen! Was hatte sie dazu gebracht, sich diesem Mann an den Hals zu werfen? Diese animalische Anziehungskraft, wie sie es ausdrückte? Max hatte Zlibovic anvertraut, daß er die Frustrationen, die er mit Olga erlebte, mit der Hilfe anderer Frauen zu überwinden versuchte. Hatte Florence ähnliche Gründe? Sie machte sich oft über die rechtschaffenen und gewissenhaften Intellektuellen lustig, mit denen sie normalerweise zu tun hatte, und äußerte sich – so als würde sie sich auf die Hemmungen in unserer Ehe beziehen – wenig freundlich über deren Fähigkeiten im Bett. »Sie sind genauso prüde wie Freud«, sagte sie. War Max ein Gegenmittel? Es sah aus, als versuchte die ganze Menschheit, sich von irgend etwas zu befreien. Max wollte sich von Olga befreien, die sich auf meiner Couch möglicherweise von Max befreien wollte, während es mir zweifellos ähnlich mit Rebecca erging, die sich ihrerseits von mir befreien wollte. In gewisser Hinsicht trieb der Frust uns einer in die Arme des andern, während die Psychoanalyse am Kreuzungspunkt dieser Wanderbewegungen stand und sie so gut wie möglich regelte, ungefähr so wie ein Autobahnkreuz den Verkehr zur Urlaubszeit zu regeln versucht. Das verhindert zwar nicht gelegentliche Unfälle, wie beispielsweise in Olgas Fall, doch es vereitelt größere Katastrophen. Dennoch erschütterte es mich, daß ich bei Florence das gleiche Verhalten und vor allem die gleiche Faszination für diesen Schurken feststellen mußte wie bei mir oder bei Zlibovic. Waren Freuds Nachkommen im Begriff, den Verstand zu verlieren?

»Allerdings«, fuhr Florence fort, »findet das Leben mit einem Mann nicht nur im Bett statt. Max war ein großer Verführer – hättest du ihn jemals kennengelernt, du würdest meine Meinung bestimmt teilen –, doch sein Problem war, daß er sich stets groß aufspielen mußte. Was auf Dauer ziemlich ermüdend war. Er dachte, er würde mir gewaltig imponieren, als er mich in seinem herrschaftlichen Haus empfing. Doch ich bin nicht jemand, der sich täuschen läßt. In Wirklichkeit war Max trotz seines Erobererergebarens kein Frauenheld, sondern ein manisch depressiver Schwächling. Seine Frau machte ihm das Leben zur Hölle. Sie klaute wie eine Verrückte. Er kaufte ihr, was sie sich wünschte, doch es half alles nichts. Das machte ihn schrecklich wütend, doch er war außerstande, sie zu verlassen. Ich ertrug das nicht mehr, und so trennte ich mich von ihm, bevor ich nach Chicago flog.«

»Weil er unfähig war, seine Frau zu verlassen?«

Sie zuckte mit den Schultern.

»Blödsinn! Ich war nicht eifersüchtig, aber das Getue der beiden ging mir fürchterlich auf die Nerven. Zudem wurde Max immer jähzorniger. Die polizeilichen Ermittlungen machten ihm sehr zu schaffen. Er sah überall Komplotte gegen sich und glaubte, die ganze Welt hätte sich gegen ihn verschworen. Er weinte in meinen Armen. Dann wieder schwor er, er würde sich nicht länger alles gefallen lassen, und behauptete, ihm würden kompromittierende Dossiers über eine Menge Leute vorliegen, man würde sich noch sehr wundern. Am nächsten Tag war er erneut am Boden zerstört. Ich nahm etwas Abstand von ihm, und auch das konnte er nur schlecht ertragen. Ständig rief er mich an, einmal platzte er fast in eine therapeutische Sitzung herein, ferner beschuldigte er mich, gegen ihn Partei ergriffen zu haben. Eines Tages erzählte er mir, er habe genügend Geld zusammengetragen, um sich ins Ausland abzusetzen, und wollte, daß ich mit ihm komme. Du kannst dir wohl denken, daß ich mich weigerte. Woraufhin er mir drohte, er würde seine Frau erwürgen und anschließend Selbstmord begehen. Unglaublich, nicht wahr? Als ich nach Chicago eingeladen wurde, ergriff ich diese Gelegenheit selbstverständlich beim Schopf. Unter anderen Umständen hätte ich abgelehnt, doch in dem Moment zögerte ich keine Sekunde. Ich rief Max vom Flughafen an und sagte ihm, daß es zwischen uns aus sei. Ich hatte das Gefühl, daß nicht er, sondern ich davonlief. In den USA erfuhr ich dann von seinem Tod. In der Zeitung stand, seine Frau hätte ihn umgebracht. Auch das Gegenteil hätte mich nicht überrascht. Mit den beiden konnte es gar nicht anders enden. Ich muß zugeben, daß ich erleichtert war. Max ist erst seit einer Woche tot, doch es kommt mir bereits vor wie eine Ewigkeit. So«, fügte sie abschließend hinzu, »nun hast du eine Antwort auf deine Frage, wieso ich über Olga Bescheid wußte.«

Doch ich war noch nicht hundertprozentig zufrieden. Damit diese Geschichte ein für allemal abgeschlossen sein konnte, mußte noch ein weiterer Punkt geklärt werden.

»Hast du Max Zlibo vorgestellt?«

Sie sah mich verwundert an.

»Woher weißt du das denn? Noch eine deiner logischen Schlußfolgerungen?«

»Sagen wir eher eine Intuition«, erwiderte ich verlegen.

Florence war zu intelligent, um sich mit dieser Antwort zufriedenzugeben, doch sie ging nicht weiter darauf ein.

»Nun ja«, sagte sie, »ich habe Max mit Zlibo bekannt gemacht. Das war zu Beginn unserer Beziehung. Es wäre besser gewesen, ich hätte es nicht getan, doch Zlibo war nicht dazu verpflichtet, sich beschwatzen zu lassen. Der Freud-Kreis steckte in großen finanziellen Schwierigkeiten. Max war auf der Suche nach neuen Investitionsmöglichkeiten. Dank seiner Unterstützung konnte der Freud-Kreis seinen Einfluß vergrößern, zusätzliche Seminare und Kongresse abhalten, eine Superzeitschrift herausgeben – aber das weißt du ja längst alles. Doch als es zwischen uns zu kriseln begann, versuchte Max, sich Zlibo vorzuknöpfen, um mich zu demütigen. Er war nicht nur ein Spezialist in Scheingeschäften, sondern kannte sich auch in Pleitegeschäften bestens aus. Er gab keine Ruhe, bis er den Freud-Kreis völlig ruiniert hatte. Zur selben Zeit raffte er das nötige Geld für seine Flucht zusammen. Aus eben diesem Grund ging ich Zlibo aus dem Weg, ich machte mir Vorwürfe wegen seines finanziellen Debakels, doch was hätte ich dagegen unternehmen sollen?«

Nicht viel, das stimmte. Seit dem Beginn von Florences Schilderung bezweifelte ich, ob sie tatsächlich der Berufskollege war, von dem Zlibovic gesprochen hatte. Ein Kellner brachte die Desserts, doch wir rührten sie kaum an. Ich zahlte; dann verließen wir schweigend das Restaurant.

Draußen hatte es erneut zu schneien begonnen.

Florence gab mir einen flüchtigen Kuß und stieg in ihren Austin.

Als sie den Motor startete, beugte ich mich zu ihr hinunter und fragte:

»Was wurde aus dem Geld, das Max sich für seine Flucht besorgt hatte?«

»Keine Ahnung.«

Sie ließ mir keine Zeit, darauf etwas zu entgegnen, sondern legte den ersten Gang ein. Im nächsten Moment bog sie in die Rue Halévy ab, während ich allein auf dem Boulevard des Capucines zurückblieb. Die Schneeflocken legten sich auf meinen Mantel, doch ich rührte mich nicht von der Stelle. Ich dachte an das, was Florence mir erzählt hatte.

Einmal mehr hatte ich das Gefühl, von ihr belogen worden zu sein. Ein weiterer Verdacht kam in mir auf und erwies sich als genauso hartnäckig wie der erste. Konnte sich hinter einer ersten Diebin eine zweite Diebin verstecken? »Max beschuldigt mich, ihn bestohlen zu haben«, hatte Olga gesagt. Die Fortsetzung dieses Satzes verlor sich in meinem Schlaf. Da ich mich gedanklich zu sehr damit beschäftigt hatte, war mir ein wichtiges Detail entgegen: Max *beschuldigte* sie. Was nicht unbedingt hieß, daß sie es tatsächlich getan hatte. Überdies stand nicht fest, ob Max von ihrer Schuld wirklich überzeugt gewesen war. »Denken Sie nach«, hatte er zu mir gesagt, »es ist durchaus möglich, daß Sie etwas über dieses Geld wissen.« Etwas, das mit Florence zu tun hatte? Vielleicht wollte er mich auf diese Weise auffordern, über Florence nachzudenken. Über Florence oder über Olga? Niemand müßte das besser wissen als ich. Doch ich wußte es nicht. Jedenfalls nicht bis zu diesem Abend. Florence kannte Max' imposantes Haus. Sie konnte vor ihrer Abreise durchaus dort gewesen sein. Doch wie hatte sie es angestellt, Max zu bestehlen? Kannte sie die Kombination des Tresors? Stand er bereits offen? War das Geld, im Gegensatz zu dem, was Max Zlibovic erzählt hatte, an einem anderen Ort versteckt? Ich hatte nicht die geringste Ahnung, doch die sieben Millionen waren gestohlen worden, und kurze Zeit später war Florence nach Chicago geflogen. Falls sie die Schuldige war, so hatte sie sich jedenfalls äußerst clever angestellt: Olga wäre die Verdächtige, und das teuflische Paar würde miteinander abrechnen und sich gegenseitig auffressen. In dieser Hinsicht hatte das Resultat Florences Erwartungen weit übertroffen. Ich konnte sehr gut verstehen, daß sie erleichtert gewesen war, als sie von Max' Tod erfuhr. Noch besser würde sie sich fühlen, wenn sie wüßte, was mit Olga passiert war.

Je länger ich über diese Hypothese nachdachte, um so einleuchtender kam sie mir vor. Hatte Florence eventuell sogar geplant, Zlibovic das Geld zurückzugeben? Doch weil Zlibovic nun tot war und der Freud-Kreis kurz vor seiner Auflösung stand, stellte sich diese Frage nicht mehr. Florence konnte also frei über dieses Geld verfügen. Sie mochte Luxus, feine Kreise, alles das, was man mit Geld erreichen kann. Mit diesen sieben Millionen könnte sie sich endlich bei Eileen Gray die sündhaft teuren Möbel leisten, auf die sie so versessen war, die kostspieligen Kleider von Jean-Paul Gaultier, Yogi Yamamoto oder Karl Lagerfeld sowie Aufenthalte in den teuersten Hotels, und den Rest würde sie natürlich gewinnbringend anlegen. Mathieu würde noch öfter in die Ferien fahren und noch mehr Geschenke bekommen. Vielleicht würde sie gleichzeitig die Unterhaltszahlungen herabsetzen, die ich ihr überweisen mußte, und – wer weiß? – mir womöglich sogar dabei helfen, meine Schulden bei der Bank zu tilgen? Ende gut, alles gut. »Falls es Ihnen gelingen sollte, sich dieses Geld zu beschaffen, so sehen Sie zu, daß Sie es sinnvoll anlegen«, hatte Zlibovic mir geraten. Er hätte eher Florence diesen Rat erteilen sollen.

Das Geschenkpäckchen von Bernstein beulte meine Hosentasche aus. Das hob meine Stimmung. Ich ging zu meinem Wagen und sagte mir, daß ich die Feiertage zum Jahresende vielleicht doch nicht allein verbringen müßte.

Doch ich konnte an nichts anderes mehr denken als an diese sieben Millionen. Wegen der Vorstellung, Florence könnte im Besitz dieses Geldes sein, machte ich die ganze Nacht kein Auge zu.

Am Morgen rief ich bei Florence an, doch ihr Anrufbeantworter ließ mich wissen, daß sie und Mathieu erst nächste Woche wieder zu erreichen wären. Sie hatte also nicht lange gezögert und sich auf Max' Kosten ein schönes Wochenende gegönnt. Ich sagte mir, es sei besser, ihre Rückkehr abzuwarten, und hinterließ keine Nachricht.

Während ich im *Tai-Fon* zu Mittag aß, las ich die *Libération*.

Chapireau hatte, was Zlibovic anging, Wort gehalten. Eine ganze Zeitungsseite war seinem Leben und seinem Werk gewidmet, ohne daß die näheren Umstände seines Selbstmordes oder seine finanziellen Probleme erwähnt wurden. Statt dessen brachte die Zeitung, wie ihre Leser das gewohnt waren, Reaktionen von Leuten, die Zlibovic gekannt hatten. Unter anderem kamen selbstverständlich die bedeutendsten Psychoanalytiker zu Wort, die voll des Lobes über den Toten waren. Florence hatte es vorgezogen, sich jeglichen Kommentars zu enthalten.

Auch die Sache mit Olga hatte Chapireau zu meiner vollsten Zufriedenheit geregelt. Es hieß, man habe ihre Leiche auf dem Friedhof von Père-Lachaise gefunden, doch nirgendwo brachte man ihren Tod mit dem von Zlibovic in Verbindung. In einem Interview gab Chapireau zu, daß es ein Fehler gewesen war, Olga des Mordes an Max Montignac zu beschuldigen. In Wirklichkeit hatte Max seine Frau in einem Anfall von mörderischem Wahn erwürgt; die Autopsie hatte ergeben, daß er sie am Montag oder Dienstag vor seinem eigenen Tod umgebracht hatte. Anschließend hatte er sie, um sich ihrer zu entledigen, in einem Grab versteckt. Chapireau beteuerte, daß er alles unternehmen würde, um den wahren Mörder von Max Montignac aufzuspüren – seiner Meinung nach mußte es sich um einen zwielichtigen Geschäftsmann handeln.

Ich wußte nicht, welche Qualitäten Chapireau als Polizist hatte, doch wenn es darum ging, mit der Wahrheit zu jonglieren, fehlte es ihm keineswegs an Talent.

Mit einem Mal dachte ich daran, daß es auch für mich allmählich Zeit wurde, alte Rechnungen zu begleichen. Zumindest diejenigen, die zu begleichen ich imstande war. Zu Hause schrieb ich Mai-Li einen Brief. Sie war seit einer Woche nicht mehr in meine Wohnung gekommen. Ich sagte ihr, daß ich wegen ihrer Aussage nicht böse sei, weil ihr die Drohungen der Polizei keine andere Wahl gelassen hätten. Jetzt sei alles wieder in Ordnung, und wenn sie zurückkommen wolle, sei sie herzlich willkommen. Ich legte die achttausend Francs, die mir nach meinem Besuch bei Bernstein geblieben waren, in den Umschlag – der Monatslohn, den ich ihr noch schuldig war, sowie ihr Weihnachtsgeld – und adressierte den Brief an das Restaurant im 13. Arrondissement, in dem sie arbeitete.

Anschließend brauchte ich nur noch den Volvo mit dem beschädigten Kofferraum und einen Teil meiner Möbel zu verkaufen, um dem Zorn meiner Bank zu entgehen.

Allerdings wollte ich ihrem Zorn eigentlich nicht auf diese Weise entgehen. Erneut dachte ich an Florence. Falls sie dieses Geld tatsächlich an sich gebracht hatte, so war das zweifellos ihrer Geschicklichkeit zuzuschreiben; doch daß sie es behalten durfte, das hatte sie wenigstens zum Teil auch mir und dem zu verdanken, was ich während ihres USA-Aufenthalts durchgemacht hatte. Ich griff zum Telefon und hinterließ eine Nachricht auf ihrem Anrufbeantworter: Ich bat sie, sich nach ihrer Rückkehr sofort bei mir zu melden.

Dann rief ich Rebecca an.

Ich betrachtete das Geschenkpäckchen auf dem niedrigen Tisch und lauschte nicht ohne Besorgnis dem Klingeln ihres Apparats. Zumindest war ihr Anrufbeantworter nicht eingeschaltet.

»Sind Sie's?« fragte sie.

»Ja«, erwiderte ich mit zögernder Stimme; ich befürchtete, sie würde mich zum Teufel jagen. »Ich wollte mich wegen neulich entschuldigen.«

Keine Antwort. Ich nahm all meinen Mut zusammen und fügte hinzu:

»Ich würde... Ich würde dich sehr gerne wiedersehen.«

Erneutes, unendlich langes Schweigen; dann:

»Sind Sie sicher, daß Sie nicht Ihr Kopfkissen vorziehen?«

Ich mußte lachen:

»Ganz sicher; ich möchte lieber mit dir zusammensein.«

»In dem Fall sagt man dann wohl: Bis heute abend?«

Wir vereinbarten, daß sie gegen acht Uhr zu mir kommen sollte.

Die Vorstellung, sie bald wiederzusehen, erregte mich so sehr, als stünde unser allererstes Rendezvous bevor. Ich malte mir aus, wie sie völlig nackt, nur die Ohrringe von Bernstein tragend, vor mir stehen würde, wie in folgenden Gedichtzeilen von Baudelaire:

Die Geliebte war nackt, und da sie mein Herz kannte,
Hatte sie nur ihren klingenden Schmuck anbehalten.

Ich hob die Augen und betrachtete den *Weltuntergang*. Es kam mir vor, als würde das Gemälde zurückschauen, und im selben Moment begriff ich, daß ich diese Ohrringe gekauft hatte, weil sie wie Artischockenböden aussahen.

In diesen Gedanken vertieft, ging ich in mein Sprechzimmer, um meine Nachmittagspatienten zu empfangen.

Als erste Klientin erwartete ich die Mathematiklehrerin. Sie hatte bereits eine halbe Stunde Verspätung. Es war offensichtlich, daß sie nicht mehr kommen würde. Wie die Sache bei Bernstein ausgegangen war, stand eindeutig fest: Die Mathematiklehrerin beherrschte ihr Handwerk nicht annähernd so perfekt wie Olga. Fast rechnete ich sogar damit, daß Chapireau anrufen und mich dringend zu sich auf das Kommissariat bestellen würde. Diesmal jedoch müßte er ohne meine Zeugenaussage auskommen.

Außer dem Depressiven verpaßte an diesem Nachmittag kein weiterer Patient seine Sitzung. Zuletzt empfing ich den Schnellschießer. Er erschien mit der gewohnten Pünktlichkeit zu seinem Termin.

»Haben Sie mitbekommen, was ihr zugestoßen ist?« fragte er, als er sich hinlegte. »Gewiß, sie hat ihren Mann nicht umgebracht – zur Abwechslung kann man der Polizei einmal glauben –, doch ich bin mir nicht sicher, ob man sie bedauern oder tadeln muß. Der Sex ist an allem schuld. Der Sex der Frauen. Sie können es nicht lassen, ständig Sex von den

Männern zu verlangen. Ich kann ihren Gatten gut verstehen: Irgendwann hatte er einfach genug von ihren Forderungen.«

Dann setzte er einmal mehr zu einer seiner unvermeidlichen Schmähreden auf die Frauen an, die, nachdem sie den Männern alles mögliche vorgegaukelt haben, verlangen, daß diese ihre Leidenschaft im Zaum halten, damit ihnen, den Frauen, genügend Zeit bleibt, um diese Leidenschaft in aller Ruhe zu genießen. Eine, nach Ansicht des Schnellschießers, unerträgliche Situation. Ich erinnerte mich an den von meinem Patienten eingedrückten Kofferraum meines Wagens. Doch ich wußte nicht, auf welche Weise ich ihn darauf ansprechen sollte, da sich eine therapeutische Sitzung nicht unbedingt zu einer Unfallaufnahme eignet, nicht einmal zu einer gütlichen Einigung zwischen den am Unfall Beteiligten. Als ich die Sitzung beenden wollte, kam der Schnellschießer plötzlich auf die Mathematiklehrerin zu sprechen.

»Ihre Abwesenheit letzte Woche muß sie arg getroffen haben. Sie stand den ganzen Nachmittag vor Ihrem Haus und wartete auf Sie. Stellen Sie sich vor, bei der Kälte! Zum Glück war ich da. Ich bemühte mich, sie so gut wie möglich zu trösten. Sie ist eine sehr empfindliche Person, die beschlossen hat, sich der Bildung der Jugend zu widmen anstatt skandalöser sexueller Obsessionen. Das ist der Beweis für eine äußerst ausgeprägte moralische Rechtschaffenheit. Ich glaube... ich würde sie sehr gerne wiedersehen. Merkwürdig, daß sie heute nicht gekommen ist. Donnerstags ist sie stets Ihre erste Patientin. Seit dem frühen Nachmittag lauerte ich im *Jean Bart* auf sie. Irgend etwas muß ihr dazwischengekommen sein, denn ich bin fest davon überzeugt, daß sie eine sehr seriöse Frau ist.«

Ich wünschte ihm im stillen viel Vergnügen und beendete seine Sitzung.

Sie mußten einander im Treppenhaus begegnet sein, denn kaum war er gegangen, klingelte es an meiner Tür. Verwundert machte ich auf. Sollte es tatsächlich die Mathematiklehrerin sein? Entweder hatte Chapireau sie wieder auf freien Fuß gesetzt oder aber der Schnellschießer hatte recht und es war ihr in der Tat etwas dazwischengekommen.

Es war nicht die Mathematiklehrerin, sondern Herostrat.

Er war mit seinem Weihnachtsmantel bekleidet und rollte seine Tasche hinter sich her.

»Kannst du mich empfangen?« fragte er.

Herostrats Besuch überraschte mich nicht wirklich. Ich sagte ihm, ich hätte nicht viel Zeit, um mich um ihn zu kümmern, und rückte gleichzeitig zur Seite, um ihn eintreten zu lassen. Ausnahmsweise roch sein Atem nicht nach Sprit.

Mein Sprechzimmer schien ihn ungemein zu verwirren. Er kam mir vor, als würde er den allerheiligsten der heiligen Orte des Freudianismus betreten.

»So also sieht es bei einem Psychiater aus! Der Patient legt sich dort auf die Couch, und du, du hörst ihm von diesem Sessel aus zu. Stimmt's?«

Ich nickte.

»Ich wollte schon lange einmal herkommen«, sagte er, »doch ich traute mich nicht. Weißt du, sich für eine Psychotherapie zu entscheiden, das ist nicht so einfach. In so was mußt du dich ganz einbringen, du bist für deine Taten verantwortlich, du brauchst nicht mit deinem Vormund darüber zu sprechen, auch dann nicht, wenn du unter verschärfter Pflegschaftskontrolle stehst…«

Er zögerte, bevor er mich fragend ansah:

»Was soll ich jetzt tun? Mich hinlegen oder mich hinsetzen?«

Ich deutete ihm an, auf einem Stuhl Platz zu nehmen, setzte mich ihm gegenüber und blickte gleichzeitig auf meine Uhr. In Kürze würde Rebecca eintreffen. Ich wußte nicht, worüber Herostrat mit mir sprechen wollte, doch mehr als zehn Minuten wollte ich ihm nicht gewähren. Und falls er mir erneut mit seinen Anspielungen auf Olga käme, würde ich ihn kurzerhand vor die Tür setzen.

»Seit wir uns zum ersten Mal begegnet sind«, sagte er, »muß ich ständig darüber nachdenken. Du kannst dir nicht vorstellen, wie motiviert ich bin. Ich bin mir durchaus bewußt, daß die Psychoanalyse keine Kleinigkeit ist, daß man sich nicht bloß auf die Couch legt und nachher nicht mehr darüber nachdenkt, daß man nicht einfach sagen kann: ›Auf Wiedersehen, Monsieur, bis zum nächsten Mal.‹ Nein, es ist etwas, mit dem man sich unentwegt beschäftigt, das einen nie losläßt. Selbst wenn man schläft oder besoffen ist. Man betrachtet seine Mitmenschen mit anderen Augen. Also, wenn du mich fragst: Die Analyse ist überall, während der Analytiker nirgendwo ist, außer in seinem Sessel. Aber vielleicht besteht dein Problem, mit mir eine Therapie zu beginnen, darin, daß ...«

Er hielt inne, war sichtlich verlegen und zögerte einen Augenblick, ehe er fortfuhr:

»Daß ... vielleicht hat es mit dem Honorar zu tun. Also, mach dir darüber mal keine Sorgen. Ich sagte mir, daß es eigentlich nicht richtig ist, dich mit kleinen Gefälligkeiten zu bezahlen. Denn in Wahrheit hat alles seinen Preis, vor allem, wenn es nichts kostet. Das wurde mir klar, als ich die zwanzig Millionen im Lotto gewonnen hatte. Diesmal werde ich vorsichtiger sein. Würdest du nichts für die Sitzungen verlangen, so hätte ich das Gefühl, sie seien nichts wert, und ich hätte nicht den Mut, dir das zu sagen, was ich dir eigentlich sagen möchte. Deshalb ist es mir lieber, wenn ich für die Sitzungen bezahle.«

Mit einer raschen Bewegung öffnete er den Reißverschluß seiner Tasche. Zu meiner großen Überraschung quollen unzählige fünfhundert-Francs-Scheine hervor und fielen zu Boden.

»Sieben Millionen«, sagte er, »reicht das?«

Völlig verblüfft sah ich zu, wie sich die Scheine auf dem

Teppichboden ausbreiteten. An verschiedenen Stellen bildeten sie kleine Berge, die zusehends größer wurden.

Herostrat lachte triumphierend.

»Deine Patientin mit dem Lancia bat mich, auf das Geld aufzupassen. Sie hatte es ihrem Mann geklaut.«

»Olga!« schrie ich auf und war über diese Erklärung Herostrats genauso überrascht wie über die Geldscheine, die sich vor mir aufhäuften.

»Ja, ich wollte schon lange einmal mit dir über sie reden, doch ich wußte nicht recht, wie ich das anstellen sollte. Mir ist etwas nicht gerade Alltägliches mit ihr passiert. Wie du weißt, bin ich häufig in diesem Viertel unterwegs. Ich sehe mich um, gehe in die Cafés, beobachte die Leute. Eines Tages sprach sie mich an. Ich hätte mich nie getraut, sie anzusprechen, denn mit den Frauen tue ich mich schwer. In der Schulverwaltung verbrannte ich Akten, aber mehr auch nicht. Selbst als ich reich war, ließ ich mich niemals mit Frauen ein. Doch in diesem Fall war sie diejenige, die den ersten Schritt tat. Wenn sie aus deiner Praxis kam und ihr Mann nicht auf sie wartete, gingen wir zusammen ins *Jean Bart*. Sie gab eine Runde Sprit aus und scheute auch sonst keine Kosten! Wirklich ein nettes Mädchen, dem es an Geld niemals fehlte. Doch das hinderte sie nicht am Klauen. Überall, wo sie hinkam, mußte sie etwas mitgehen lassen. Eines Tages, als wir im *Jean Bart* waren und der Wirt uns gerade den Rücken zukehrte, nutzte sie die Gelegenheit und stibitzte eine Flasche Rum. Einfach so zum Spaß. Es lag ihr im Blut. Ich kenne eine Menge professioneller Gauner. Doch sie war ganz anders. Sie nahm mich in die Geschäfte mit, ich stellte mich in eine Ecke und beobachtete sie. Sie wollte mich nicht in ihrer Nähe haben, ich wäre ihr nur im Weg gewesen. Deshalb durfte ich sie auch nie zu Bernstein begleiten, wo sie ein und aus ging. Schade, ich hätte gerne gesehen, wie sie dort vorging. Denn, zugegebenermaßen: Das, was sie tat, war große Kunst. Ich habe kein einziges Mal erlebt, daß sie ein Geschäft mit leeren Händen verließ. Selbst dann nicht, wenn sämtliche Sicherheitsbeamte ihr auf den Fersen waren.«

Ich traute meinen Ohren nicht. Olga und Herostrat waren zusammen in die Bistros und in die Geschäfte gegangen, und ich hatte nichts davon gewußt! Sogar noch nach ihrem Tod erfuhr ich von Dritten, wer sie gewesen war oder was sie getan hatte.

»Sie schenkte mir ihre Beute«, fuhr Herostrat fort. »Du hast es nötiger als ich, sagte sie. Das stimmte, doch meistens klaute sie ziemlich wahllos, so daß ich nicht immer wußte, was ich mit den erbeuteten Sachen anfangen sollte. Einmal schenkte sie mir Damenstrumpfhosen. Sie mochte es sehr, solche Dinge zu stehlen. Sie sagte, sie würden sie an ihre Anfänge erinnern. Doch diese Strumpfhosen wollte ich keinesfalls anziehen! Also verbrannte ich sie. Natürlich waren diese Strumpfhosen nicht mit den im Lotto gewonnenen Fünfhundert-Francs-Scheinen zu vergleichen, doch sie waren immer noch besser als gar nichts. Jetzt, da sie tot ist«, fügte er traurig hinzu, »wird sie mir fehlen. Ihrer Ansicht nach war das Verbrennen von Schulakten und das Klauen in den Geschäften im Grunde genommen ein und dasselbe. Deshalb wurden wir zu richtigen Komplizen.«

Bestimmt rechnete er damit, daß ich hierzu meinen Kommentar abgeben würde, doch als ich das nicht tat, fuhr er fort.

»Merkwürdig, daß du mir keine Fragen stellst, die mit Sex zu tun haben«, sagte er, so als wollte er mich an meine Pflichten erinnern. »Sie erzählte mir, daß es bei einer Psychotherapie immer um Sex geht.«

Er schien zu zögern, bevor er feststellte:

»Weil es in dieser Hinsicht stets Probleme gibt. Eines Tages nahm sie mich mit ins 16. Arrondissement. In das herrschaftliche Haus, in dem ihr Mann getötet wurde. Ganz schön stattlich. Selbst mit meinem Lottogewinn hätte ich mir so was nicht leisten können. Und dann erzählte sie mir, wie das mit ihrem Mann so war. Daß er sie verprügelte und was weiß ich noch alles. Anschließend zog sie sich aus, um mir ihre Wunden zu zeigen. Weißt du, ich habe in meinem Leben nur sehr wenige nackte Frauen zu Gesicht bekommen. Einmal, im Krankenhaus, betrat ich versehentlich den Duschraum für Frauen. Sie schrien so laut, daß ich auf der Stelle umkehrte und keine Zeit hatte, irgend etwas zu erkennen. Olga hingegen ließ mir Zeit. Sie hatte am ganzen Körper blaue Flecken. Glaub mir, ihr Mann hat ihr das Leben ganz schön schwergemacht. Meiner Meinung haben die Zeitungen recht: Er hat sie umgebracht. Nach der Sitzung bei dir holte er sie ab und zwang sie in seinen Wagen. Deshalb stand der Lancia so lange vor deinem Haus. Doch aufgepaßt! Ich habe nicht gesagt, daß er sie absichtlich getötet hat. Ich glaube eher, daß es ein Unfall war. Er hat ein wenig zu heftig zugedrückt, sie kam nicht mehr dazu, sich zu wehren, und schon machte es knacks, ohne daß er das wollte. Eine Achtlosigkeit im Eifer des Gefechts, wenn du so willst. Das ist durchaus möglich, ich habe es am eigenen Leib erfahren. Nachdem Olga sich mir ausgiebig gezeigt hatte, wollte sie nämlich, daß ich sie genauso behandele wie ihr Mann. Verstehst du, was das für mich bedeutete? Wo schon die ganz normale Liebe nicht gerade mein Fach ist! Man tut also besser daran, mit Spezialwünschen lieber nicht zu mir zu kommen. Doch sie ließ nicht locker. Geh ruhig hart ran, sagte sie, drück mir mit aller Kraft die Kehle zu. Um ihr einen Gefallen zu tun, drückte ich halt ein wenig, woraufhin sie sofort loslegte, sich nach allen Seiten krümmte und mir befahl, nur ja nicht aufzuhören, sondern meine ganze Kraft einzusetzen. Doch das konnte ich nicht, ich hatte zu große Angst, und deshalb hörten wir dann auf. Sie war überhaupt nicht zufrieden. Die Liebe scheint nicht gerade deine Stärke zu sein, sagte sie, als sie sich wieder ankleidete. Mir tat es natürlich leid. Und deshalb riet sie mir, mich an dich zu wenden. Ihrer Meinung nach hatte ich sexuelle Probleme. Sie glaubte, du könntest mir helfen, schließlich sei das dein Beruf.«

Unterdessen breiteten sich die Millionen weiterhin in aller Ruhe auf dem Teppichboden aus. Sie kamen nun etwas langsamer aus der Tasche geflossen, doch sie hatten bereits einen großen Teil meines Sprechzimmers eingenommen und bildeten weiterhin da und dort kleine Häufchen. Olga – oder zumindest ihrem Tod – war es zu verdanken, daß dieses Geld nun Herostrat gehörte.

»Hätten Sie sie wirklich nicht erwürgen können?« wollte ich von ihm wissen.

Meine Frage schien ihn zu verwirren.

»Wenn ich es dir doch sage! Es war stärker als ich, ich konnte es nicht tun. Später haben wir es nicht mehr versucht. Du mußt mir glauben. Sie war der Ansicht, ich müßte mich behandeln lassen. Jetzt, da sie tot ist, soll ihr letzter Wille in Erfüllung gehen. Deshalb bin ich hier.«

Er deutete auf die Geldscheine, die um uns herumlagen:

»Anfangs waren es acht Millionen. Sie muß mich sehr gemocht haben, andernfalls hätte sie mir nicht all dieses Geld anvertraut. Ich glaube in der Tat, daß sie mich sehr mochte, trotz meiner sexuellen Probleme. Doch als ich von ihrem Tod erfuhr, da sagte ich mir, daß dieses Geld nun mir gehört. Es war eine gute Idee, es nicht ihrem Mann zurückzugeben, er hätte ja doch keine Zeit mehr gehabt, davon zu profitieren. Diese ganze Geschichte erinnert mich an meinen Lottogewinn. Nur mir kann so etwas passieren. Also begann ich, die Scheine zu verbrennen. Ungefähr eine Million. Den Rest möchte ich jedoch lieber in eine Therapie investieren, bevor alles in Flammen aufgeht. Ich weiß nicht, was so eine Behandlung kostet, doch mir wäre es lieber, du würdest das ganze Geld nehmen. Somit wären sämtliche Sitzungen im voraus bezahlt. Sieben Millionen werden doch wohl für eine Zeitlang reichen. Verstehst du? Geldscheine kann man verbrennen, aber nicht Sitzungen bei einem Psychiater.«

Ich fühlte mich jämmerlich. Wie hatte ich mich nur so irren können? Dieser Mann wollte therapeutisch behandelt werden, und möglicherweise meinte er es – was selten vorkam – sogar ernst. Er hatte unglaubliches Vertrauen und war bereit, sieben Millionen für eine Psychoanalyse zu bezahlen. Und ich hatte ihn für einen Erpresser gehalten! Ich mußte wohl jeglichen Sinn für die Realität verloren haben! Zudem hatte ich Florence verdächtigt, dieses Geld gestohlen zu haben, und mir bereits die Möbel von Eileen Gray, die Kostüme von Jean-Paul Gaultier, Yogi Yamamoto oder Karl Lagerfeld, ihre Aufenthalte in Luxushotels, ihre hochzinsigen Geldanlagen vorgestellt! Florence wird nie etwas davon zu sehen bekommen, sofern sie überhaupt jemals davon geträumt hatte, als sie die Geliebte von Max Montignac gewesen war. Und ihre entspannten Wochenenden mit Mathieu müßte sie weiterhin bei ihren Eltern in der Bourgogne verbringen. Komisch, wie sich die Dinge gewandelt hatten. Mit diesem Geld brauchte ich Florence keineswegs um eine Herabsetzung der Unterhaltskosten zu bitten, sondern könnte sie sogar erhöhen, falls ich Lust dazu hätte. Mathieu würde auf jeden Fall auf seine Kosten kommen. Ob von Florence oder von mir – er würde so oder so verwöhnt werden. Auch meine Bank könnte sich freuen. Von nun an würde mir Lamy beim Betreten der Agentur einen roten Teppich ausrollen. Ich würde weder meinen Volvo noch meine Möbel verkaufen müssen, sondern könnte sie, wenn der Sinn mir danach stehen würde, ganz einfach durch neue ersetzen. Und dann war da noch Rebecca! Ich würde ihr sämtliche Ausstellungen finanzieren, die sie sich wünschte, und sie müßte sich nie wieder mit Galeristen abgeben.

Ich brauchte nur noch zuzugreifen.

Mein Blick wanderte von Herostrat, der mit leiser Besorgnis auf meine Reaktion wartete, zu der Rollentasche, aus dem sein Vermögen quoll. Eine Sanduhr, die sich unaufhörlich entleerte. Sieben Millionen! Zwei Wörter, die eine Menge Probleme lösen würden.

»Nun? Bist du zufrieden mit dem, was ich dir erzählt

habe?« fragte Herostrat. »Glaubst du, daß ich reif für die Couch bin?«

In der Nachbarwohnung sang die Frau erneut: *Die ganze Welt zittert vor Hoffnung.* Als ich sie das letzte Mal gehört hatte, war Olga bei mir gewesen.

Eine Weile überlegte ich. »Unsere Aufgabe besteht darin, ein menschliches Gespräch zu ermöglichen«, hatte Zlibovic zu mir gesagt. Und hinzugefügt: »Falls es Ihnen gelingen sollte, sich dieses Geld zu beschaffen, so sehen Sie zu, daß Sie es sinnvoll anlegen.« Es bestand nicht der geringste Zweifel daran, daß ich es sinnvoll anlegen würde. Ich wurde von einem merkwürdigen Triumphgefühl erfaßt, das noch stärker war als das, welches ich empfunden hatte, als ich daran dachte, was ich mit diesem Geld alles anstellen könnte.

Mit einer Handbewegung deutete ich auf die auf dem Teppichboden ausgebreiteten Millionen.

»Tut mir leid«, sagte ich, »eine Psychoanalyse wird nie im voraus bezahlt. Sie müßten mich schon nach jeder einzelnen Sitzung bezahlen.«

Er schien ziemlich verblüfft zu sein. Zuerst betrachtete er die Geldscheine, dann sah er mich, fast flehend, erneut an. Sein Blick drückte gleichzeitig Bestürzung und eine tiefe Ratlosigkeit aus.

»Aber wenn dieses Geld in meinem Besitz bleibt, werde ich es verbrennen!« behauptete er.

Darauf erwiderte ich nichts.

Es war nicht nötig.

»Sie müssen entscheiden, ob Sie eine Therapie wollen oder nicht.«

Und zum ersten Mal seit langer Zeit hatte ich das Gefühl, wie ein Psychoanalytiker gesprochen zu haben.